SHERLOCK HOLMES

福爾摩斯全集

III

亞瑟·柯南·道爾爵士 (Sir Arthur Conan Doyle 1859–1930)，英國小說家，因塑造歇洛克·福爾摩斯而成為偵探小說歷史上最重要的作家。《福爾摩斯全集》被譽為偵探小說中的聖經，除此之外他還寫過多部其他類型的作品，如科幻、歷史小說、愛情小說、戲劇、詩歌等。柯南·道爾1930 年 7 月 7 日去世，其墓誌銘為「真實如鋼，耿直如劍」(Steel True, Blade Straight)。

柯南·道爾一共寫了 60 個關於福爾摩斯的故事，56 個短篇和四個中篇小說。在 40 年間陸續發表的這些故事，主要發生在 1878 到 1907 年間，最後的一個故事是以 1914 年為背景。這些故事中，有兩個是以福爾摩斯第一人稱口吻寫成，還有兩個以第三人稱寫成，其餘都是華生 (John H. Watson MD) 的敘述。

譯者李家真，1972 年生，曾任《中國文學》雜誌執行主編、《英語學習》雜誌副主編、外研社綜合英語事業部總經理及編委會主任，現居北京。譯者自敘：「生長巴蜀，羈旅幽燕，少慕藝文，遂好龍不倦。轉徙經年，行路何止萬里；耽書卅載，所學終慚一蔂。著譯若為簡冊，或可等身；諷詠倘刊金石，只足汗顏。語云：非曰能之，願學焉。用是自勵，故常汲汲於文字，冀有所得於萬一耳。」

亞瑟·柯南·道爾

福爾摩斯全集

III

李家真譯注

THE OXFORD SHERLOCK HOLMES
ARTHUR CONAN DOYLE

OXFORD
UNIVERSITY PRESS

OXFORD
UNIVERSITY PRESS

Oxford University Press is a department of the University of Oxford.
It furthers the University's objective of excellence in research, scholarship,
and education by publishing worldwide. Oxford is a registered trade mark of
Oxford University Press in the UK and in certain other countries

Published in Hong Kong by
Oxford University Press (China) Limited
18th Floor, Warwick House East, Taikoo Place, 979 King's Road, Quarry Bay,
Hong Kong

1 3 5 7 9 10 8 6 4 2

福爾摩斯全集
III

亞瑟·柯南·道爾著

李家真譯注

ISBN: 978-0-19-399545-1
全集 ISBN: 978-0-19-943184-7

Title page illustration: Mark F. Severin

THE OXFORD SHERLOCK HOLMES
ARTHUR CONAN DOYLE

目　錄

福爾摩斯回憶錄

The Memoirs of Sherlock Holmes

The Memoirs of Sherlock Holmes

福爾摩斯回憶錄

白額閃電 *

　　「要我說，華生，恐怕我不得不走一趟了，」福爾摩斯說道。他說這話的時候，我倆剛剛坐上桌子，正準備吃早餐。

　　「走？走哪兒去？」

　　「去達特莫爾†，去津斯派藍馬房。」

　　聽他這麼說，我並不覺得驚訝。實際上，唯一讓我驚訝的事情是，到現在才有人來請他介入這件全英格蘭街談巷議的非凡案子。之前的一整個白天，我室友一直在房間裏東遊西蕩，眉頭緊鎖，下巴貼着胸膛，一斗接一斗地抽着勁道最大的黑煙絲，無論我問了甚麼或者說了甚麼，他都是充耳不聞。報販送來了當天所有的報紙，可他只是匆匆地掃了一眼，跟着就把報紙扔到了角落裏。不過，儘管他一言不發，我還是非常清楚他究竟在思考甚麼。眼下

---

* 這篇故事首次發表於 1892 年 12 月的《斯特蘭雜誌》(*The Strand Magazine*)，本書其餘故事亦首見於此雜誌，以下只注時間（本書注釋中的首次發表時間都是就英國而言）；「白額閃電」是本篇故事中一匹名馬的名字，英文是「Silver Blaze」，字面上可以表示馬的額頭長有銀白色的斑點，也可以直譯為「銀色烈焰」，暗示馬的速度非常快。據文中敍述可知此馬毛色棗紅，僅僅是額頭上有白斑，故譯為「白額閃電」。

† 達特莫爾 (Dartmoor) 是英格蘭西南部的一片高地荒原，在德文郡南部，如今是英國的一個國家公園。

這個時刻，公眾面前只有一個問題能對他的分析本領構成考驗，那就是「威塞克斯杯」馬賽的奪冠熱門為何離奇失蹤，它的練馬師又因何慘遭殺害。因此，他雖然是突然宣佈自己打算前往這齣大戲的事發現場，我聽了卻只有兩種感覺，一種是不出所料，另一種則是正中下懷。

「如果不礙事的話，我非常樂意跟你一起去，」我說道。

「親愛的華生，你要是肯去的話，等於是幫了我一個大忙。此外，按我看，你一定會覺得不虛此行，因為這件案子包含着一些不同尋常的特點，多半會成為一椿絕無僅有的奇案。我覺得，咱們不妨現在就去帕丁頓車站，剛好能趕上去那邊的火車，上路之後，我再跟你細說這件事情。還有，麻煩你幫個忙，帶上你那個非常不錯的雙筒望遠鏡。」

這麼着，大概一個鐘頭之後，我已經坐進了一節頭等車廂的角落，列車飛速駛向埃克塞特＊。歇洛克‧福爾摩斯飛快地瀏覽着剛從帕丁頓車站買來的一大捆當天報紙，帶護耳的旅行便帽如同一個畫框，圍住了他那張機敏熱切的面孔。直到列車遠遠駛過雷丁†之後，他才把最後一張報紙塞到座位下面，又把自己的雪茄煙盒遞給了我。

「這列火車跑得挺快的，」他看看窗外，又看看自己

＊　埃克塞特 (Exeter) 為英格蘭西南部城市，德文郡首府，東北距倫敦約 250 公里，西距後文中的塔維斯托克鎮大約 60 公里。

†　雷丁 (Reading) 是英格蘭伯克郡的一個工業城鎮，東距倫敦 60 公里左右。

的錶。「目前的時速是五十三點五英里*。」

「我倒沒去數那些每隔四分之一英里一根的標杆，」我說道。

「我也沒數。不過，這條鐵路線上的電報線杆子是每隔六十碼†一根，火車的速度很容易算。按我看，你已經對約翰‧斯特雷克遇害和『白額閃電』失蹤的事情有所了解，對吧？」

「我看了《每日電訊報》和《每日紀事報》刊登的相關報道。」

「就這類案件來說，演繹專家的工作重點應該是篩選案情細節，而不是獲取新的證據。這件慘案如此非同凡響、如此駭人聽聞，又與如此眾多的人利害攸關，所以呢，擺在咱們面前的猜測、推斷和假設真可謂嚴重過剩，難點在於如何抽絲剝繭，把事實的框架——我指的是那些絕對不容置疑的事實——跟牛皮匠和記者的添油加醋區分開來。打好這樣一個牢固的基礎之後，咱們的職責就是設法理清，這些事實能夠引出甚麼樣的推論、整件謎案的關鍵又在哪些地方。星期二晚上，我同時收到了兩封電報，一封來自失蹤名馬的主人羅斯上校，另一封則來自負責偵辦此案的格雷戈里督察‡，他倆都邀請我參與調查。」

「星期二晚上！」我忍不住叫了起來。「現在已經是星期四上午了啊，你為甚麼不趕在昨天動身呢？」

---

*　1 英里約等於 1.6 公里。

†　1 碼約等於 0.9 米。

‡　英國的警衛系統與香港大致相同，故書中警衛譯名比照香港警衛，由低到高包括警員、警長、督察、警司等等級別。

「因為我犯了個大錯，親愛的華生，依我看，我犯錯的時候恐怕要比你那些讀者想像的多一些，如果他們對我的認識僅僅來自你那些回憶錄的話。事實就是，當時我根本不相信，英格蘭最引人注目的名馬能夠長時間隱匿不出，更何況，達特莫爾北部人煙十分稀少，馬兒可以躲藏的地方實在是非常有限。昨天，我等了一個鐘頭又一個鐘頭，盼望着消息傳來，讓我知道名馬已經找回、拐馬的人就是殺害約翰·斯特雷克的兇手。可是，又一個早晨已經來臨，我發現他們僅僅是逮捕了年輕的菲茨羅伊·辛普森，並沒有取得其他任何進展，所以我才覺得，我必須立刻採取行動。話說回來，從某些方面來看，我昨天的等待也不能算是白費。」

「如此說來，你已經有甚麼結論了嗎？」

「最低限度，我已經掌握了案子當中的關鍵事實。我這就給你列舉一下，原因在於，理清案子的最好方法就是把案情向別人複述一遍，再者說，我不讓你了解目前的情況，又怎麼能指望你幫忙呢。」

我靠到座位的軟墊上，叼着雪茄吞雲吐霧，福爾摩斯則探過身來，一邊簡要地介紹我們這趟旅程的緣由，一邊伸出又細又長的右手食指、一五一十地在左手的手掌上指指點點。

「白額閃電，」他說道，「是索莫密*的後代，戰績

---

*　「索莫密」(Somomy) 不詳所指，據上下文應該是一匹名馬。在另一些版本中，替代「索莫密」的詞是「埃索諾密」(Isonomy)，後者是出生於 1875 年的一匹著名賽馬。

跟它那個著名的先祖一樣輝煌。這匹馬現在五歲，已經替幸運的主人羅斯上校贏下了馬場上的所有獎項。到這場災難發生之前，它一直都是『威塞克斯杯』馬賽的頭號熱門，賠率是一賠三 *。不過，它一直都受到馬迷們的熱烈追捧，而且從來不曾讓擁躉們失望，結果就是，即便它的賠率如此之低，下在它身上的賭注仍然數額巨大。由此看來，一目瞭然的形勢就是，許多人都有非常充分的理由從中搗鬼，以便阻止白額閃電在下週二的比賽當中露面。

「羅斯上校的練馬場就是津斯派藍馬房。可想而知，馬房方面也對這樣的形勢有所認識，並且採取了方方面面的措施來保護這匹熱門名馬。馬房的練馬師約翰·斯特雷克是一名退役騎師，曾經穿着羅斯上校家的賽服馳騁馬場，直到他的體重令稱重椅難以負荷為止†。他在上校的馬房裏當了五年騎師，接着又當了七年練馬師，一直都算得上一名熱忱忠實的僕役。斯特雷克手下有三個小馬倌，因為上校的馬房並不大，一共只養了四匹馬。每晚都有一個小馬倌負責守夜，另外兩個則睡在草料棚裏，三個小伙子的人品都可以說是無可挑剔。約翰·斯特雷克已有家室，住在離馬房大概兩百碼的一座小別墅裏。他沒有兒

---

* 「一賠三」的意思是，如果賭客下注一英鎊賭這匹馬獲勝，這匹馬獲勝之後，賭客就可以從莊家那裏拿到三英鎊的彩頭。一匹馬的賠率越低，說明人們預期它獲勝的機率越大。莊家可以根據自己對形勢的估計以及賭客下注的多寡不斷開出新的賠率，當然，已經下好的賭注得按下注時的賠率來算。

† 騎師賽馬的時候會穿上代表所屬馬房的專用服裝，如同其他體育比賽的隊服；每次馬賽開始之前和結束之後，騎師都要接受稱重，稱重椅是當時所用的一種稱重設備。可想而知，騎師的體重以輕為好。

女，家裏請了一名女僕，生活過得非常舒適。馬房周圍的原野非常荒涼，不過，往北約摸半英里的地方有一小片別墅，那是塔維斯托克鎮的一個工程承包商修建的，目的是招徠需要療養的病人，當然也包括那些想要享受達特莫爾純淨空氣的健康人。鎮子本身則在馬房西邊兩英里的地方。與此同時，荒原的另一邊，也是大概兩英里之外，有一座名叫梅普頓的馬房。那座馬房的規模比津斯派藍馬房大，是巴克沃特勳爵* 名下的產業，管事的人則是希拉斯‧布朗。除了這幾個地方之外，津斯派藍馬房周圍是一片徹徹底底的荒原，僅有的人煙只是一些流浪的吉普賽人。關於週一晚上的那場災難，背景情況大致就是這些。

「那天晚上，他們照例練馬洗馬，然後就在九點鐘的時候鎖上了馬房。兩個小馬倌走路去了練馬師的別墅，在他家的廚房裏吃晚飯，另一個則留下來看守馬房，名字叫做內德‧亨特。九點過幾分的時候，斯特雷克家的女僕伊迪絲‧巴克斯特去馬房給亨特送飯，送的是一盤咖喱羊肉。她沒有帶甚麼喝的，一來是馬房裏有自來水，二來是馬房有規定，當班值守的馬倌不可以喝甚麼別的。當時天很黑，路上又都是開闊的荒野，女僕就帶上了一盞提燈。

「伊迪絲‧巴克斯特離馬房不到三十碼遠的時候，一個男的從暗處跑出來叫住了她。那人走進提燈投下的黃色光暈之後，她發現他穿着一套灰色的花呢衣服，戴着一頂布帽子，看着像是個有身份的人。除此之外，來人還穿了

---

* 擁有「巴克沃特勳爵」(Lord Backwater) 頭銜的人還曾在《單身貴族》當中出現，是該案主角聖西蒙勳爵的朋友。

鞋套*，手裏拿着一根沉重的圓頭手杖。不過，她印象最深的還是他極度蒼白的面容和緊張不安的神態。按她的估計，來人的歲數應該是在三十以上。

「『您能不能告訴我，我現在是在哪兒？』那人問她。『要不是看見了您的提燈的話，我都打算在這片荒野裏過夜了呢。』

「『您現在是在津斯派藍馬房旁邊，』她説。

「『噢，真的啊！我的運氣可真是好！』他叫了起來。『據我了解，每晚都有個小馬倌獨自在馬房裏守夜，您拿的應該就是他的晚飯吧。好了，要我説，您應該不至於那麼驕傲，連買件新衣服的錢也不願意賺吧，對嗎？』説到這裏，他就從馬甲的口袋裏掏出了一張疊起來的白色紙片。『今晚您把這個交給那個小馬倌，酬勞就是一件錢買得來的最漂亮的外套。』

「看到他那副煞有介事的樣子，女僕覺得有點兒害怕，於是就從他身邊跑了過去，跑到了平常送飯的那扇窗子跟前。窗子已經開了，亨特也已經坐在了窗子裏面的小桌子旁邊。女僕剛剛開始跟亨特講剛才的事情，那個陌生人就跟了過來。

「『晚上好，』他衝着窗子裏面説。『我想跟您説句話。』那個姑娘後來發誓説，他説話的時候，她看到那張小紙片的一角從他攥着的手裏支棱了出來。

「『你來這裏有甚麼事？』馬倌問他。

---

* 鞋套是主要流行於十九世紀晚期及二十世紀早期的一種遮蓋腳背及腳踝部位的布製或皮製飾品。

「『我的事就是讓你的腰包鼓一鼓，』那人說。『你們派了兩匹馬去參加「威塞克斯杯」，一匹是白額閃電，一匹是巴雅爾*。希望你能給我一點兒直截了當的提示，我不會讓你吃虧的。我聽說，加上差別重載之後，巴雅爾就可以在五弗隆賽馬當中領先白額閃電一百碼†，而且，你們自己也把注下在了巴雅爾身上，這些事情是真的嗎？』

「『這麼說，你原來是個該死的馬探子！』馬倌叫了起來。『我這就讓你瞧瞧，我們津斯派藍馬房是怎麼對付你這種人的。』他一躍而起，跟着就往馬房的另一頭衝，打算把狗放出來。姑娘趕緊往騎師家裏跑，跑着跑着又回頭看了一眼，發現那個陌生人把腦袋探到了窗子裏面。一分鐘之後，亨特牽着獵狗衝出了馬房，那個人卻已經不知去向。他繞着馬房跑了一圈兒，還是沒有找到那個人的蹤影。」

「等一等，」我問道。「那個馬倌牽着狗跑出去的時候，有沒有記着鎖門呢？」

「問得好，華生，問得好！」我同伴咕噥了幾句。「我也覺得這一點非常關鍵，昨天還專門發了封電報到達特莫

---

* 巴雅爾 (Bayard) 是中世紀法國民間傳說中一匹紅棕色神馬的名字。
† 弗隆 (furlong) 為英制長度單位，等於八分之一英里，約等於 201 米。五弗隆是馬賽當中的一種標準距離。在所謂「公平馬賽」(handicap race) 當中，裁判會根據馬匹的優劣給馬匹加上不同的重載 (越好的馬負重越大)，以便給所有參賽馬匹提供理論上的同時到達終點的機會 (實際效果當然不可能如此，否則就不成其為賽馬)，這種比賽的結果取決於哪匹馬能夠更好地克服重載。這句話的實際意思就是，如果按照公平馬賽的標準給白額閃電加上了超過巴雅爾的重載，後者就可以比前者跑得快。

爾去查問這件事情。小伙子出去之前是鎖了門的，還有，我補充一點，那扇窗子不夠大，人根本就鑽不進去。

「另外兩個馬倌回到馬房之後，亨特就叫人去給練馬師報信，把之前的事情告訴了他。聽了之後，斯特雷克顯得很是激動，與此同時，他似乎並不明白這件事情的真正含義。不過，這事情還是弄得他有點兒心神不寧，結果呢，到了凌晨一點的時候，斯特雷克太太醒了一次，發現他正在穿衣服。她問他這是要做甚麼，他説他睡不着，老是惦記着那些馬匹，所以決定到馬房去走一趟，看看是否一切正常。她聽見雨點敲打窗子的聲音，於是就懇求他留在家裏，可他不管不顧，披了件寬大的雨衣，然後就出了門。

「第二天早上七點，斯特雷克太太醒了過來，發現丈夫還是沒有回家。她急匆匆地穿好衣服，叫來女僕，兩個人一起去了馬房。馬房的門是開着的，進去一看，亨特蜷縮在一把椅子上，陷入了完完全全的昏迷狀態，那匹熱門賽馬的廐舍空空如也，訓練它的人也是無影無蹤。

「另外兩個小伙子睡在馬具間樓上的草料棚裏，很快就被叫了起來。他倆睡覺都很沉，夜裏甚麼也沒聽見。亨特顯然是中了某種藥性很強的麻醉品，怎麼喊也喊不醒。兩個小伙子和兩個女人只好由着他在那裏把藥勁兒睡過去，四個人跑出去尋找失蹤的馬匹和練馬師。當時他們還存着一絲僥倖，指望練馬師是為着甚麼理由一大早出門練馬去了，於是就爬上了練馬師家附近的小山，從那裏可以把周圍的荒野盡收眼底。可是，他們不但沒有看到那匹熱門賽馬的影子，反倒是看到了另外一樣東西，由此便意識

到，自己趕上了一場慘劇。

「離馬房大概四分之一英里的遠處，約翰·斯特雷克的雨衣正在一叢荊豆 * 上面迎風飄擺。荊豆叢的遠端是一片碗形的窪地，死於非命的練馬師就躺在窪地的底部。他的腦袋支離破碎，顯然是遭受了某種沉重兇器的野蠻擊打，大腿上也有傷，傷口又長又整齊，無疑是來自某種非常鋒利的刀具。不過，顯而易見的事情是，斯特雷克曾經奮力抵抗對手的攻擊，因為他右手握着一把小刀，刀上凝着血跡，從刀刃一直延伸到了刀柄，左手則緊抓着一條紅黑相間的絲質領巾。女僕認了出來，領巾原本是頭天晚上造訪馬房的那個陌生人脖子上的東西。從昏迷中醒來之後，亨特也對領巾的歸屬十分肯定。讓他同樣肯定的事情是，那個陌生人趁着站在窗邊的機會給他的咖喱羊肉下了藥，致使馬房無人看守。至於失蹤的馬匹，那片兇險窪地底部的泥濘之中留有大量證據，表明打鬥的時候它也在場。然而，從那天早上開始，馬兒始終下落不明。儘管馬房開出了高額的懸賞，達特莫爾所有的吉普賽人也都睜大了眼睛，它仍然杳無音訊。最後還有一點，化驗表明，那個馬倌吃剩的晚餐裏面含有大量的鴉片粉，與此同時，斯特雷克家的人同一天晚上也吃了同樣的菜餚，但卻沒有出現任何不良反應。

「以上這些就是主要的案情，我已經剔除了所有的假

---

* 荊豆 (furze) 是豆科蝶形花亞科一屬常綠灌木的統稱，原產於西歐及北非，開黃花，與同屬蝶形花亞科的金雀花親緣相近且形態相似，區別在於荊豆長有大量棘刺。

設，講的時候也沒加任何修飾。接下來，我再給你概述一下警方都做了些甚麼。

「奉命偵辦此案的格雷戈里督察是一位非常能幹的警官，要是上天能給他一點兒想像力的話，他一定能在他那個行當裏取得顯赫的成就。抵達現場之後，他立刻找到並逮捕了那個理所當然的嫌犯。那個人倒是非常好找，因為他就住在我剛才說的那片別墅裏面。他似乎是名叫菲茨羅伊‧辛普森，家庭出身和教育背景都是無可挑剔，後來卻在馬場上敗光了家產，眼下則混跡於倫敦那些熱衷體育的上流俱樂部，悄悄地做着一點兒無傷大雅的賭馬生意。他們查了一下他的賭賬，發現他接收了不少賭那匹熱門賽馬獲勝的投注，總額達五千鎊之巨。被捕之後，他馬上主動招認，自己來達特莫爾是為了打聽津斯派藍馬房那些馬匹的消息，順便了解一下德斯博羅的情況，德斯博羅是馬賽的第二號奪冠熱門，屬於希拉斯‧布朗掌管的梅普頓馬房。頭天晚上他的確幹過我前面說的那些事情，對此他並未試圖抵賴，不過他同時宣稱，他去馬房僅僅是為了獲得第一手的情報，並沒有任何歹意。看到自己的領巾之後，他立刻臉色煞白，完全解釋不了它為何會出現在死者手裏。他那些濕衣服表明他頭天夜裏出過門，趕上了那場暴雨。除此之外，他的手杖是一根灌了鉛的『檳榔訟棍』*，如果用它來反復擊打他人的話，恰好可以造成練馬師身上的那種可怕傷痕。另一方面，他身上並沒有任何傷口，而

---

* 「檳榔訟棍」(Penang lawyer) 是一種用棕櫚木做的沉重手杖，可能是由馬來語詞彙「*pinang liyar*」(野檳榔) 而得名。

斯特雷克那把刀子的狀況卻表明，練馬師在至少一名對手的身上留下了印記。好了，華生，簡單說來，情況就是這些，如果你能給我一點提示的話，那我就真是感激不盡了。」

福爾摩斯的這番講述一如既往地清晰明瞭，我一直都聽得津津有味。他講的大多數事情我本來就已經知道，只不過，此前我對各種事實的輕重主次並沒有一個充分的認識，也沒有看清事實與事實之間的相互聯繫。

「有沒有可能，」我大膽揣測，「斯特雷克身上的刀口是因為他在腦袋受傷之後出現了痙攣抽搐的情況，由此就自己割傷了自己呢？」

「你這種推測不僅是有可能，而且是非常有可能，」福爾摩斯說道。「如果是這樣的話，有利於嫌犯的一個主要疑點就消失了。」

「可是，」我說道，「我到現在都還是無法想像，警方能為這件案子提供甚麼樣的解釋。」

「要我說，不管咱們提出了甚麼樣的解釋，恐怕都會有一些根本說不通的地方，」我同伴回答道。「據我估計，警方多半是認為，這個菲茨羅伊‧辛普森給馬倌下了藥，通過某種方式配了一把馬房的鑰匙，然後就打開馬房的門，把馬牽了出來，目的呢，顯然是把它拐跑。因為馬兒的轡頭沒了，辛普森就用上了自己的領巾。這之後，他任由馬房的門開着，開始牽着馬兒穿過荒野。接下來，他要麼是不巧撞見了練馬師，要麼就是讓練馬師給追上了。兩個人自然起了爭執，辛普森就用他那根沉重的手杖把練

馬師的腦袋打開了花，自己卻沒讓練馬師用來自衛的那把小刀傷到分毫。再往後，要麼是這個竊賊把馬兒牽到了某個秘密的藏匿地點，要麼就是馬兒在他倆打鬥的時候逃之夭夭，如今還在荒野之中流浪。以上就是警方想出來的解釋，別看它顯得非常不合情理，其他的種種解釋甚至還不如它呢。不管怎樣，一旦到了現場，我很快就可以把這件事情查個水落石出。在那之前，我真的看不太出來，咱們怎樣才能理出更多的頭緒。」

傍晚時分，我們總算趕到了塔維斯托克小鎮。達特莫爾的廣袤高地好似一塊圓形的盾牌，坐落在高地中央的小鎮則宛如盾牌中心的凸起浮雕 *。兩位紳士在車站迎候我們，其中一個身材高大、儀表堂堂，長著獅鬃一般的頭髮和絡腮鬍子，外加一雙出奇銳利的淡藍色眼睛；另一個則身材矮小、神情機警、乾淨利落、衣冠楚楚，穿著禮服大衣，鞋子上罩了鞋套，留著一點兒整整齊齊的連鬢鬍子，還戴了一隻單片眼鏡 †。後面這位就是著名的運動愛好者羅斯上校，前一位則是正在英格蘭警界迅速躥紅的格雷戈里督察。

「您能來我真是太高興了，福爾摩斯先生，」上校說道。「咱們這位督察已經做到了能做的一切，可我絕不願意放過任何一種可能有用的辦法，因為我一心想替可憐的

---

* 原文如此。事實上，歷史悠久的塔維斯托克鎮 (Tavistock) 是在達特莫爾高地的西側，並不在荒野中央。

† 單片眼鏡 (eyeglass) 是一種只有一個鏡片，可以吸在眼眶上的眼鏡，通常還附有可以放進馬甲口袋的鏈子，當時是一種上流的時髦物品。

斯特雷克報仇，還想找回我的馬兒。」

「有甚麼新的進展嗎？」福爾摩斯問道。

「很遺憾，我們的進展非常有限，」督察說道。「我們安排了一輛敞篷馬車在外面等着，我想您肯定想趁天黑之前去現場看看，所以呢，咱們不妨先上車，路上再好好談談。」

一分鐘之後，我們四個人已經坐進了一輛舒適的活頂四輪馬車 *，在這座風情古雅的德文郡小鎮之中轔轔穿行。格雷戈里督察滿嘴都是手頭的這件案子，滔滔不絕地發表了一大堆看法，福爾摩斯則時不時地提提問題，或者是感嘆一句。羅斯上校仰到車座的靠背上，雙手抱在胸前，歪戴着的禮帽蓋住了眼睛，我則興致勃勃地聽着兩位偵探的交談。格雷戈里正在闡述自己的推論，推論的內容幾乎跟福爾摩斯在火車上的預測一模一樣。

「菲茨羅伊·辛普森的罪行可說是鐵證如山，」督察說道，「我個人完全相信，他就是這個案子裏的兇手。同時我也承認，對他不利的證據全都是間接的，完全可能會被新的發現推翻。」

「斯特雷克的刀子怎麼樣呢？」

「我們基本上已經斷定，他身上的刀傷是他倒下去的時候自己劃出來的。」

「來這兒的路上，我朋友華生醫生也是這麼推測

---

* 　活頂四輪馬車 (Landau) 的車座前後都有與今日敞篷汽車相類的可折疊頂篷，兩個頂篷可以拉到中間合攏成為車頂。頂篷沒有拉上的時候，它就是前文所說的敞篷馬車。

的。真是這樣的話，情形可就對辛普森這個傢伙非常不利了。」

「毫無疑問。他身上既沒有刀，也沒有任何傷口。然而，不利於他的種種證據確實是十分有力：熱門賽馬失蹤可以讓他得到巨大的好處，他有給馬倌下藥的嫌疑、肯定在暴雨當中出過門，身上攜帶着沉重的手杖、領巾又出現在了死者的手裏。說真的，我覺得這些證據已經足夠說服陪審團了。」

福爾摩斯開始大搖其頭。「辯方律師足夠聰明的話，完全可以把所有這些證據駁得體無完膚，」他說道。「他幹嗎要把馬牽出馬房呢？如果他想傷害那匹馬，幹嗎不在馬房裏動手呢？你們從他那裏搜到複製的鑰匙了嗎？他那些鴉片粉是從哪家藥店買的呢？最要命的是，他對這片地方一點兒也不熟悉，又能把一匹馬，尤其是這樣的一匹名馬，藏到哪兒去呢？關於他打算讓女僕交給馬倌的那張紙片，他自個兒是怎麼解釋的呢？」

「他說那是張十鎊的鈔票，我們也的確在他的錢夾裏找到了一張。不過，您提出的疑點當中，有一些並不像乍看起來那麼難於解釋。他並不是對這片地方完全不熟，因為他夏天的時候曾經兩次在塔維斯托克鎮上寄住。鴉片粉可能是從倫敦帶來的，鑰匙嘛，他可能用完就扔了。馬兒則可能是在荒原上的某個大坑裏，也可能在某個廢棄的礦洞裏。」

「領巾的事情他怎麼說呢？」

「他承認領巾是他的，同時又聲稱領巾是他自個兒弄

丟的。不過，我們已經找到了一條新的證據，興許可以證明，的確是他把馬兒牽出了馬房。」

福爾摩斯豎起了耳朵。

「新近發現的痕跡表明，週一那天的夜裏，有一幫吉普賽人曾經在荒原裏扎營，營地距離兇案發生的地點還不到一英里。到了週二，那些吉普賽人就離開了那裏。好了，假設辛普森跟那些吉普賽人之間有甚麼勾結的話，那麼，練馬師追上他的時候，他很可能是在把馬往吉普賽人那裏送，眼下呢，那匹馬也很可能是在吉普賽人手裏，對吧？」

「確實有這種可能。」

「我們正在荒原上全力尋找那些吉普賽人。除此之外，我還搜查了塔維斯托克所有的馬房和農莊外屋，再加上方圓十英里之內的地方。」

「據我所知，離現場非常近的地方就有另外一座馬房，對嗎？」

「沒錯，這個情況當然不容忽視，因為那座馬房的德斯博羅是第二號投注熱門，頭號熱門失蹤對他們有利。我們已經知道，那座馬房的練馬師希拉斯·布朗為這次比賽下了很大的注，與此同時，他跟可憐的斯特雷克一向沒甚麼交情。不過，我們已經搜過那座馬房，並沒有找到甚麼能把他跟這件案子扯到一起的東西。」

「也沒有甚麼能把這個辛普森跟梅普頓馬房的利益扯到一起的東西，對吧？」

「完全沒有。」

福爾摩斯在車座上往後一靠，兩人之間的交談到此為

止。幾分鐘之後，車夫在路邊的一座紅磚別墅跟前勒住了韁繩，別墅小巧雅致，帶有寬大的屋簷。不遠的地方有一座長長的灰瓦建築，跟別墅之間隔着一片圍場。四面都是坡度平緩的荒原，染着凋零苔蘚的青銅顏色，一直延伸到了地平線的盡頭，打破荒蕪的只有塔維斯托克鎮的櫛比屋宇，以及西邊遠處的幾座房子，正是梅普頓馬房的產業。我們都跳下了馬車，福爾摩斯卻仍然仰在馬車的座位上，眼睛直勾勾地盯着前方的天空，完全沉浸在自己的思緒之中。我捅了捅他的胳膊，他這才猛一激靈，如夢方醒地從馬車上走了下來。

「您得包涵一下，」他轉頭衝羅斯上校説道，因為上校看他的眼神有點兒奇怪。「剛才我居然大白天做起夢來。」他的眼睛閃閃發亮，舉手投足之間帶着一種強自抑制的興奮。我非常了解他的脾性，由此便確信他已經找到了甚麼線索，可我完全想不出來，他的線索是從哪裏找來的。

「您是打算現在就去案發現場吧，福爾摩斯先生？」格雷戈里説道。

「我啊，我打算先在這裏待一小會兒，詢問一兩個相關的細節。他們把斯特雷克抬回這裏來了，對吧？」

「是的，屍體就在樓上，死因調查定在明天。」

「他替您工作了不少年吧，羅斯上校？」

「我一直都覺得他是個無可挑剔的僕人。」

「他遇害之時的隨身物品，你們應該列了份清單吧，督察？」

「您要想看的話，不用看甚麼清單，東西都在客廳裏放着呢。」

「那就太好了。」我們魚貫走進別墅的客廳，圍着客廳中央的桌子坐了下來。督察用鑰匙打開一個方形的馬口鐵*盒子，把一小堆東西倒在了我們面前，其中包括一盒蠟梗火柴、一根剩下兩英寸的牛油蠟燭、一個「ADP」歐石南煙斗、一隻裝了半盎司†長條板煙絲的海豹皮煙袋、一塊帶有金錶鏈的銀質懷錶、五枚金鎊、一隻鋁製鉛筆盒、幾張紙片，以及一把象牙柄的小刀，精緻而堅硬的刀刃上刻有「倫敦懷斯公司」字樣‡。

「這把刀很特別啊，」福爾摩斯一邊説，一邊把刀拿在手裏，仔仔細細地看了起來。「刀上帶着血跡，應該就是死者抓在手裏的那一把。華生，這樣的刀你肯定很熟悉吧？」

「我們管這種刀叫做眼翳刀§，」我説道。

「我想也是。這可是一把非常精緻的刀子，針對的也

---

* 馬口鐵 (tin) 即經過鍍錫防鏽處理的薄鋼板或鐵板，常用於製造各種容器。這種材料的確切名稱應為「鍍錫薄板」，慮及此書時代，仍採「馬口鐵」之舊名。

† 盎司為英制重量單位，1 盎司約等於 31 克。

‡ 「ADP」可能是當時一個煙斗製造商的商標；歐石南 (*Erica arborea*) 是生長在地中海地區的一種灌木，根部木質堅硬，是製作煙斗的好材料。福爾摩斯也有歐石南煙斗；板煙絲 (cavendish) 是經過壓餅 (壓餅之前有時還經過加香)、加熱、發酵並切絲的煙草；金鎊即面值一英鎊的金質硬幣；懷斯公司即約翰・懷斯父子公司 (John Weiss & Son)，是倫敦一家專業製造高檔手術器械的公司，始創於十八世紀，今日依然存在。

§ 眼翳刀 (cataract knife) 是指用來摘除白內障的手術刀。用這種方法摘除白內障，醫生必須具有非常高的操作水平。這種方法已被超聲晶體乳化術等先進方法所取代。

是非常精細的活計。他出門去應付一件粗糙的差使，身上卻帶了這麼件東西，實在是不好理解，更何況，這樣的刀子肯定會扎穿口袋，壓根兒就不好帶啊。」

「刀尖上是有鞘的，就是我們在屍體旁邊找到的那個圓形的軟木塞子，」督察說道。「他妻子告訴我們，刀子本來是擺在梳妝台上的，他出門的時候就把它帶上了。這東西當然算不上甚麼稱手的武器，不過，興許他當時也找不到甚麼更好的了吧。」

「很有可能。這些紙片是甚麼呢？」

「三張是草料販子開來的收據，一張是羅斯上校寫來的指示信函，還有一張是倫敦邦德街女裝商人勒蘇萊爾夫人寄給威廉‧德比謝爾的賬單，應付金額是三十七鎊零十五先令 *。斯特雷克太太告訴我們，德比謝爾先生是她丈夫的朋友，所以呢，其他人給這位先生寫信，有時就會用她家的地址。」

「德比謝爾太太的品味還真是奢侈呢，」福爾摩斯瞟了一眼那張賬單，評論了一句。「二十二畿尼 † 一件的衣服可不便宜。不過，這裏好像沒甚麼可看的了，咱們上案發現場去吧。」

我們從客廳走進過道的時候，等在那裏的一個女人上前一步，拉住了督察的袖子。她的臉憔悴瘦損，神情也十

---

* 先令為英國舊幣，1 先令等於 12 便士，20 先令等於 1 英鎊。1971
   年之後英國貨幣改為十進制，1 英鎊等於 100 便士，不再有先令
   這一貨幣單位。

† 畿尼為英國舊幣，1 畿尼等於 21 先令，即 1.05 英鎊。在《身份問
   題》當中，福爾摩斯曾經說，60 英鎊可以夠一位單身女士體面地
   生活一年，由此可知，22 畿尼一件的衣服可謂十分昂貴。

分激動，全都是新近這場慘禍留下的印記。

「您抓到他們了嗎？您找到他們了嗎？」她氣喘吁吁地問道。

「還沒有，斯特雷克太太。不過，這位福爾摩斯先生已經從倫敦趕來幫助我們了，我們會盡力而為的。」

「沒多久之前，我肯定是在普利茅斯*的一次花園聚會上見過您，對吧，斯特雷克太太？」福爾摩斯說道。

「不會吧，先生。您肯定是記錯了。」

「是嗎！錯不了，我敢發誓我見過您，當時您穿的是一件鴿灰色的絲綢衣服，上面還點綴着鴕鳥的羽毛。」

「我從來不曾有過那樣的衣服，先生，」女士回答道。

「噢，那我肯定是記錯了，」福爾摩斯說道。他向她賠了句不是，然後就跟着督察走到了屋子外面。在荒原裏走了沒多遠，我們就來到了發現屍體的那片窪地跟前。窪地邊緣長着一叢荊豆，正是練馬師的雨衣曾經懸掛的所在。

「據我所知，案發當夜並沒有颳風，」福爾摩斯說道。

「確實沒颳，不過雨很大。」

「如此說來，雨衣並不是讓風給颳來的，是有人把它擱在了這叢荊豆上面。」

「沒錯，當時它是平放在這叢灌木上的。」

「聽你這麼一說，事情真是太有意思了。我瞧見了，窪地底部的地面已經被人踩得稀爛。毫無疑問，週一夜裏

---

* 普利茅斯 (Plymouth) 為英格蘭西南部港口城市，北距塔維斯托克鎮 25 公里左右。

之後，已經有很多雙腳從這裏走過了吧。」

「您瞧，我們在邊上鋪了一張蓆子，所有人都是站在蓆子上的。」

「好極了。」

「喏，這個口袋給您，裏面有斯特雷克當時穿的一隻靴子、菲茨羅伊·辛普森的一隻鞋子，還有白額閃電的一塊蹄鐵。」

「親愛的督察，你真是讓我刮目相看！」福爾摩斯接過口袋，下到窪地底部，把蓆子往中央的位置挪了挪。接下來，他趴到蓆子上，雙手托着下巴，開始仔細地研究面前那攤踩得稀爛的泥濘。「嘿！」他突然說道。「這是甚麼東西？」他說的是一根燒得只剩半截的蠟梗火柴，上面沾滿了泥巴，乍一看跟一根木頭簽子差不多。

「真是怪了，當時我怎麼會把這樣東西漏過去呢，」督察說道，表情很是懊惱。

「它埋在泥裏，本來就很難看見。我能夠看見它，也是刻意尋找的結果。」

「甚麼！您之前就知道現場會有這樣東西嗎？」

「之前我只是想，有也不是不可能的事情。」

他拿出口袋裏的那些鞋子，跟泥濘裏的印跡比對了一下，然後就爬了上來，開始在窪地邊緣的蕨類植物和灌木叢中爬來爬去。

「要我說，這裏恐怕不會有甚麼別的腳印了，」督察說道。「當時我檢查得非常仔細，窪地周圍一百碼之內的地面都沒放過。」

「真的啊！」福爾摩斯一邊說，一邊站了起來。「你既然這麼說，那我就用不着多此一舉了。不過，我想趁天黑之前在這片荒原裏轉轉，了解一下這兒的地形，為明天的工作做點兒準備。還有啊，我打算把這塊蹄鐵裝在自個兒的兜裏，討個吉利也好＊。」

看到我同伴不聲不響、慢條斯理的工作方式，羅斯上校早就已經流露出了不耐煩的神色，這會兒便看了看錶。「您跟我一塊兒回去吧，督察，」他說道。「我還有幾個問題要向您請教呢，最重要的是，我們需不需要公開宣佈，把我們的馬兒從『威塞克斯杯』參賽名單當中撤下來。」

「當然不需要，」福爾摩斯斬釘截鐵地高聲說道。「我要是您的話，就會讓它的名字留在名單上面。」

上校躬身致謝。「終於聽到了您的意見，先生，我覺得非常高興，」他說道。「轉完之後，您可以到可憐的斯特雷克家裏來找我們，咱們一塊兒坐車回塔維斯托克。」

上校和督察轉身離去，福爾摩斯和我則開始在荒原裏慢慢穿行。梅普頓馬房那邊落日西斜，眼前這片連綿起伏的平原灑滿金光，凋零的苔蘚和樹莓則染上了更加深沉飽滿的紅棕色。可是，壯美的風景並沒有對我的同伴造成絲毫觸動，因為他完全沉浸在了一種深不可測的思緒之中。

「往這邊走，華生，」他終於開了口。「咱們不妨暫時放下誰殺了約翰·斯特雷克的問題，集中精力尋找馬

＊ 馬蹄鐵是西方文化當中的吉利象徵，可能是源自十世紀英格蘭的坎特伯雷大主教聖當斯坦 (St. Dunstan, 909–988)，據說這位主教曾經把蹄鐵釘在惡魔的蹄子上，在惡魔保證永不進入門上釘有蹄鐵的人家之後才取下來。

兒的下落。那麼，假設它在慘劇之中或者之後受驚逃走的話，它能跑到哪兒去呢？馬這種動物非常合群，沒有人約束的話，它的天性之中就只有兩個選擇，要麼是跑回津斯派藍馬房，要麼就是跑進梅普頓馬房。它幹嗎要到荒原裏去亂跑呢？就算真是那樣，到現在也肯定被人發現了。還有，那些吉普賽人幹嗎要拐走它呢？那些人非常害怕警察的騷擾，總是一聽到麻煩就躲得遠遠的。這樣的名馬是沒地方賣的，所以他們絕不會帶走它，白白擔一場巨大的風險，最後卻甚麼也撈不着。這一點可以說是一目瞭然。」

「這麼說的話，馬兒在哪兒呢？」

「我剛才不是說了嘛，它要麼是在津斯派藍，要麼就在梅普頓。眼下它既然不在津斯派藍，那就只能是在梅普頓。咱們不妨按照這個假設往下查，看看能查出些甚麼東西。荒原上的這片區域確實像督察說的那樣，不但非常乾，而且非常硬。可是你瞧，往梅普頓的方向是個下坡，從這兒就可以看到那邊有一片長長的窪地，週一夜裏，那片窪地一定是被雨澆得非常濕。咱們的假設如果沒錯的話，馬兒肯定會從那片窪地經過，所以呢，咱們應該到那邊去找它的蹄印。」

我倆一邊說，一邊快步前行，幾分鐘之後就走到了那片窪地旁邊。按照福爾摩斯的要求，我沿着窪地的右邊往前走，他自己則走在窪地的左邊。不過，還沒走出五十步，我就聽見他叫了一嗓子，看見他衝我揮了揮手。他前方的鬆軟土壤上有一行清晰的蹄印，而且跟他從兜裏掏出來的那塊蹄鐵完全吻合。

「看到了吧，想像力的價值是多麼地巨大，」福爾摩斯說道。「格雷戈里別的不缺，單單缺少這麼一樣素質。咱們想像到了事情的經過，按照自己的想像採取了行動，眼下又發現它的確符合事實。好了，咱們接着往前走吧。」

我倆穿過那片潮濕鬆軟的窪地，又在一片堅硬乾燥的草地上走了四分之一英里的路，然後才再一次碰上了傾斜的地面，再一次在窪地裏找到了馬兒的蹄印。這之後的半英里路途之中，蹄印又一次消失不見。蹄印又一次出現的時候，我倆已經走到了離梅普頓馬房非常近的地方。福爾摩斯率先看到了那些蹄印，於是就站在原地，得意洋洋地指給我看。原來，蹄印的旁邊出現了一個男人的足跡。

「這之前，馬兒一直都是自個兒在走啊，」我驚叫起來。

「沒錯，這之前它確實是自個兒在走。嘿，這是甚麼意思？」地上的人馬足跡猛一下拐了個彎，朝着津斯派藍馬房的方向延伸過去。福爾摩斯吹了一聲口哨，我倆一起順着足跡往前走。他的眼睛死死地盯着足跡，我卻在無意之中往旁邊一點兒的地方瞥了一眼，隨即驚訝不已地發現，同樣的足跡又折了回來，方向跟剛才相反。

「得給你記上一功，華生，」聽到我的提醒之後，福爾摩斯說道。「多虧了你，咱們才省了一大段路，還避免了走回頭路的尷尬。咱們順着折回來的足跡走吧。」

沒走多遠，足跡就消失在了通往梅普頓馬房大門的柏油路上。我們走近馬房的時候，一名馬倌從裏面跑了出來。

「我們這裏不允許閒人遊盪，」馬倌說道。

「我只是想問一個問題，」福爾摩斯一邊說，一邊把食指和拇指伸進了馬甲的口袋。「如果我明早五點鐘來拜訪你主人希拉斯·布朗先生的話，會不會有點兒太早呢？」

「願上帝保佑您，先生，您說的那個時間如果有人活動的話，那也只能是他了，因為他總是第一個起床。這不，他來了，先生，要問您就問他自個兒吧。不，先生，不行，他要是看見我碰您的錢，我的飯碗就算是砸了。您要給的話，以後再說好了。」

歇洛克·福爾摩斯剛剛把已經掏出來的那枚半克朗銀幣 * 放回兜裏，一個長相兇惡的老人就從門裏面大踏步地走了出來，一根獵鞭 † 在手裏甩來甩去。

「這是怎麼回事，道森！」老人叫道。「閒話少說！幹你的活去！還有你們，你們上這兒來，究竟有甚麼該死的事情？」

「只是想跟您聊十分鐘，好心的先生，」福爾摩斯的聲音和氣得無以復加。

「我可沒時間跟上這兒來晃盪的隨便哪個閒人聊甚麼天。我們這裏不歡迎陌生人。趕緊走吧，不然的話，狗就會追出來了。」

福爾摩斯探身向前，在那個練馬師的耳邊低聲說了些

---

* 克朗是英國舊幣，1 克朗等於 5 先令，也就是 1/4 英鎊。當時的半克朗硬幣是純銀的。
† 獵鞭 (hunting crop) 是一種沒有鞭梢的短馬鞭，可以用來打馬，也可以用作武器。

甚麼。練馬師驚得猛一哆嗦，一張臉也紅到了耳根。

「你胡說！」他吼道。「徹徹底底的胡說！」

「很好。咱們是在這兒當眾爭出個青紅皂白，還是上您的客廳去談清楚呢？」

「哦，你非要進來的話，那就進來吧。」

福爾摩斯笑了笑。「我只要幾分鐘就好，華生，」他說道。「好了，布朗先生，從現在開始，我完全聽憑您的差遣。」

他去了足有二十分鐘，等他和那個練馬師再次現身的時候，紅色的霞光已經消褪，變成了灰色的雲靄。我從來都沒見過有誰像希拉斯·布朗這樣，在如此短暫的時間之內發生了如此巨大的改變。只見他面如死灰，額頭上掛着一串串亮晶晶的汗珠，雙手不停顫抖，手中的獵鞭像風裏的樹枝一樣搖來擺去。與此同時，他那種盛氣凌人的傲慢架勢也已經完完全全不見蹤影，只見他諂媚地走在我同伴身邊，活像是一條跟着主人的狗。

「您的指示我一定照辦，絕對照辦，」他說道。

「千萬別有甚麼差錯，」福爾摩斯轉過頭去，看着他說了一句。看到福爾摩斯眼裏的威脅神色，對方不由得縮了一縮。

「噢，不會，絕對不會有甚麼差錯。它會在那兒出現的。用不用我先讓它變變模樣呢？」

福爾摩斯沉吟片刻，突然間大笑起來。「不，不用，」他說道，「我會寫信告訴你怎麼做的。記住啊，別耍花樣，要不然——」

「噢，您儘管放心，儘管放心！」

「沒錯，我看我也可以放心。好啦，明天聽我的信兒吧。」對方把顫抖的手伸到了他的面前，可他不理不睬，徑直轉過身來，跟我一起往津斯派藍的方向走去。

「我還很少見到有誰像希拉斯·布朗老爺這樣，將霸道、怯懦和奸詐融合得如此完美，」跋涉歸途之中，福爾摩斯品評了一句。

「這麼說，馬兒確實是在他的手裏嘍？」

「他跟我大呼小叫，打算把事情遮掩過去，可我把他那天早晨的舉動說得分毫不差，以致他確信我親眼看見了當時的情形。當然嘍，你自己也瞧見了那些奇特的方頭靴印，而他穿的正好是一雙跟靴印完全吻合的靴子。同樣理所當然的事情是，沒有哪個下人會有膽子做這樣的勾當。剛才我告訴他，當天他如何按照平日的習慣第一個起了床，如何看到一匹陌生的馬兒在荒原之中遊盪，如何跑到了馬兒的身邊，如何通過馬兒因之得名的白色額頭認出了它，當時的心情又如何地驚奇不已，因為只有這匹馬能夠擊敗他下注的那匹馬，眼下卻在機緣巧合之下落到了他的手裏。接下來我又告訴他，剛開始他如何依照人之常情，打算把馬兒牽回津斯派藍，後來又如何鬼迷心竅，產生了把馬兒藏到比賽結束為止的邪念，再後來又如何掉頭折返，把馬兒藏進了梅普頓馬房。我把所有細節講給他聽了之後，他不得不舉手投降，眼下只想着怎麼消災免禍，別的是再也不敢想了。」

「可是，警方不是搜過他的馬房嗎？」

「噢，像他那麼老練的馬油子有的是花招。」

「傷害那匹馬會讓他得到莫大的好處，可你卻把馬留在他那裏，難道你不擔心嗎？」

「親愛的伙計，他會把它當成自個兒的眼珠子來愛護的，因為他非常清楚，他得到寬大處理的唯一希望就是保證它平安出場。」

「按我的印象，羅斯上校怎麼看也不像是個寬大為懷的人啊。」

「寬大與否並不由羅斯上校決定。我按我自個兒的方法辦事，說多說少都是我自個兒的選擇，非官方偵探的好處就在這裏。不知道你留意沒有，華生，上校對我的態度稍微有那麼一點兒隨隨便便，所以呢，眼下我打算拿他來找點兒小小的樂子。關於那匹馬的事情，你一個字兒也別跟他提。」

「沒有你的許可，我一定不說。」

「當然嘍，相較於誰殺了約翰·斯特雷克的問題，這些都不過是細枝末節而已。」

「接下來你就要全力解決這個問題，對嗎？」

「恰恰相反，咱倆等會兒就坐夜班火車回倫敦去。」

我朋友的話驚得我目瞪口呆。我們在德文郡才待了短短的幾個小時，可他竟然要就此放棄一件開端如此順利的調查，我實在是理解不了。接下來，不管我怎麼問，他都是一個字兒也不肯多說。我倆就這麼走回了那個練馬師的房子，上校和督察都在客廳裏等我們。

「我和我朋友要坐夜班火車回倫敦，」福爾摩斯說道。「我們剛剛領略了一下你們達特莫爾的新鮮空氣，確實讓人心曠神怡。」

督察瞪大了眼睛，上校的嘴唇則彎成了一道輕蔑的弧線。

「這麼說，殺害可憐的斯特雷克的那個兇手，您覺得是抓不到嘍，」上校說道。

福爾摩斯聳了聳肩膀。「這件事情的難度確實是非常大，」他說道。「另一方面，我有充分的理由相信，您的馬會出現在下週二的賽場上，所以呢，我請您務必讓您的騎師做好準備。你們能給我一張約翰·斯特雷克先生的相片嗎？」

督察從一個信封裏掏出一張相片，把它遞給了福爾摩斯。

「親愛的格雷戈里，我需要的所有東西都在你的意料之中啊。麻煩你們在這兒稍等片刻，我有個問題要問問女僕。」

「我不得不承認，咱們這位倫敦來的顧問叫我非常失望，」我朋友剛一離開房間，羅斯上校就把心裏話說了出來。「照我看，他來了之後，事情並沒有任何進展。」

「再怎麼說，他已經保證您的馬兒可以參賽了啊，」我說道。

「沒錯，我得到了他的保證，」上校聳了聳肩膀。「可我更想得到的是我的馬。」

我剛打算說點兒甚麼來替我的朋友辯護，我朋友卻再次走進了房間。

「好了，先生們，」他說道，「我已經做好了去塔維斯托克的準備。」

走上馬車的時候，一個小馬倌替我們把着車門。福爾摩斯似乎是突然想到了甚麼，於是就探過身去，扯了扯小馬倌的衣袖。

「你們的圍場裏有幾隻綿羊，」他說道。「誰負責照看它們呢？」

「就是我，先生。」

「最近這段時間，你有沒有發現它們有甚麼不對勁的地方呢？」

「呃，先生，沒甚麼特別大不了的事情，只不過，有三隻羊瘸了腿，先生。」

看得出來，福爾摩斯對馬倌的回答滿意極了，因為他吃吃地笑了幾聲，還開始搓起手來。

「僥倖啊，華生，真的是非常僥倖，」他一邊說，一邊捏了捏我的胳膊。「格雷戈里，容我給你提個建議，好好留意一下羊身上的這種流行怪病吧。走吧，車夫！」

聽了這些話，羅斯上校依然帶着先前的那副表情，顯然是對我同伴的本事不敢恭維，可是我看見，督察的臉上立刻露出了十分關切的表情。

「您覺得這一點很重要嗎？」他問道。

「極其重要。」

「還有甚麼您希望我多加留意的地方嗎？」

「那條狗夜裏的古怪舉動。」

「那條狗夜裏沒甚麼舉動啊。」

「古怪就古怪在這個地方，」歇洛克·福爾摩斯如是回答。

四天之後，我和福爾摩斯再一次坐上了火車，這一次是去溫徹斯特，為的是觀看「威塞克斯杯」馬賽*。羅斯上校按照約定到車站來接我們，我們便坐着他的四駕大馬車去了城外的馬場。上校臉色鐵青，態度也冷淡到了極點。

「我根本沒瞧見我那匹馬的影子，」他說道。

「要我說，瞧見它的時候，您一定能把它認出來吧？」福爾摩斯問道。

這個問題讓上校大光其火。「我在馬場上混了二十年，這樣的問題還是第一次聽見，」他說道。「小孩子都能把白額閃電認出來，它白色的額頭和帶斑點的右前腿實在是再明顯不過了。」

「賠率怎麼樣呢？」

「呃，這方面的情況倒是挺古怪的。昨天還有莊家開一賠十五的賠率，後來卻越走越低，眼下連一賠三的莊家都很少了。」

「嗯！」福爾摩斯說道。「顯而易見，有些人已經聽到了風聲。」

馬車在大看台附近的圍欄旁邊停了下來，我瀏覽了一下公告牌上的參賽馬匹名錄：

---

* 溫徹斯特 (Winchester) 為英格蘭西南部城市，漢普郡首府，東北距倫敦約 100 公里。它曾經是古英格蘭威塞克斯王國 (Wessex) 的首都，「威塞克斯杯」這個虛構名稱由此而來。

「威塞克斯杯賽」，只限四至五歲馬匹參賽，參賽費每匹五十鎊，棄權者半數保證金沒入獎金，冠軍獎金一千鎊，亞軍三百鎊，季軍二百鎊，採用新賽程（全長一英里五弗隆）。

1. 內格羅，馬主希斯·牛頓先生，紅帽子，紅棕色上衣。
2. 拳擊手，馬主沃德羅上校，粉帽子，上衣藍黑相間。
3. 德斯博羅，馬主巴克沃特勳爵，黃帽子，黃袖上衣。
4. 白額閃電，馬主羅斯上校，黑帽子，紅色上衣。
5. 虹影，馬主巴爾莫拉公爵*，黃黑條紋上衣。
6. 拉斯帕，馬主辛格福德勳爵，紫帽子，黑袖上衣。

「我們撤下了另外一匹馬，全部希望都押在了您那句話上面，」上校說道。「怎麼回事，他們在喊甚麼？白額閃電仍然是頭號熱門嗎？」

「白額閃電，四賠五！」馬場裏的莊家紛紛高喊。「白額閃電四賠五！德斯博羅五賠十五！頭號熱門失利，四賠五！」

「那邊寫着馬匹的編號，」我高聲說道。「六匹馬都在。」

「六匹都在嗎？這麼說，我的馬肯定也在場上，」上校火急火燎地嚷嚷起來。「可我沒看見它，也沒看見穿我們馬房衣服的騎師啊。」

「剛才只過去了五匹，這一匹肯定是您的。」

---

* 擁有「巴爾莫拉公爵」(Duke of Balmoral) 頭銜的人也曾在《單身貴族》中出現，是該案主角聖西蒙勳爵的父親；表格當中馬主後面的項目是騎師的服色。

我說話的時候，一匹棗紅色的駿馬從過磅區域的圍欄之中昂然而出，慢慢地從我們眼前跑過。馬背上的騎師黑帽紅衣，正是代表上校馬房的那種名聞遐邇的服色。

「這不是我的馬，」馬主叫道。「這頭畜生周身上下連一根白毛都沒有。您幹的這叫甚麼好事，福爾摩斯先生？」

「好啦，好啦，咱們先看看它跑得怎麼樣吧，」我朋友泰然自若地說道。接下來，他拿着我的雙筒望遠鏡專心致志地看了幾分鐘。「好極了！起跑真是沒得說！」他突然叫了起來。「瞧，它們來了，馬上就要衝過彎道了！」

馬兒跑進直道之後，從我們的馬車上就可以看得清清楚楚。六匹馬本來挨得非常近，一張毯子就可以把它們全蓋上，可是，直道跑完一半的時候，梅普頓馬房的黃色騎裝已經衝到了最前面。不過，它們還沒跑到我們跟前，德斯博羅就用完了衝刺的勁頭，上校的馬則猛一加速，第一個衝過了終點的柱子，比對手領先了足足六個馬身。巴爾莫拉公爵的虹影遠遠落在了它倆後面，勉強奪得了季軍。

「不管怎麼說吧，比賽我是贏下來了，」上校倒吸一口涼氣，把手伸到了腦門兒上。「坦白說，我完全不明白這是怎麼回事。福爾摩斯先生，您這番玄虛弄得夠久了吧，您覺得呢？」

「您說得對，上校，我這就把一切都告訴您。咱們先過去，一起瞧瞧那匹馬吧。喏，它就在這兒，」他接着說道。這時我們已經走進了過磅區域的圍欄，這地方只有馬主和馬主的朋友才可以進來。「只需要用白蘭地洗一洗它

的額頭和前腿，您就會發現，它不是別的，正是您那匹白額閃電，跟以前一模一樣。」

「您真是把我驚呆了！」

「我在一個馬油子手裏找到了它，然後就擅自讓它參加了比賽，事先也沒有讓它恢復原樣。」

「親愛的先生，您讓我見證了一次奇跡。馬兒看起來非常健壯，跑得也前所未有地好。之前我竟然懷疑您的本事，真該給您賠一萬個不是。您幫我把馬找了回來，我欠了您一個天大的人情。不過，您要是能把殺害約翰·斯特雷克的兇手抓來的話，那我就更記您的情了。」

「我已經抓來了，」福爾摩斯平靜地說道。

上校和我都驚愕地看着他。「您已經抓到他了！那麼，他在哪兒呢？」

「就在這兒。」

「這兒！哪兒？」

「就是我眼前這位。」

上校氣得滿臉通紅。「我欠了您的情，福爾摩斯先生，這一點我完全承認，」他說道，「可我不得不說，您剛才的話要麼是一句非常拙劣的玩笑，要麼就純屬含血噴人。」

歇洛克·福爾摩斯笑了起來。「您儘管放心，上校，我並不是說您跟這樁罪行有甚麼關係，」他說道。「真正的兇手就站在您的背後。」他從上校身邊走了過去，把手放在了那匹純種良駒油光水滑的脖子上。

「馬！」我和上校異口同聲地叫道。

「沒錯，就是馬。要我説，它的罪過並不是那麼大，因為它這麼做只是為了自衞，與此同時，約翰‧斯特雷克也是一個完全不值得您信任的人。不過，開場的鈴聲已經響了，我估摸着自個兒能在下一場馬賽當中贏上一點兒，所以呢，我還是把詳細的解釋推到一個更加合適的時間吧。」

當天傍晚，我們三個登上返回倫敦的列車，佔據了一個普爾曼車廂*的一角。列車飛速行駛，福爾摩斯則講起了上週一夜裏發生在達特莫爾馬房的種種事件，講起了他查清這些事件的手法，依我看，聽着他的講述，羅斯上校應該跟我本人一樣，也覺得旅途太過短暫。

「坦白説吧，」福爾摩斯説道，「我根據報紙上的報道所作的種種假設，沒有一個不是大錯特錯。話説回來，那些報道還是提供了不少線索的，只不過，它們跟其他的一些細節混在了一起，真正的含義無從顯露。去德文郡的時候，我已經斷定菲茨羅伊‧辛普森就是真正的罪犯，當然，我同時也意識到，對他不利的證據還存在很大的破綻。直到我坐上馬車、即將走到練馬師家門口的時候，那盤咖喱羊肉的重大意義才突如其來地湧進了我的腦子。你們應該還記得，當時我想得出了神，你們大家都下了車，我一個人還在車上坐着。那時我正在暗自驚嘆，驚嘆我居然可以對如此明顯的線索視而不見。」

---

* 普爾曼車廂 (Pullman car) 是指當時火車上的一種豪華車廂，因提供豪華列車服務的普爾曼公司而得名。

「坦白説吧，」上校説道，「到現在我也看不出來，咖喱羊肉對咱們能有甚麼幫助。」

「它是我演繹鏈條當中的第一個環節。鴉片粉可不是沒有味道的，它的味道雖然不是難以入口，但也不是難以察覺。要是把它下在普通菜餚裏的話，吃的人就肯定會吃出來，吃出來之後興許就不會再吃。反過來，咖喱倒是一種絕好的佐料，剛好可以蓋住鴉片粉的味道。與此同時，不管你怎麼假設，身為外人的菲茨羅伊·辛普森也無法決定練馬師那家人的伙食，讓他們當晚吃上加了咖喱的菜。要説他當晚剛好帶上了鴉片粉，又剛好趕上了他們吃這道可以打掩護的菜，那樣的巧合未免有點兒駭人聽聞，讓人根本無法想像。這樣一來，辛普森就跟這件案子撇清了關係，咱們的注意力也就轉到了斯特雷克兩口子的身上，原因在於，只有他倆才有權作出當晚吃咖喱羊肉的決定。鴉片粉肯定是單獨下在留給小馬倌的那一份裏面的，因為其他人晚飯吃的是同樣的東西，但卻沒有甚麼不良反應。那麼，有可能躲過女僕的視線去鼓搗小馬倌那份伙食的人，究竟是他們兩個當中的哪一個呢？

「正確的推斷總是會引發連鎖反應，所以我很快就察覺到了另一個事實的重要意義，由此解決了前面那個問題。另一個事實就是狗兒沒有作聲。辛普森惹起的那場亂子讓我知道，馬房裏養了一條狗。可是，有人跑進馬房牽走了一匹馬，狗兒卻沒有大聲狂吠、吵醒草料棚裏的那兩個小馬倌。顯而易見，午夜來客必然是狗兒非常熟悉的人。

「這時候，我已經完全確定，至少是基本確定，正是約翰·斯特雷克趁着夜深人靜的時候溜進馬房，牽走了白額閃電。他的用意是甚麼呢？當然是不懷好意。要不然，他幹嗎要給自己手下的小馬倌下藥呢？儘管如此，我一時間還是想不出他具體的意圖。以前有過一些例子，練馬師假手他人賭自家的馬輸，然後又通過欺詐的手段阻止自家的馬贏，最終大發橫財。為了阻止自家的馬獲勝，他們有時會用上一個猛勒韁繩的騎師，有時又會用上一些更加保險、更加隱秘的手段。這一回的手段是甚麼呢？我當時的期望是，他兜裏的東西興許能幫助我拿出一個結論來。

「事實也正如我的期望。你們肯定還記得死者手裏那把奇特的刀子，毫無疑問，哪個神智正常的人也不會拿它來當武器。正如華生醫生指出的那樣，那種刀子通常只用於最為精密的外科手術，當天晚上，他也的確打算用它來做一項非常精密的手術。您在馬場上見多識廣，羅斯上校，想必知道歹人可以用刀子在馬兒的大腿肌腱上拉一道小口子，還可以讓傷口留在皮下，從外面看不出任何痕跡。受了這種傷害的馬兒會變得稍微有點兒瘸，別人卻只會以為它訓練太過勞累，或者是染上了輕微的風濕，絕不會聯想到甚麼骯髒的勾當。」

「惡棍！無賴！」上校高聲罵道。

「這一來，咱們就明白了約翰·斯特雷克為甚麼要把馬牽到荒原裏去。馬是一種性情剛烈的動物，刀刺的痛楚一定會讓它瘋狂發作，睡得再沉的人也會被它吵醒。所以說，要幹這種事情，不去野外是不行的。」

「我真是瞎了眼！」上校叫道。「怪不得他需要用上蠟燭，還劃了一根火柴。」

「一點兒不錯。除此之外，檢查他隨身物品的時候，我實在是非常幸運，不光弄清了他實施罪行的方法，甚至還找到了他這麼幹的動機。上校，您這麼深通世故，自然知道誰也不會把別人的賬單揣在自個兒的兜裏，對於我們當中的大多數人來說，自個兒的賬單就已經夠瞧的啦。當時我立刻斷定，斯特雷克過着一種雙重的生活，外頭還有一個家。賬單的內容表明他的雙重生活牽涉到一位女士，而且是一位品味奢侈的女士。您對您的僕人雖然大方，咱們也不敢設想，您的僕人竟然有能力替他們的女士購置二十幾尼一件的外出服裝。接下來，我不露痕跡地問了問斯特雷克太太。發現那件衣服根本沒到她手裏之後，我就把那個女裝商人的地址記了下來，因為我心裏明白，只需要帶着斯特雷克的相片上那裏去一趟，我就可以輕而易舉地揭開這個德比謝爾先生的神秘面紗。

「從那個時候開始，一切都已經十分明朗。斯特雷克牽着馬走向一片窪地，為的是不讓別人看見蠟燭的亮光。辛普森逃走的時候弄掉了領巾，斯特雷克就把它撿了起來，興許，他這是打算用它來綁住馬腿。到了窪地裏之後，他走到馬兒身後，劃燃了一根火柴。可是，突然的亮光讓馬兒受了驚嚇，動物的奇異本能又讓它察覺到了某種險惡的圖謀，於是乎，馬兒猛然發足狂奔，蹄鐵正打在斯特雷克的額頭上。到這會兒，為了完成他那件精細的活計，他

已經冒着雨水脫掉了身上的雨衣，所以呢，等他摔倒的時候，手裏的刀子就割傷了他的大腿。我說清楚了嗎？」

「妙極了！」上校高聲叫道。「妙極了！您就跟親眼看見了似的！」

「我最後的一個推斷，坦白説，確實是成功得非常僥倖。當時我突然想到，斯特雷克既然這麼精明，肯定不會貿然施行這種十分精細的肌腱切割手術，多半會預先進行一點兒小小的演練。他會拿甚麼東西來練手呢？我瞥見了那些綿羊，於是就問了一個問題，結果是相當驚訝地發現，我這個推斷竟然是正確的。

「回到倫敦之後，我去拜訪了那個女裝商人。看到斯特雷克的相片，她認出他是店裏的一位優秀顧客，名字叫做德比謝爾，德比謝爾先生有一位非常時髦的太太，太太對昂貴的衣物有一種異常強烈的偏好。毫無疑問，就是這個女人讓斯特雷克債台高築，最終讓他走上了這條可悲的邪路。」

「所有的事情您都給出了解釋，就差一件沒有講到，」上校叫道。「比賽之前，馬兒在甚麼地方呢？」

「哦，它自個兒跑了，後來又得到了某位鄰居的照料。要我説，這方面的事情咱們不妨大度一點兒。瞧，我沒搞錯的話，咱們這會兒已經到了克拉彭樞紐站，用不了十分鐘就能到維多利亞車站 *。您要是願意上我們那兒去

---

* 克拉彭樞紐站 (Clapham Junction) 是倫敦西南部的一個鐵路樞紐；
  維多利亞車站 (Victoria) 在倫敦市中心，因鄰近維多利亞大街而得
  名，是倫敦第二繁忙的車站，僅次於滑鐵盧車站 (Waterloo)。

抽根雪茄的話，上校，不管您還對甚麼細節感興趣，我一定知無不言。」*

<hr />

* 這篇故事以賽馬為主線，但亞瑟‧柯南‧道爾本人承認自己對賽馬知之甚少，所以其中的一些細節不能當真。作者曾經在自傳裏說，當時的一個賽馬行家已經指出，如果馬迷按這個故事當中的描述來參與賽馬的話，「一半會進監獄，剩下的一半也會遭到永遠不得進入馬場的處罰」。然而，作者同時指出，這個故事本身「沒甚麼問題，（在這個故事當中）福爾摩斯興許達到了自己的巔峰狀態」。

黃色臉孔

（我室友福爾摩斯經辦過數不清的案件，運用他非凡的本領為我們展現了一齣又一齣曲折離奇的戲劇，不光讓我們凝神細聽，最終還會讓我們沉浸其中、恍如親歷。非常自然的事情是，到了把關於這些案件的簡短記述公之於眾的時候，我選擇的重點是他取得成功的那些案件，而不是他所遭遇的失敗。我這麼選擇倒不是為了維護他的聲譽，因為說實在話，越是到山窮水盡的時候，他的幹勁和機變就越是讓人讚佩。我這麼選擇的真正原因是，如果他遭遇了失敗，通常就沒有人能夠取得成功，故事也就變成了一個永遠沒有結局的殘篇。不過，也有那麼一些時候，即便他判斷失誤，真相還是在機緣巧合之下浮出了水面。我的記錄當中大概有六件這樣的案子，其中又有兩件最讓人興味盎然，一件是馬斯格雷夫典禮案*，另一件就是我即將敘寫的這件案子。）

歇洛克·福爾摩斯很少會為鍛煉而鍛煉。沒有多少人能在膂力上跟他一較高下，與此同時，在我見過的同量級拳擊手當中，他無疑可以名列前茅，然而，他認為漫無

---

* 這篇故事首次發表於 1893 年 2 月；在另一些版本當中，這裏舉的
　 例子是「第二塊血跡案」，不過，兩個例子都不太符合前文的描述。

目的的身體鍛煉完全是浪費力氣，也很少會為專業工作之外的事情勞動自己。另一方面，手頭有甚麼專業工作的時候，他絕對是精力無窮、從無倦意。在這樣的情形之下，他還能保持良好的身體狀態，實在是一件異乎尋常的事情，更何況，他的膳食通常極度簡單，生活也簡樸到了近於自虐的地步。除了偶爾打一針可卡因*之外，他沒有任何惡習，打可卡因的舉動也僅僅是為了抗議單調乏味的生活，只會出現在案件稀少、報紙無聊的時候。

早春的一天，他的心情異常放鬆，竟至於跟我一起去公園散了會兒步。公園裏的榆樹正在綻出第一批隱隱約約的綠芽，黏乎乎的栗樹葉芽也剛剛開始伸展成五片一簇的新葉。我倆在公園裏漫無目地地躇躂了兩個鐘頭，大部分時間都是默默無語，對於兩個相知莫逆的朋友來說，這正是情理中事。將近下午五點的時候，我倆才回到了貝克街的寓所。

「打擾一下，先生，」給我們開門的時候，我們的小聽差說了一句。「有位先生到這裏來找過您，先生。」

福爾摩斯責怪地瞥了我一眼。「下午散步真有益處！」他說道。「如此說來，這位先生已經走了嗎？」

「是的，先生。」

「你沒請他進門嗎？」

「請了，先生，他進來過。」

「他等了多久呢？」

「半個小時，先生。在這裏的時候，他一刻也不消停，

---

* 福爾摩斯系列中多次提到主人公的毒品嗜好，但在維多利亞時代的英國，可卡因和鴉片一樣，都還是可以合法買賣的商品。

先生，一直都在走來走去，步子還特別重。當時我是在門外候着的，先生，可我能聽見他的動靜。到最後，他跑到了過道裏，嚷嚷了一聲，『這個人是不是再也回不來了？』他原話就是這樣的，先生。『您稍微再等等就好了，』我跟他說。『那我就到外面去等，因為我都要憋死了，』他這麼說。『我一會兒就回來。』說完他就走了，我說甚麼也留不住他。」

「好啦，好啦，你已經盡力了，」我倆走進房間的時候，福爾摩斯說道。「可是，華生，這事情真的挺煩人的。眼下我迫不及待地需要案子，從這個人的焦急表現來看呢，他的案子又似乎特別重要。嘖！桌上這個煙斗不是你的，一定是他落在這裏的。這是個相當不錯的歐石南煙斗。煙嘴很長，材質也非常好，煙草販子管這種材質叫做琥珀。我倒想知道，全倫敦究竟有多少個真正的琥珀煙嘴？有些人認為，真貨的標誌之一是裏頭裹着蒼蠅。咳，往假琥珀裏頭塞點兒假蒼蠅，這可是一門相當不錯的生意。看情形，他心裏一定是煩透了，所以才會把煙斗落在這裏，因為他顯然是非常愛惜這個煙斗的。」

「你怎麼知道他非常愛惜它呢？」我問道。

「呃，照我的估計，這個煙斗原價應該是七先令六便士，可是你瞧，它已經補了兩次，一次補的是木頭斗柄，還有一次補的是琥珀煙嘴。你還可以看見，每一次修補用的都是銀箍，費用一定超過了煙斗的原價。這個人當然是非常愛惜這個煙斗，所以才願意補了又補，不願意花同樣多的錢去買個新的。」

「還有別的嗎？」我追問了一句，因為福爾摩斯正在翻來覆去地擺弄那個煙斗，還用他那種沉思默想的獨特方式盯着它看。

他把煙斗舉到高處，又用細長的食指敲了敲它，架勢就像是一位教授，正準備給學生講解一塊骨骼。

「有些時候，煙斗可以成為非常有趣的研究對象，」他說道。「沒有哪樣東西會比它更能體現主人的個性，懷錶和鞋帶興許可以例外。不過，這個煙斗透露的訊息既不算特別明顯，也不算特別重要。要我看，它的主人顯然是力氣不小，慣用左手，牙齒非常好，生活比較馬虎，而且不需要省吃儉用。」

我朋友一古腦地把這些情況扔了出來，完全是一副滿不在乎的樣子，可是我看見，他正在乜斜着眼睛觀察我的反應，顯然想知道我有沒有跟上他的演繹。

「照你的意思，用得起七先令的煙斗就算有錢人嗎？」我説道。

「煙斗裏裝的是格羅斯夫納混合煙絲，一盎司就要八便士，」福爾摩斯一邊回答，一邊就着自己的手掌磕了一點兒煙絲出來。「既然他花一半的價錢就可以買到上好的煙絲，我自然可以説他不需要省吃儉用。」

「其他的那些推測呢？」

「他習慣就着提燈或者煤氣噴燈點煙，你瞧，煙斗的一側整個兒都烤焦了。這當然不會是火柴造成的痕跡，如果用火柴的話，他幹嗎要把火柴舉到煙斗的側面呢？反過來，如果你就着提燈點煙，不把煙斗烤焦就是不可能的

事情。烤焦的部位都在煙斗右側，所以我斷定他是個左撇子。你可以試試就着提燈點你的煙斗，保準兒會發現，你會自然而然地讓煙斗的左側對着火焰，因為你慣用右手。偶爾一次你可能會反着來，但卻肯定不會總這麼幹。這個人拿煙斗的方法倒是始終如一。然後呢，琥珀煙嘴都讓他給咬穿了，要辦到這件事情，他必須得是個力氣不小、精力旺盛的伙計，牙口也得非常不錯才行。你聽，我沒搞錯的話，他已經到樓梯上了，所以啊，咱們馬上就能聽到一些更加有趣的事情，用不着研究他的煙斗啦。」

轉眼之間，房間的門開了，一個身材高大的小伙子走了進來。他穿着一套灰色的衣服，考究卻不張揚，手裏還拿着一頂寬邊低頂的褐色呢帽。我從長相估計他應該是三十左右，可他實際的年齡還要大上幾歲。

「恕我冒昧，」他開口說道，神色多少有點兒尷尬，「我看我應該先敲敲門才對。當然，平常我肯定會先敲門的。眼下是因為我心裏有點兒亂，你們一定得多多包涵。」他把手伸到自己的額頭上，似乎是覺得頭暈目眩，然後就向着一把椅子栽了下去，不能用「坐了下去」來形容。

「看得出來，您已經一兩個晚上沒有睡覺了，」福爾摩斯用的是他那種又隨和又親切的口吻。「這種事情對神經的考驗比工作還要大，甚至可以超過尋歡作樂。我能不能問一問您，有甚麼可以效勞的呢？」

「我需要您的建議，先生。我整個兒的生活似乎已經土崩瓦解，不知道如何是好了。」

「您是想請我做您的顧問偵探嗎？」

「不光是這樣,我還想徵詢您專業之外的個人意見,因為您是一個通情達理的人、一個深諳世故的人。希望您告訴我,接下來我該怎麼辦。上帝保佑,您千萬要幫得到我才好啊。」

他聲音很尖,言辭也斷斷續續、一字一蹦。我不禁覺得,說話本身對他來講就是一件非常痛苦的事情,為了控制住自己的情緒,他已經用盡了全部的意志力。

「這事情非常敏感,」他說道。「誰也不喜歡在陌生人面前談論自己的家務事。跟兩個我從來沒見過的男人討論我妻子的行為,實在是一件非常可怕的事情,可我又不得不這麼做,真的是糟糕透了。但是,我已經達到了忍耐的極限,只能來尋求別人的建議了。」

「親愛的格蘭特·門羅先生——」福爾摩斯開了口。

我們的客人從椅子上蹦了起來。「甚麼!」他叫道,「您知道我的名字?」

「如果您想要保持匿名狀態,」福爾摩斯笑着說道,「那我可以給您提個建議,以後不要再把自個兒的名字寫在帽子的襯裏上,就算要寫,也不要讓帽子的裏面衝着跟您說話的人。剛才我是要跟您說,就在這間屋子裏面,我和我朋友已經聽了相當不少的離奇秘密,也非常幸運地讓相當不少的煩擾心靈得到了安寧。我相信,我們也能為您做到同樣的事情。鑑於事實可能會證明時間相當寶貴,我想請您趕緊把相關的案情告訴我,不要再有更多的耽擱,可以嗎?」

我們的客人又一次用手捂住了額頭,似乎是覺得,講

述案情是一件艱難得叫人痛苦的事情。在我看來，他所有的舉止和神情都表明他是個含蓄內斂的人，天性還有點兒高傲，更願意掩藏自己的傷口，不願意讓它們暴露人前。接下來，他突然用那隻攥著的手狠狠地比劃了一下，似乎是一把扔掉了所有的矜持，跟著就開始講了起來：

「事情是這樣的，福爾摩斯先生，我是個有家室的人，結婚已經三年了。過去三年當中，我和我妻子彼此相愛，生活美滿，不輸給古往今來的任何一對夫婦。想法也好、言辭也好、行動也好，我倆從來不曾有過任何分歧，一次都沒有。現在呢，從週一開始，我倆之間突然冒出了一道障礙。我發現她的生活和頭腦當中多了一樣東西，那樣東西我一點兒也不了解，就跟她不過是一個在大街上和我擦肩而過的陌生女子似的。我倆就這麼有了隔閡，可我居然不知道原因何在。

「講到後面的事情之前，我必須跟您強調一點，福爾摩斯先生。埃菲是愛我的，這一點您千萬別有任何疑問。她全心全意地愛我，現在甚至比以前更愛。她的心意我完全明白，完全感覺得到。這件事情我不需要跟任何人討論，男人很容易就可以判斷一個女人愛不愛自己。可是，那個秘密橫在了我倆中間，只要它還在那裏，我倆就沒法回到從前的狀態。」

「麻煩您多講講事實吧，門羅先生，」福爾摩斯的口氣有點兒不耐煩。

「我這就把埃菲從前的經歷告訴您，知道多少就講多少。我倆初次相遇的時候，她已經是一名寡婦，只不過年

紀還輕，才二十五歲。那時候，她用的還是赫布隆太太這個稱呼。她小的時候就去了美國，定居在亞特蘭大 *，在那裏嫁給了一位事業發達的律師，也就是這個赫布隆。他倆生了一個孩子，可惜的是那地方爆發了嚴重的黃熱病，她的丈夫和孩子都死在了瘟疫當中。我看到過她丈夫的死亡證明。出事之後，她對美國產生了厭惡的情緒，於是就回到國內，跟一個終身未嫁的姑媽一起住在米德爾塞克斯郡的皮納爾鎮。順便提一下，前夫給她留下了不少遺產，本金大概有四千五百鎊，他生前選擇的投資項目也非常好，年收益平均有百分之七。我遇見她的時候，她剛剛在皮納爾住了半年。我倆一見傾心，幾個星期之後就結了婚。

「我自己做的是啤酒花生意，每年有七八百鎊的收入，所以呢，我倆感覺手頭比較寬裕，就按八十鎊一年的價錢在諾布里鎮 † 租了一座相當不錯的別墅。我們那座小房子就在鎮子邊上，以這樣的地理位置來說，可以算是鄉村風味非常濃厚。從我家往北一點兒的地方有一個小旅館和兩座房子，正對着我家的地方還有一座孤零零的小別墅，跟我家只隔一片田地。除此之外，你就得走到去車站的半路上才能看見房子。因為生意的關係，有些季節我得上倫敦來，夏天的時候則比較空閒，可以跟我妻子一起在鄉間的別墅裏享受再滿意不過的生活。這麼跟您說吧，在

---

* 亞特蘭大 (Atlanta) 為美國喬治亞州首府及最大城市。

† 諾布里鎮 (Norbury) 是大倫敦地區南部的一個小鎮，離《綠寶石王冠》當中的斯垂特厄姆街區很近，當時屬於薩里郡。

那件該死的事情開始之前，我倆之間連一絲一毫的陰影都不曾有過。

「有件事情我應該先告訴您，然後再接着往下說。我倆結婚的時候，我妻子把她所有的財產都轉給了我。這並不是我的主意，因為我當時覺得，財產都到了我的名下，要是我的生意出了閃失的話，我倆的日子不知道該有多難捱。可她堅持要這麼辦，最後也就這麼辦了。後來呢，大概六個星期之前，她跑來找我商量。

「『傑克*，』她說，『把我的錢拿去的時候，你曾經說過的，隨便我甚麼時候想要，都可以跟你開口。』

「『當然啦，』我說。『那些錢本來就是你的嘛。』

「『好吧，』她說，『我想要一百鎊。』

「聽她這麼說，我覺得非常驚訝，因為我本來以為她只是想添件新衣服甚麼的，沒想到數目這麼大。

「『要來做甚麼呢？』我問她。

「『噢，』她用上了她那種調皮的口吻，『你當時不是說，你只是我的銀行經理嘛，你也知道啊，銀行經理可從來不問問題。』

「『你真的想要的話，我當然會給你的，』我說。

「『噢，真的，我真的想要。』

「『可你要來做甚麼，你還是不肯告訴我嗎？』

「『改天吧，改天我興許會告訴你，不過不是現在，傑克。』

---

* 前文說這個人叫格蘭特·門羅，這裏的「傑克」可能是她妻子專用的愛稱，也可能他全名是約翰·格蘭特·門羅，「傑克」是「約翰」的暱稱。

「這麼着，我只能就此罷休，儘管在此之前，我倆還從來不曾有過不讓對方知道的事情。我給了她一張支票，之後就再也沒想過這件事情。這也許跟後面的事情沒甚麼關係，不過我覺得，還是提一提比較好。

「好了，剛才我跟您說過，離我家不遠的地方有座小別墅，跟我家只隔一片田地。不過，要從我家上那裏去的話，還是得先在大路上走一段，然後再走一段小路。小別墅背後有一片漂亮的小樹林，林子裏長的都是蘇格蘭紅松，以前我特別喜歡去那裏散步，因為樹木總是讓人樂意親近。前面的八個月當中，那座小別墅一直都空在那裏。這事情怪可惜的，因為那是座相當秀氣的雙層房屋，老式的門廊上還盤着一叢金銀花。曾經有好多次，我站在那座別墅跟前，心裏頭暗自琢磨，這房子用來安家，可真是再愜意不過了。

「然後呢，週一傍晚，我又去那邊散步，突然發現小路上迎面跑來了一輛沒裝東西的篷車，又看見別墅門廊旁邊的草地上擺了一堆毯子之類的家什。很顯然，終於還是有人租下了那座別墅。我從別墅門前走了過去，因為閒得沒事，又停下來張望了一番，想知道是甚麼樣的人搬到了離我家這麼近的地方。看着看着，我突然發現，二樓的一扇窗子裏面有張臉，正在觀察我的舉動。

「我說不出那張臉孔究竟有甚麼古怪，福爾摩斯先生，可是，當時它的確讓我覺得脊背發冷。看到它的時候，我離那座別墅已經有了一點兒距離，所以看不清它的五官，只是產生了一種印象，覺得它很不自然，還帶有某

種非人的特徵。我快步向前，想要到近處去看看那個窺視我的人，可我剛一走近，那張臉就消失了，而且消失得特別突然，就跟有甚麼東西把它拖進了房間暗處似的。我在那裏站了足足五分鐘，掂量着這件事情，拼命地想把我腦子裏的印象理出個頭緒。之前我離得太遠，所以分不清那張臉的主人是男是女。不過，最讓我震撼的還是它的顏色。那張臉孔帶着一種死人一般的灰黃色*，同時又顯得僵硬呆板，詭異得叫人驚駭。我被它弄得心煩意亂，於是就決定去打探一下這些別墅新住客的情況。我走過去敲了敲門，門立刻就開了，開門的是一個又高又瘦的女人，長着一張拒人千里的嚴厲臉龐。

「『您有甚麼事情？』她問我，聽口音像是北方人。

「『我是你們的鄰居，就住在那邊，』我一邊說，一邊衝我家的方向偏了偏腦袋。『我看見你們剛剛搬進來，所以就過來問問，看你們需不需要我幫甚麼──』

「『行，需要幫忙的時候我們會找您的，』她這麼說了一句，我還沒轉過臉，她就把門給關上了。面對這種無禮的拒絕，我自然忿忿不平，於是就轉身回了家。接下來的一整個晚上，雖然我努力去想別的事情，腦子裏卻總是盤旋着窗子裏面那張詭異的臉孔，還有那個女人的粗暴態度。我決定不跟妻子說臉孔的事情，因為她神經緊張，本來就容易疑神疑鬼，而我絕對不願意把我心裏那種很不舒

---

* 有一些版本當中，取代「死人一般的灰黃色」(livid dead yellow) 的形容詞是「白堊似的鉛灰色」(livid chalky white)。為照應故事標題起見，或以前者為佳。

服的感覺帶給她。不過，快要睡着的時候，我還是告訴她，那座小別墅已經有人住了，可她並沒有任何反應。

「平常時候，我總是睡得特別沉。家裏人老是開玩笑說，夜裏要想把我吵醒，只能說是癡心妄想。可是，就在當天夜裏，不知道怎麼回事，也不知道是不是受了傍晚那段小插曲的一點兒刺激，總之我睡得比平常輕了許多。半夢半醒之間，我模模糊糊地意識到房間裏有甚麼動靜，然後就漸漸地反應過來，我妻子已經穿好了衣服，眼下正在輕手輕腳地披她的斗篷、戴她的帽子。我張開了嘴，剛打算昏昏沉沉地咕噥幾句、對她這麼早起身表示一點兒驚奇或者埋怨，半睜半閉的眼睛卻突然瞥見了她映在燭光裏的臉，一下子驚得無法動彈。她臉上帶着一種我從來沒有見過的表情，一種我以為她永遠也做不出的表情。她臉色刷白，呼吸急促，一邊繫斗篷，一邊鬼鬼祟祟地朝床這邊瞟，看我有沒有被她吵醒。接下來，她顯然是斷定我還在睡覺，於是就無聲無息地溜出了房間。片刻之後，我聽到一聲清脆的吱呀，不可能是甚麼別的，只可能是前門的門樞轉動的聲音。我坐起身來，用指關節敲了敲床欄，確定自己不是在做夢，然後才把枕頭下面的懷錶拿出來看了看。時間是凌晨三點。凌晨三點，我妻子走進了外面的那條鄉村公路，究竟能有甚麼事情呢？

「我坐了大概二十分鐘，翻來覆去地琢磨這件事情，拼命地尋找某種說得通的解釋。越是想，我越是覺得這事情異乎尋常、無法解釋。我還在那裏苦思冥想，突然卻聽見了前門輕輕關上的聲音，跟着又聽見了她上樓的腳步。

「『你究竟上哪兒去了，埃菲？』她一進門我就問她。

「聽到我的問話，她嚇得猛一激靈，還吸着涼氣驚呼了一聲。最讓我難受的就是她這番驚駭的反應，裏面包含着一種難以形容的愧疚。我妻子一向坦率開朗，眼下看到她偷偷摸摸地溜進自個兒的房間，聽見自個兒的丈夫說話都要驚叫發抖，我心裏不由得一片冰涼。

「『你醒啦，傑克！』她大聲說了一句，慌慌張張地笑了笑。『怎麼啦，我還以為甚麼東西都吵不醒你呢。』

「『你剛才去哪兒了？』我問話的口氣嚴厲了一些。

「『你當然會覺得奇怪啦，』她一邊說，一邊解開斗篷，可是我看到，她的手指正在不停地顫抖。『可不是嘛，按我的記憶，我這輩子還沒做過這樣的事情呢。其實啊，我剛才是覺得憋得慌，所以特別想去外面呼吸點兒新鮮空氣。我真的覺得，要不是出去了一趟的話，這會兒我都該暈過去啦。我只是在門口站了幾分鐘，現在已經好多了。』

「跟我講前面這番話的時候，她壓根兒就沒有往我這邊瞧過一眼，聲音也跟平常大不一樣。我一看就知道，她說的都是假話，所以我沒有接她的茬，只是轉過臉去衝着牆壁，心裏裝滿苦澀，腦子裏湧起了千萬種毒刺一般的疑問和猜忌。我妻子到底對我隱瞞了甚麼呢？她剛才這段奇異旅程的目的地又是哪裏？我分明知道，找不出答案的話，我心裏是不會安寧的，可她已經在我面前說了一次謊，我實在不願意再問第二遍。接下來，我整夜都在那裏輾轉反側，想出了一種又一種解釋，一種比一種更加不合情理。

「第二天我本來是要到故城 * 裏去的，可我腦子裏一片混亂，根本沒心思應付生意上的事情。我妻子似乎跟我一樣難過，而我也從她頻頻投來的詢問目光瞧了出來，她雖然知道我並不相信她的說辭，但卻想不出任何善後的方法。吃早餐的時候，我倆幾乎沒說過一句話，吃完我就出門散步，打算借着早晨的新鮮空氣把這件事情想明白。

「我一直走到了水晶宮 †，在那邊待了一個鐘頭，下午一點的時候才回到諾布里。回家時我剛好從那座小別墅經過，於是就停了一小會兒，往別墅的窗子裏張望了一番，看看能不能瞥見前一天窺視我的那張怪異臉孔。我正在那裏站着，別墅的門卻突然開了，我妻子從裏面走了出來。您可以想像，福爾摩斯先生，當時我有多麼地驚愕。

「看到她之後，我驚得目瞪口呆，不過，我心裏的起伏實在不算甚麼，等我們四目相接的時候，展現在她臉上的那些波瀾才真的是無法言喻。剛開始的一瞬間，她似乎是想退回那座房子裏去，接下來，意識到躲也躲不過去之後，她朝我走了過來，唇邊雖然帶着笑意，刷白的臉龐和驚恐的眼睛卻讓她心裏的真實感覺暴露無遺。

「『噢，傑克，』她說，『我剛剛才進去，只是想看看咱們的新鄰居需不需要甚麼幫助。你幹嗎那樣看着我

---

* 故城 (the City) 通譯為「倫敦城」，特指倫敦市中心的一小片歷史悠久的區域，有時也稱「方里」(the Square Mile)，因為這片區域的面積剛好是一平方英里左右。為免與泛指倫敦全城的「倫敦城」發生混淆，本書均譯作「故城」。

† 水晶宮 (Crystal Palace) 是英國於 1851 年為當年的萬國博覽會修建的一座鑄鐵玻璃建築，原本在海德公園裏，1854 年搬遷到倫敦東南面的希登訥姆山 (Sydenham Hill)，1936 年失火焚毀。

啊，傑克？你該不會是生我氣了吧？』

「『這麼說，』我說，『夜裏你就是上這兒來了。』

「『你幹嗎這麼說？』她喊了一句。

「『你上這兒來了，這一點我可以肯定。這房子裏住的都是些甚麼人，你為甚麼要挑那麼個時間上門拜訪呢？』

「『我以前沒上這兒來過。』

「『明明知道是假話，你怎麼好意思對我說出口呢？』我忍不住提高了嗓門兒。『你說話的聲音都變了啊。我甚麼時候瞞過你甚麼事情？我一定要到那座房子裏去看一看，一定要把這事情查個水落石出。』

「『不，不行，傑克，看在上帝份上！』她上氣不接下氣地喊了起來，激動得無法自控。等我走到別墅門口的時候，她一把抓住了我的袖子，使出抽風似的蠻勁兒把我拽了回去。

「『我懇求你不要這麼做，傑克，』她大聲喊叫。『我可以發誓，有一天我會把一切都告訴你的。可是，如果你現在走進這座房子，只會給大家帶來災難，不會有甚麼別的結果。』接下來，我拼命地想要甩開她，可她死死地黏在我身上，瘋了似的苦苦哀求。

「『相信我，傑克！』她繼續大喊大叫。『就相信我這一次吧。你永遠也不會後悔的。你也知道，如果不是為了你好的話，我絕不會瞞你甚麼事情的。咱倆整個兒的生活都得看你這一次的決定。如果你跟我回家，一切都會好起來的，如果你非要闖進這座房子，咱倆之間的一切就全完了。』

「她的神態無比懇切、無比絕望，我不得不認真掂量她說的話，於是就僵在了門口，一時間拿不定主意。

「『我可以相信你，可我有一個條件，也只有一個條件，』到最後，我這麼跟她說。『條件就是，這樣的秘密活動必須到此為止。你可以繼續保守你的秘密，可你必須跟我保證，這樣的夜間訪問不會再有，背着我的事情也不會再有。我非常樂意忘記那些已成過去的事情，只要你保證它們不會重演。』

「『我就知道你肯定會相信我，』她大聲說，如釋重負地長吁了一口氣。『你說怎樣就怎樣好了。咱們走吧──噢，咱們走，回家去吧。』

「她仍然抓着我的袖子，帶着我離開了那座小別墅。走着走着，我回頭看了一眼，那張黃裏透青的臉孔又出現在了二樓的窗子後面，正在窺視我倆。我妻子和那個怪物之間究竟有甚麼聯繫呢？難不成，她居然會跟我前一天看到的那個潑婦有甚麼瓜葛嗎？這的確是一個詭異的謎，可是我非常清楚，這個謎一天不能破解，我的心就一天不得安寧。

「接下來的兩天我都待在家裏，我妻子似乎忠實地遵守了我倆之間的約定，因為就我知道的情況來看，她一步也沒有踏出家門。可是，到了第三天，我看到了一個十分有力的證據，這才發現，即便是莊重的承諾也不能幫她抵抗那種神秘的誘惑，不能阻止她為它背棄自己的丈夫、背棄自己的責任。

「那天我來了倫敦，回家的時候卻沒有按平常的習慣

去坐三點三十六分的火車，坐的是兩點四十的那一班。我走進家門的時候，女僕從裏屋跑進了大廳，神色十分驚恐。

「『太太在哪兒呢？』我問她。

「『我想她應該是出去散步了吧，』她這麼回答。

「我立刻起了滿肚子的疑心，趕緊衝到樓上，想知道她是不是真的沒在屋裏。在樓上的時候，我碰巧往窗子外面瞥了一眼，結果就看見，剛才和我説話的女僕正在田地裏奔跑，跑向對面的那座小別墅。當然，我立刻看清了其中的奧妙。我妻子又上那邊去了，走之前還吩咐女僕，我一回來就去叫她。我氣得渾身發抖，於是就衝到樓下、衝過田地，決心一勞永逸地了結這件事情。我看見我妻子和女僕急匆匆地順着小路往回趕，可我並沒有停下來跟她倆説話。藏在那座小別墅裏的秘密給我的生活罩上了一層陰影，我暗暗發誓，不管要付出怎樣的代價，這個秘密也必須就此揭曉。跑到房子跟前的時候，我連門都沒有敲，直接轉動門把，衝進了裏面的過道。

「房子的底樓靜悄悄的，沒有任何動靜。廚房裏有把水壺在火上嘶嘶作響，還有一隻大黑貓蜷在籃子裏面，我以前看見過的那個女人卻不見蹤影。我跑進另一個房間，另一個房間也是空無一人。於是我跑上樓梯，看到的又是兩個沒有人影的房間。整座房子空空盪盪，一個人也沒有。房子裏各個地方的傢具和圖畫都可以説是平凡粗俗到了極點，例外的只有一個房間，怪臉就出現在那個房間的窗子後面。那個房間裏的裝潢既舒適又高雅，而我所有的

猜疑也在那裏燒成了啃嚙心靈的熊熊火焰，因為我看到，壁爐台上擺着一張我妻子的全身相片，那還是三個月之前我叫她照的呢。

「我等了一陣，最終斷定屋裏確實沒人，只好悻悻離去，心情比以往任何時候都要沉重。我走進家門，我妻子跑到大廳裏來迎候我。可我心裏裝滿了傷痛和憤怒，根本不想和她說話，於是就從她身邊一掠而過，徑直走進了自己的書房。不過，我還沒來得及把門關上，她已經跟了進來。

「『對不起，傑克，我竟然違背了自己的諾言，』她說，『不過我敢肯定，如果知道了所有情況的話，你一定會原諒我的。』

「『那好啊，把所有情況告訴我吧，』我說。

「『我不能啊，傑克，我不能，』她大聲說。

「『你必須告訴我，那座房子裏住的都是些甚麼人，收到你相片的又是甚麼人，在你告訴我之前，咱倆之間不會再有信任可言，』說完之後，我衝出書房，離開了自己的家。我是昨天離開家的，福爾摩斯先生，之後我就再沒有看見我的妻子，對這件古怪的事情也沒有甚麼新的了解。這是我倆之間的第一道陰影，震得我失魂落魄，完全不知道如何是好。今早我突然想到，我最應該求教的人就是您，所以才急急忙忙地跑到了這兒，把我的命運毫無保留地託付給您。我要是有甚麼地方沒講清楚，麻煩您儘管問。不過，最重要的是，您千萬得趕緊給我指條明路，因為我實在承受不起這樣的痛苦。』」

這個激動萬分的男人以一種斷斷續續、一驚一乍的方式講完了這個離奇的故事，福爾摩斯和我都聽得全神貫注。接下來，我室友一言不發地坐在那裏，一隻手托着下巴，沉思了一陣子。

　　「告訴我，」他終於開口説道，「您能不能完全肯定，窗子裏面是一張男人的臉呢？」

　　「我每次看見它的時候都離得比較遠，沒辦法完全肯定。」

　　「即便如此，它似乎還是給您留下了很不愉快的印象。」

　　「它的顏色顯得很不自然，五官也僵硬到了詭異的程度。還有啊，我剛一走近，它一下子就不見了。」

　　「您妻子是在多久之前問您要一百鎊的？」

　　「將近兩個月之前 *。」

　　「您見過她前夫的相片嗎？」

　　「沒有，她前夫剛剛去世，亞特蘭大就起了一場大火，她所有的文件都給燒掉了。」

　　「可她仍然拿得出他的死亡證明，您剛才也説您看見過。」

　　「是的，火災之後，她去補了一張。」

　　「您見過她在美國時的相識嗎？」

　　「沒有。」

　　「她跟您提過重遊美國的事情嗎？」

　　「沒有。」

---

* 　原文如此，前文裏説的是「大概六個星期之前」，大體上也差不多。

「或者，她收到過從那邊來的信嗎？」

「沒有。」

「謝謝您。好了，現在我打算稍微掂量一下這個問題。要是那座小別墅從此變成空屋的話，事情可能會有點兒難度。話說回來，按我看，可能性更大的情形應該是，別墅的住客昨天只是收到了您要去的警報，趕在您進去之前暫時離開了那裏。那樣的話，眼下他們多半是已經回去了，咱們可以輕而易舉地搞清楚所有問題。既然如此，我建議您回諾布里去，再檢查一下那座小別墅的窗子。要是發現了有人居住的跡象，您也不要硬闖進去，給我和我朋友發封電報就行了。收到電報之後，我們會在一個鐘頭之內趕過去，很快就可以把這件事情查個一清二楚。」

「要是房子仍然空着，那又該怎麼辦呢？」

「那樣的話，我明天就趕過去，跟您好好商量商量。再見。還有啊，最重要的是，在確知自己有理由擔憂之前，您還是暫且寬心吧。」

「要我説，這事情恐怕相當卑劣，華生，」我室友説道。這時他已經把格蘭特·門羅先生送出大門，回到了我們的房間裏。「你怎麼看呢？」

「聽上去確實有點兒醜惡，」我回答道。

「確實如此。我沒搞錯的話，這裏面肯定牽涉到敲詐勒索。」

「勒索者是誰呢？」

「還能是誰，當然是住着別墅裏唯一的好房間、還把門羅太太的相片擺在他壁爐台上的那個傢伙。不瞞你説，

華生，窗子上那張鉛灰色的臉孔有一種非常迷人的魅力，我無論如何也不能錯過這件案子。」

「你已經想出甚麼解釋了嗎？」

「是的，一個初步的解釋。不過，要是我這個解釋跟事實對不上的話，那可就真是奇哉怪也。我覺得，那個女人的前夫就住在那座小別墅裏。」

「你為甚麼這麼覺得呢？」

「她死活不讓現在的丈夫走進那座房子，還能有甚麼別的道理呢？根據我的判斷，事情大致是這樣的：那個女人在美國結了婚，而她的丈夫漸漸地有了一些可憎之處，又或者，咱們可不可以假定，情形是她的丈夫染上了某種招人嫌惡的疾病，由此變成了一個社會棄兒，或者是一個不中用的人呢？到最後，她從他身邊逃回了英格蘭，而且換了個名字，按她看是開始了一種全新的生活。她給後來的丈夫看了另一個人的死亡證明，當時她冒用的就是那個人的姓氏。於是乎，她又一次結了婚，平平安安地過了三年，覺得自己的處境相當安全。突然之間，前夫找到了她的下落，又或者，咱們不妨假定，找到她下落的是跟她那個廢人前夫勾搭在一起的某個盪婦。接下來，他倆寫信給這個做了別人妻子的人，威脅要上門揭露她的醜事，於是她問丈夫要了一百鎊，打算破財免災。儘管如此，他倆還是跑到了她家附近。她聽到丈夫無意之中說起了別墅裏的新住客，又通過某種方法推斷出他們是衝自己來的，於是就等丈夫睡著之後跑出去找他倆，目的是勸說他倆放過自己。夜裏的勸說沒有成功，所以她第二天上午又去嘗試，

結果呢，就像她丈夫說的那樣，出來的時候讓她丈夫給撞見了。當時她答應以後再也不去那裏，可是，兩天之後，她實在是太想擺脫那些可怕的鄰居，於是就又一次跑去勸說他倆，還帶了一張自己的相片，相片多半是他倆問她要的。他們談到一半的時候，女僕衝進來說主人已經回到了家裏，做妻子的知道他很可能會直接闖進別墅，所以就催促那些住客趕緊從後門出去。住客們多半是躲進了那片松林，因為咱們的主顧說過，那座別墅離林子很近。這麼着，咱們的主顧自然會發現別墅裏空無一人。不過，如果他今天傍晚還是發現它空無一人的話，那我可真要大吃一驚了。你覺得我這種解釋怎麼樣？」

「你這種解釋完全是推測啊。」

「可它至少能涵蓋所有的事實。等拿到它涵蓋不了的新事實之後，咱們再來重新考慮也不遲。現在呢，咱們只能等諾布里的那位朋友發信過來，沒甚麼別的事情可做。」

還好，等待的時間並不太長。我倆剛剛喝完下午茶，他的電報就來了，電文如下：

別墅依舊有人。已再次目睹窗中怪臉。請乘七點火車來此，見面再行定奪。

我倆走下火車的時候，門羅已經等在了月台上。借着車站的燈光，我倆看到他臉色慘白，焦慮得渾身顫抖。

「他們還在那裏，福爾摩斯先生，」他一邊說，一邊把手重重地搭在了我朋友的胳膊上。「剛才我過去看了，別墅裏面有燈光。也好，咱們馬上就可以一了百了地解決這件事情了。」

「那麼，您是怎麼打算的呢？」我們沿着樹木夾道的幽暗馬路往前走，福爾摩斯問道。

「我打算硬闖進去，親眼看看裏面都是些甚麼人物。希望你們兩位能為我作個見證。」

「這麼說，儘管您妻子警告您別去解決這個謎題，您還是打定主意要這麼做嘍？」

「是的，我已經打定了主意。」

「嗯，我覺得您這個決定是對的。真相再怎麼殘酷，總比無休無止的疑問要好。咱們最好立刻採取行動。當然，從法律上說，咱們這麼幹完全是錯的，可我還是認為，錯也值得。」

這是個十分黑暗的夜晚，我們從大路轉進了一條樹籬夾道的小路。狹窄的小路上印着深深的轍跡，天上又下起了稀疏的小雨。儘管如此，格蘭特・門羅先生還是急不可耐地往前猛衝，我倆則跌跌撞撞地走在後面，盡量跟上他的步伐。

「那邊亮燈的地方就是我家，」他低聲念叨了一句，指了指樹叢當中的一點微光。「好了，這就是我要闖進去的那座小別墅。」

他說話的時候，我們在小路上拐了個彎，隨即發現，那座房子就在旁邊很近的地方。一片黃光投射在黑黢黢的房子正面，說明房門並沒有完全關死。二樓的一扇窗子燈火明亮，我們抬頭望去，剛好看到一個黑影從百葉簾後面一掠而過。

「那就是那個怪物！」格蘭特・門羅叫道。「你們自

己也看見了吧，那裏面的確是有人的。好了，跟我來，咱們馬上就可以知道一切。」

我們走近門口，一個女人突然從暗處走了出來，站到了那片金色的燈光裏面。我看不見她隱沒在黑暗之中的臉，但卻看見她伸出雙臂，擺出了懇求的姿態。

「看在上帝份上，別這麼做，傑克！」她叫道。「之前我就預感到你今晚會來。再想想吧，親愛的！再相信我一次吧，你永遠也不會後悔的。」

「我相信你相信得太久了，埃菲，」他厲聲喝道。「你給我鬆手！我一定得過去。我和我這些朋友要把這件事情徹底了斷！」他把她推到一邊，我倆緊緊地跟在他的身後。他一把拉開房門，一個上了年紀的女人從屋裏跑到他的面前，打算攔住他的去路，但卻被他推了回去。轉眼之間，我們三個都走在了樓梯上。格蘭特·門羅疾步衝進樓上那個亮燈的房間，我倆也跟了進去。

眼前是一個裝潢精美、溫馨舒適的房間，桌上點着兩支蠟燭，壁爐台上也點着兩支。房間的角落裏有張書桌，伏案而坐的似乎是個小女孩。我們剛一進門，她就把臉扭到了一邊，我們看見的只是她穿着一件紅色的上衣，戴着長長的白手套。等她猛一下轉過臉來的時候，我忍不住驚恐地叫了一聲。對着我們的這張臉是一種詭異至極的鉛灰色，完全沒有任何表情。不過，這個謎題轉眼之間就有了答案。福爾摩斯微微一笑，把手伸到孩子的耳朵後面，揭下了她臉上的面具。面具之下是一個膚色如同黑炭的小女孩，我們的驚奇表情讓她樂得合不攏嘴，露出了亮晶晶的

潔白牙齒。受了她這股子高興勁兒的感染，我不由得大笑起來。格蘭特·門羅卻站在那裏，直勾勾地盯着她，一隻手扼住了自己的喉嚨。

「天哪！」他叫道。「這到底是怎麼回事？」

「我這就告訴你怎麼回事，」他妻子高聲説道，昂然走進了房間，臉上的表情又驕傲又堅定。「這並不是我的本意，是你逼我告訴你的，接下來，咱倆只能盡量去收拾這個殘局。事情是這樣，我以前的丈夫雖然死在了亞特蘭大，我的孩子卻活了下來。」

「你的孩子？」

她從懷裏掏出了一個大大的銀制鏈墜盒。「你沒見我打開過它吧。」

「我以為它打不開呢。」

她摁了摁甚麼機簧，盒蓋彈了開來。盒子裏是一張相片，相片裏的男人相貌十分英俊，神態也儒雅斯文，五官卻帶有一些明白無誤的特徵，表明了他的非洲血統。

「這位就是亞特蘭大的約翰·赫布隆，」她説道，「世上從未有過比他還要高貴的男人。為了嫁給他，我跟自己的種族斷絕了關係，可是，他還活在世上的時候，我連一瞬間的悔恨也不曾有過。我們唯一的孩子長得像他的族人，跟我的族人不像，這對我們來説確實是件憾事。這一類的婚姻往往會產生這樣的情形，我們的小露茜更是比她父親還要黑得多。不過，黑也好白也好，她始終都是我至親至愛的小女兒、始終都是她媽媽的小寶貝兒。」聽了這話，小傢伙跑了過去，依偎在她的裙子邊上。「當初我把

她留在美國，」她接着說道，「僅僅是因為她身子弱，我怕她來這邊水土不服。我把她託付給了一個忠實的蘇格蘭女人*，那個女人曾經是我家的僕人。我從來沒想過要拋棄我的孩子，那樣的念頭一秒鐘也不曾有過。可是，命運讓你走進了我的生活，傑克，而我也漸漸地愛上了你。那時候，我實在不敢把孩子的事情告訴你。願上帝寬恕我，我害怕失去你，所以就沒有勇氣向你說明真相。你們兩個我只能選一個，而我一時軟弱，終於背棄了我親生的小寶貝。整整三年的時間裏，我沒讓你知道她的存在，可我能從保姆那裏得到消息，知道她一切安好。可是，到最後，我還是產生了一種無法抑制的渴望，想要再看看我的孩子。我拼命地克制自己，但卻怎麼也克制不住。雖然知道風險很大，我還是決定把孩子接過來，哪怕只待幾個星期也好。我寄了一百鎊給那個保姆，讓她租下這座小別墅，這樣一來，她就可以搬來跟我做鄰居，人家也不會發現我們之間的關係。我盡量做得小心謹慎，甚至還吩咐她，白天不要讓孩子出門，要把孩子的小臉和雙手遮蓋起來。這樣的話，就算有人透過窗子看見了孩子，也不會到處傳揚，說咱們這兒來了個黑孩子。如果不是謹慎過頭的話，興許我還可以做得明智一些，可我真的非常害怕你知道真相，怕得沒了理智†。

---

* 蘇格蘭在英格蘭的北邊，所以前文中格蘭特・門羅說這個女人「聽口音像是北方人」。

† 在十九世紀的美國，黑白通婚是匪夷所思的事情，即便在南北戰爭之後也是如此。在亞特蘭大所在的喬治亞州，禁止白人和白人之外任何種族通婚的法律直至 1967 年才告廢除。當時的英國社會雖然寬鬆一些，並且沒有禁止異族通婚的法律，黑白通婚仍然是

「聽你說這座別墅裏住上了人，我才知道她們到了。我本該等到早上再去看她們，可我激動得睡不着覺，又知道你這個人很不容易醒，所以就偷偷地溜了出去。沒想到你看見了我出去，我的麻煩就這麼起了頭。第二天，你本來有機會揭穿我的秘密，可你表現得非常紳士，沒有去深究這件事情。不過，三天之後，你從前門衝進來的時候，保姆和孩子只是險險地從後門躲了出去。好了，今晚你終於知道了一切，我倒想問一問你，你打算怎麼對待我們、對待我和我的孩子呢？」她緊扣雙手，等待着他的回答。

接下來的十分鐘*顯得十分漫長。這之後，格蘭特‧門羅終於打破了沉默，而他的回答也讓我樂於時時回想。他抱起那個幼小的孩子，親了親她，然後就一隻手抱着孩子，一隻手挽着妻子，轉身往門口走去。

「回家談吧，回家談比較自在，」他說道。「我這個人算不上特別地好，埃菲，可我覺得，比你想像的還是要好一點兒的。」

福爾摩斯和我跟在他們身後，順着那條小路往前走。走上大路的時候，我朋友扯了扯我的衣袖。

「要我說，」他說道，「咱倆不如回倫敦去，應該會比待在諾布里有用。」

接下來，他一個字也沒有再提這件案子的事情。夜靜更深，他拿上一支點燃的蠟燭，舉步走向自己的臥室，這時才突然說道：

遭人鄙視的事情。

* 在有的版本當中，這個時間是「兩分鐘」。

「華生，以後你要是覺得我太過相信自個兒的本事，或者是對哪件案子不夠用心，麻煩你在我耳邊輕輕地說一聲，『諾布里』，我一定會對你感激不盡。」

證券行辦事員

　　婚後不久，我在帕丁頓街區買了一間診所。賣診所給我的法誇爾老先生曾經把一間全科診所辦得有聲有色，後來呢，他一方面是上了年紀，一方面又染上了聖維特斯舞蹈病*，生意便一落千丈。公眾抱有一種不足為奇的觀念，要求醫生自己必須是個完全健康的人，如果某個醫生拿自身的病痛沒有辦法，他們難免會對他的醫術白眼相看。這樣一來，我那個診所的前任主人身體越來越差，生意也江河日下，到我從他手裏買下診所的時候，診所的年收入已經從一千二百鎊縮減到了三百鎊出頭。即便如此，我還是充滿了信心，覺得自己又年輕又有幹勁，要不了幾年就能讓診所恢復往日的盛況。

　　接手診所的頭三個月，我忙得不可開交，很少見到我朋友歇洛克·福爾摩斯，一來是我沒空去貝克街，二來是他幾乎從不出門，只有辦案的時候例外。這樣一來，六月裏一天早晨的事情就讓我非常意外。當時我剛剛吃完早餐，正在閱讀《英國醫學雜誌》†，突然聽見門鈴響了一

---

*　這篇故事首次發表於 1893 年 3 月；聖維特斯舞蹈病 (St. Vitus's dance) 即小舞蹈病，為舞蹈病之一種，症狀為臉部及手足不由自主的痙攣抽搐。聖維特斯是公元 303 年殉道的基督教聖徒，後來被視為舞者的守護聖徒。

†　《英國醫學雜誌》(British Medical Journal) 是創刊於 1840 年的一本

陣，隨之而來的就是我那位老室友洪亮得有點兒刺耳的聲音。

「哈，我親愛的華生，」他一邊說，一邊大踏步地走進房間，「見到你我真是高興極了！華生太太在咱們那件『四簽名』案子當中受了點兒小小的刺激*，依我看，她應該已經完全恢復過來了吧。」

「謝謝關心，我倆都非常好，」我熱情地握了握他的手。

「還有啊，我希望，」他在搖椅上坐了下來，接着說道，「診所的事情雖然多，還不至於讓你徹底撇下咱們那些小小的演繹問題，不再對它們產生興趣吧。」

「恰恰相反，」我回答道，「就在昨天晚上，我還把以前的記錄翻出來看了一遍，給咱們以前的一些成果歸了歸類呢。」

「要我說，你總不至於認為，你的資料收集工作已經截止了吧。」

「沒那回事。如果哪天能再有一些這樣的經歷，那可真是再好不過了。」

「比如說，今天如何？」

「可以，今天就今天，你說了算。」

「伯明翰† 那麼老遠的地方也沒問題嗎？」

著名醫學期刊，英文名稱現已改為「BMJ」。

* 華生的妻子即《四簽名》當中的瑪麗·莫斯坦小姐，二人因該案相識，遂結連理。

† 伯明翰 (Birmingham) 為英格蘭中部重要工業城市，東南距倫敦約 190 公里。

「沒問題，悉聽尊便。」

「你的診所怎麼辦呢？」

「鄰居不在的時候，我總是幫他處理病人。他一直都想還這個人情呢。」

「哈！再好不過，」福爾摩斯一邊說，一邊靠到椅子背上，眯縫着眼睛仔仔細細地打量我。「我發現，最近你身體不怎麼好啊。熱傷風還是挺折磨人的。」

「上週我得了一場重感冒，整整三天出不了門。不過，按我看，我身上早就已經沒有感冒留下的任何痕跡了啊。」

「確實沒有，眼下你的氣色好極了。」

「那麼，熱傷風的事情你是怎麼知道的呢？」

「親愛的伙計，我的方法你是知道的。」

「這麼說，你是演繹出來的嘍？」

「當然。」

「依據是甚麼呢？」

「依據是你的拖鞋。」

我看了看自己腳上那雙新買的漆皮拖鞋。「究竟是怎麼——」我開口發問。不過，我的話還沒有說完，福爾摩斯已經搶先作出了回答。

「你的拖鞋是新的，」他說道。「買了最多不過幾個星期。可是，你這會兒亮在我眼前的鞋底稍微有一點兒烤焦的痕跡。剛開始我以為，這興許是因為拖鞋打濕了，烤乾的時候又烤得有點兒過頭。然而，靠近腳背的地方貼着一張帶有店鋪標記的小圓紙片，要是鞋子受過潮的話，它

肯定會掉下來。如此說來，這一定是因為你坐在椅子上，把雙腳伸到爐子跟前去烤火，這個六月雖然下雨下得厲害，一個完全健康的人恐怕也不至於要烤火吧。」

跟福爾摩斯的所有演繹過程一樣，事情一經解釋，立刻顯得簡單無比。他從我臉上看出了我腦子裏的想法，笑容之中就帶上了一點兒辛酸。

「這麼一解釋，恐怕我又把自己給賣了，」他說道。「光講結果不講原因，別人的印象就會深刻得多。好了，你已經準備好出發去伯明翰了嗎？」

「當然。是一件甚麼案子呢？」

「上了火車我再跟你細說吧。外面有輛四輪馬車，我的主顧還在車裏等着呢。你可以馬上走嗎？」

「馬上就好。」我急匆匆地寫了張條子給鄰居，又跑到樓上跟我妻子說了一下這件事情，然後就到門口的台階上去找福爾摩斯。

「你的鄰居也是個醫生，」他衝旁邊的一塊黃銅牌匾偏了偏腦袋。

「是啊，他跟我一樣，也在這兒買了間診所。」

「他買的是一間老早就有的診所嗎？」

「跟我買的這間一樣，都是從房子落成的時候就有了。」

「喔！這麼說，還是你買的這家生意比較好。」

「我看也是，可你是怎麼知道的呢？」

「通過台階知道的，我的小伙計。你門口的台階磨損得比較厲害，比他的薄了三英寸。好了，馬車裏的先生就

是我的主顧，霍爾·派克羅夫特先生。我這就給你作個介紹。讓你的馬兒跑快點兒吧，車夫，遲了我們就趕不上火車了。」

坐在我對面的是個體格健美、膚色健康的小伙子，面容坦率誠實，蓄着一點兒捲翹的黃色髭鬚。他戴着一頂光華熠熠的高頂禮帽，穿着一套整潔莊重的黑色衣服，外表完全符合他的身份———一個精明強幹的城市青年，屬於人們所說的「倫敦佬」* 階層，這個階層為我們的島國提供了最為精銳的義勇軍部隊†，培育出的優秀運動員也比其他任何階層都要多。他紅潤的圓臉洋溢着與生俱來的快活勁兒，嘴角卻似乎有點兒往下耷拉，流露出一種近於滑稽的愁苦。不過，直到我們坐進頭等車廂、開始往伯明翰的方向行進之後，我才聽到了他所遭遇的麻煩，聽到了那件迫使他向歇洛克·福爾摩斯求助的事情。

「咱們的行程怎麼也得有七十分鐘，」福爾摩斯說道。「霍爾·派克羅夫特先生，我希望您給我朋友講講您那段十分有趣的經歷，之前您怎麼跟我講的，現在就怎麼跟他講，能多點兒細節更好。把這一連串的事件再聽一遍，對我來說很有幫助。到頭來，華生，咱們多半會發現，這件案子確實有點兒名堂，又或者，即便它沒甚麼名堂，至少也包含了一些你我都愛如珍寶的離奇特徵。好了，派

---

*　「倫敦佬」(Cockney) 通常指倫敦的工薪階層，尤其是倫敦東區的工薪階層，這個英文單詞還可以指這些人使用的方言，即「倫敦腔」。

†　這裏的「義勇軍」是指從市民當中征召的業餘士兵，今天的英國依然有這種士兵組成的軍隊，名稱則是「本土國防軍」。

克羅夫特先生，您講吧，我不多嘴了。」

我們的年輕旅伴看着我，眨巴了一下眼睛。

「這件事情最糟糕的地方就是，」他說道，「我在裏面的表現完全像一個稀裏糊塗的傻瓜。當然嘍，這事情也許會圓滿解決，而我也看不出來，當初我還有甚麼別的選擇。不過，要是我扔掉了自個兒的飯碗，最後卻甚麼也沒換到的話，那我可真要覺得自己是個特別好騙的傻子了。我這個人不太會講故事，華生醫生，大致說來，我碰上的事情是這樣的：

「我原來在德雷伯花園的科克森－伍德豪斯證券行上班，可是，您肯定也記得，今年初春發生了委內瑞拉公債案，他們也上了當，結結實實地栽了個大跟頭。我在那裏幹了五年，商行倒閉的時候，老科克森也在推薦信裏把我誇上了天。儘管如此，當然嘍，我們這些辦事員還是被全部遣散，二十七個一個不留。我東奔西跑地找工作，可是，大街上到處都是跟我同病相憐的伙計，很長一段時間裏我都是毫無進展。我在科克森證券行的時候週薪是三鎊，最後有大概七十鎊的積蓄，可我很快就花光了積蓄，落到了兩手空空的境地。到最後，我已經山窮水盡，幾乎連應徵信的郵票和信封也買不起了。我在各家商行的樓梯上磨穿了自己的鞋子，工作卻還是跟以前一樣遙不可及。

「終於有一天，我看到莫森－威廉姆斯證券行有了一個職位空缺，那是隆巴德街上一家規模很大的證券經紀行。我估計您對東中部郵區 * 不太熟悉，不過我可以告訴

---

* 　東中部郵區是指倫敦市中心的一片郵政區域，包括倫敦故城的絕

您，那是倫敦最有錢的一家證券行。他們刊登的那則招聘啟事只允許信函應徵，於是我寄去了推薦信和申請函，心裏卻壓根兒沒抱甚麼成功的希望。可是，我居然收到了他們的回信，讓我下週一到他們那裏去，只要我在長相方面沒甚麼問題，立刻就可以開始上班。鬼才知道這些商行都是怎麼挑人的，有人說，那些當經理的只是把手伸到成堆的應徵信裏去抓，抓到誰就是誰。不管怎麼說吧，我總算是時來運轉，心裏也高興得不能再高興。他們給的週薪比科克森證券行多了一鎊，職責倒是跟以前差不多。

「好了，接下來我就要講到比較古怪的部分了。我寄住在漢普斯蒂德街區那邊，具體說就是波特巷 17 號。是這樣，收到聘用通知的當天晚上，我坐在屋裏抽煙，女房東給我送來了一張名片，上面印的是『金融經紀，亞瑟·平納』。我以前從來沒聽過這個名字，完全想不出他找我幹甚麼，話雖如此，我也不可能不讓房東請他進來。進來的是個中等身材的人，黑頭髮黑眼睛，絡腮鬍子也是黑的，鼻頭帶有一點兒猶太佬的特徵。他動作相當利索，說話也很乾脆，似乎是非常懂得時間的寶貴。

「『您就是霍爾·派克羅夫特先生吧？』他說。

「『是的，先生，』我一邊回答，一邊拉了把椅子給他。

「『前些日子在科克森 - 伍德豪斯商行上班？』

大部分，以及一些周邊區域。華生診所所在的帕丁頓街區不在這個郵區範圍之內。隆巴德街 (Lombard Street) 在故城之中，當時是倫敦著名的金融街。

「『是的，先生。』

「『眼下則是莫森商行的職員。』

「『沒錯。』

「『很好，』他說，『這樣的，關於您高超的理財本領，我聽到了一些很不尋常的傳聞。您應該記得帕克這個人吧，他原來是科克森商行的經理。講起您的本領，他總是讚不絕口。』

「聽了這些話，我當然非常高興。我在辦公室裏也算是相當能幹，可我做夢也想不到，故城裏的人會給我這麼高的評價。

「『您的記憶力應該不錯吧？』他說。

「『還過得去，』我回答得比較謙虛。

「『沒上班的這段時間裏，您還在關注市場行情嗎？』他問我。

「『是的，我每天早上都會看報紙上的證券行情。』

「『瞧瞧，您可真下工夫啊！』他叫了起來。『這樣才能發家致富嘛！讓我來考考您，您不會介意吧？我想想啊。艾爾郡 * 股票是甚麼行情？』

「『買入價一百零五鎊十七先令六便士，賣出價一百零六鎊五先令。』

「『新西蘭統一股票呢？』

「『一百零四鎊。』

---

* 艾爾郡 (Ayrshire) 是蘇格蘭西南部的一個郡，「艾爾郡股票」是當時的一種鐵路股票。

「『不列顛布羅肯希爾 * 銀礦呢？』」

「『買入價七鎊，賣出價七鎊六先令。』」

「『棒極了！』他舉起雙手，大聲稱讚。『這跟我聽說的行情完全吻合。我的伙計啊，我的伙計，您在莫森商行當辦事員真是太屈才了！』」

「您應該不難想像，他這番熱情洋溢的言論讓我十分驚訝。『呃，』我說，『您似乎對我評價非常高，平納先生，其他人可不像您這麼想。我費了好一番辛苦才得到這份差使，心裏滿意得很呢。』」

「『得了吧，伙計，您應該待在比這高得多的位置，這樣的位置可不是您的用武之地。好了，我來跟您說說我這邊兒的情況。我打算提供給您的待遇雖然遠遠配不上您的本領，跟莫森商行的差使比也算是天上地下了。我想想啊。您甚麼時候去莫森上班呢？』」

「『下週一。』」

「『哈，哈！依我看，我倒願意打個小小的賭，賭您根本就不會到那裏去。』」

「『不會到莫森去？』」

「『不會，先生。原因在於，到了下週一，您已經當上了法蘭西－米德蘭五金有限公司 † 的業務經理，這家公司在法國城鄉擁有一百三十四個分支機構，比利時的布魯塞爾和意大利的聖雷莫也各有一個。』」

---

* 　布羅肯希爾 (Broken Hill) 是今日澳大利亞新南威爾士州的一個城市。十九世紀八十年代，人們在那裏發現了儲量巨大的銀礦。

† 　公司名稱當中的「米德蘭」(Midland) 來自英格蘭中部歷史地區名「米德蘭茲」(Midlands)，伯明翰是該區域內最大的城市。

「我驚得目瞪口呆。『可我從來沒聽說過這家公司啊，』我說。

「『您多半是沒聽過。這家公司一向不事張揚，所有資金都是私下募集，沒必要公開招股，白白便宜了公眾。我弟弟哈里·平納是公司的發起人，又通過認購股份在公司的董事會裏得到了總經理的職位。他知道我熟悉這邊的情況，所以託我在這邊物色一個要價不高的優秀人才，一個有闖勁的年輕人，同時還得充滿幹勁。帕克跟我提起了您，這不，今天晚上我就來了。剛開始的時候，我們只能給您一份聊勝於無的薪水，五百鎊。』

「『一年五百鎊！』我不由得大叫一聲。

「『剛開始確實只有這麼多，不過，您還可以拿到抽成傭金，按您下面的代理商完成的總銷售額來提取，比例是百分之一。您只管相信我好了，到最後，傭金的數額肯定會超過您的薪水。』

「『可我對五金產品一點兒也不懂啊。』

「『嘖，我的伙計，您不是懂算賬嘛。』

「我腦子裏嗡的一聲，差一點兒沒從椅子上掉下去。可是，我突然產生了一些疑問，心裏又涼了半截。

「『實話跟您說吧，』我說。『莫森只給了我兩百鎊的年薪。可是，莫森是有保障的。眼下呢，說實在的，我對您的公司真的是了解太少，所以——』

「『嗯，聰明，聰明！』他連聲讚嘆，簡直可以說是欣喜若狂。『我們要的就是您這樣的人。您不會輕易相信別人的說辭，這一點非常正確。好了，我這兒有張一百鎊

的鈔票，如果您覺得我們之間可以有合作的機會，那就把它揣到兜裏，作為我們預付給您的一部分薪水。』

「『您可真是太慷慨了，』我說。『我應該甚麼時候到崗呢？』

「『明天下午，您上伯明翰去，』他說。『我兜裏有封信，您可以帶着它去找我弟弟。他的地址是科博雷興街126B，那裏是公司的臨時辦公地點。當然嘍，聘用您的事情還需要經過他的批准，不過，咱倆私下說啊，這事情絕對沒問題。』

「『說實在的，我真不知道該怎麼感謝您才好，平納先生，』我說。

「『沒甚麼可謝的，我的伙計，這個機會是您應得的。對了，還有一兩件小事情，雖然都只是過場，可我也得跟您走完。喏，您旁邊就有張紙，麻煩您在紙上寫，「我完全願意擔任法蘭西－米德蘭五金有限公司的業務經理，年薪不低於五百鎊。」』

「我按他說的辦了，他把我寫好的紙片揣進了自個兒的口袋。

「『還有個細節問題，』他說。『您打算怎麼跟莫森那邊說呢？』

「當時我大喜過望，早已把莫森商行忘了個一乾二淨，聽到他問才說，『我會寫信去辭工的。』

「『我恰恰不希望您這麼幹。是這樣，為了您的事情，我跟莫森的經理吵了一架。當時我找他打聽您的情況，他的態度非常無禮，指責我不該引誘您離開他們的商行，如

此等等。到最後，我實在按捺不住火氣，於是就跟他說，「你們既然想用像樣的人，那就應該給人家開一份像樣的薪水。」

「『「他寧願掙我們的小錢，也看不上你們開的高價，」他說。

「『「我跟您打五鎊的賭，」我說，「賭他會接受我的邀請，而且再也不會理睬你們。」

「『「可以！」他說。「我們把他從貧民窟裏撈了出來，他不會隨隨便便離開我們的。」他原話就是這麼說的。』

「『這個不要臉的無賴！』我大聲罵了一句。『我這輩子跟他連面都沒見過，幹嗎要死乞白賴地考慮他的感受呢？既然您不希望我寫信給他，那我肯定不寫。』

「『很好！您這就算是答應我了，』他一邊說，一邊從椅子上站了起來。『好啦，能替我弟弟找到一個這麼出色的職員，我真是非常高興。喏，這是預付給您的一百鎊薪水，這是給我弟弟的信。地址您記一下，是科博雷興街126B，您也別忘了，約定的時間是明天下午一點。晚安，祝您心想事成、該有的好運一樣也不缺！』

「按我的記憶，我和他那次談話的全部內容應該就是這些。您可以想像，華生醫生，面對如此難得的好運，我心裏是多麼地欣喜。整整半宿，我都是坐在那裏沾沾自喜。第二天，我搭一班早早的火車去了伯明翰，為下午的約會留出了充足的富餘。我把東西寄在了新街*的一家旅

---

* 伯明翰的新街 (New Street) 和科博雷興街 (Corporation Street) 真實

館裏，然後就去找他給我的那個地址。

「找到那個地址的時候，離約定的時間還有一刻鐘，不過我想，早點兒去也沒甚麼關係。126B 實際上是夾在兩個大商鋪中間的一條過道，過道進去是一段曲裏拐彎的石梯，石梯通往許多套公寓，全都是商行或者專業人士租用的辦公室。牆根上刷着各家租戶的名字，裏面卻找不出甚麼『法蘭西–米德蘭五金有限公司』。我在那裏站了幾分鐘，一顆心提到了嗓子眼兒，琢磨着這整件事情是不是一個精心設計的騙局。就在這時，有個人走了過來，開始跟我搭話。他跟我頭天晚上見到的那個人非常像，體形和聲音都是一模一樣，只不過鬍子刮得乾乾淨淨，頭髮的顏色也沒有那麼深。

「『您是霍爾·派克羅夫特先生嗎？』他問我。

「『是的，』我說。

「『噢！我知道您要來，只不過您到得稍微早了一點兒。今天上午，我收到了我哥哥捎來的信，他可是很為您唱了一番讚歌哩。』

「『您過來的時候，我正在找辦公室的名牌呢。』

「『我們上週才租下這幾間臨時的辦公室，還沒來得及把公司的名字刷上去。跟我上去吧，咱們好好談談。』

「我跟着他爬上一段陡得要命的樓梯，上到了整座樓的頂層。樓頂的板瓦下面是兩個空空盪盪的小房間，房間裏滿是灰土，沒有地毯也沒有窗簾，他領我進去的就是這麼個地方。按我過去的經歷，我本以為眼前會是一間寬敞

存在，是相連的兩條街道。

的辦公室，裏面有閃閃發亮的桌子，還有一排又一排的職員，實際呢，房間裏全部的東西不過是兩把松木椅子和一張小桌子，外加一個賬本和一個廢紙筐。我敢說，當時我面對這樣的一種景象，眼光肯定是有點兒發直。

「『別氣餒，派克羅夫特先生，』看到我拉得老長的臉，我的新相識説。『羅馬也不是一天建成的，咱們背後有的是資金支持，只不過還不想拿辦公室來擺闊而已。請坐，把信給我吧。』

「我把信給了他，他仔仔細細地讀了一遍。

「『看樣子，您給我哥哥亞瑟留下了無比深刻的印象，』他説，『而且我知道，他看人是非常準的。您知道嗎，他特別看重倫敦人，我看重的卻是伯明翰人，不過，這一次我會聽他的。好了，現在您儘管放心，這個職位已經百分之百是您的了。』

「『我的職責是甚麼呢？』我問他。

「『您將來的任務是掌管設在巴黎的大貨棧，負責分發英國製造的大批杯盤碗盞，目的地是法國各地一百三十四個分支機構的店鋪。這批貨物的採購工作一個星期就可以完成，在此期間，您得待在伯明翰，還得給自己找點兒事兒幹。』

「『甚麼事兒呢？』

「聽了我的問題，他從抽屜裏拿出了一本紅色封面的大部頭。

「『這是巴黎的商家名錄，』他説，『人名的後面列着此人所從事的行業。我要你把它帶回家去，把所有的

五金器皿銷售商都抄下來，還得加上他們的地址。對我來說，這些材料再有用不過了。』

「『我估計，書裏面肯定得有已經分好類的名單吧？』我這麼跟他建議。

「『靠得住的沒有，他們分類的方法跟咱們不一樣。專心幹，下週一十二點之前把名單交給我。再見，派克羅夫特先生。只要你不斷展現你的熱情和才智，公司是不會虧待你的。』

「我夾着那本大書回到了旅館，心裏充滿了矛盾。一方面，他們確實聘用了我，我兜裏也確實裝上了一百鎊；另一方面，辦公室的模樣，公司名字不在牆上的事實，還有其他種種生意人一看就懂的細節，全都讓我對兩位東家的背景產生了非常糟糕的印象。可是，不管怎麼樣，錢已經進了我的口袋，於是我安下心來，開始完成我的任務。整個週日我都在埋頭苦幹，到週一卻還是只抄到了 H 字頭。我跑去找我的東家，東家還是待在那個叫人掏空了肚腸的房間裏，並且吩咐我繼續幹，週三再去找他。週三我還是沒有抄完，因此又接着抄到了週五，也就是昨天。昨天我總算是抄完了，於是就把名單交給了哈里·平納先生。

「『非常感謝，』他説，『看樣子，我恐怕低估了這項任務的難度。對我來説，這份名單具有實質性的巨大用處。』

「『花了我不少時間呢，』我説。

「『好了，』他説，『現在我希望你列一份傢具店的

名單，因為他們都在出售杯盤碗盞。』

「『沒問題。』

「『你可以明晚七點上這兒來，讓我知道你的進度。別把自己弄得太過勞累，工作之餘，晚上到戴伊音樂廳去待那麼兩個小時，要我說也有益無害。』說着說着，他笑了起來，而我驚駭萬分地看到，他左邊的第二顆牙齒上鑲着金子，鑲出來的效果還特別地差。」

聽到這裏，歇洛克·福爾摩斯喜不自禁地搓起手來，而我目瞪口呆地盯着我們的主顧，不知道他是甚麼意思。

「您這麼驚訝也很正常，華生醫生。不過呢，事情是這樣的，」他說道，「在倫敦跟另一個傢伙談話的時候，他打賭我不會去莫森，當時還笑了起來，而我碰巧注意到，他的同一顆牙齒也鑲了金子，鑲法跟這個傢伙一模一樣。兩次看到牙齒的時候，您明白吧，金子的亮光都晃到了我的眼睛。再聯想到他倆的體形和聲音也是一模一樣，不一樣的僅僅是一些可以通過剃刀和假髮加以改變的地方，我心裏便不再有任何疑問，斷定他倆其實是同一個人。兩兄弟長得像當然很正常，可他們總不至於要用同樣的方法來鑲同一顆牙吧。這之後，他欠了欠身，示意我出去，於是我走到大街上，連自個兒是腦袋朝上還是腦袋朝下都分不清楚了。我回到旅館，把腦袋浸到一盆涼水裏面，拼命地思考這件事情。他幹嗎要把我從倫敦打發到伯明翰去呢？幹嗎要搶在我前面趕到那兒呢？還有，他幹嗎要自個兒給自個兒寫信呢？整件事情實在是超出了我的腦力，我完全想不出其中的奧妙。接下來，我突然想到，在

我看來跟夜晚一樣漆黑的東西，在歇洛克·福爾摩斯看來沒準兒會跟白晝一樣亮堂。昨晚我剛好趕得上夜班火車，於是就來了倫敦，又在今天早晨去找了他，好讓你們兩位跟我一塊兒去伯明翰。」

　　證券行辦事員講完他的離奇經歷之後，大家都沉默了一會兒。這之後，歇洛克·福爾摩斯乜斜着眼睛看了我一眼，身子仰到車座的軟墊上，臉上帶着一種愉悦卻又刁鑽的表情，如同一位品酒大師，剛剛嘗到了一瓶彗星年份的佳釀*。

　　「相當不錯吧，華生，對嗎？」他説道。「這件案子當中有一些很讓我高興的地方。按我看，你肯定會贊成我的想法，也就是説，咱們應該到法蘭西 – 米德蘭五金有限公司的臨時辦公室去見一見亞瑟·哈里·平納先生，享受一次對你我二人來説都會非常有趣的會晤。」

　　「可是，咱們怎麼才能見到他呢？」我問道。

　　「噢，容易極了，」霍爾·派克羅夫特樂呵呵地説道。「你們倆都是我的朋友，都想找個工作，所以啊，我就帶你們去見我們公司的總經理，還有比這更順理成章的事情嗎？」

　　「那是當然，您説得對，」福爾摩斯説道。「我很想見見這位先生，看看我能不能識破他的小把戲。我的朋友啊，他們如此看重您的參與，您到底有些甚麼本領呢？要

---

*　西方的葡萄酒釀造商和品酒師相信，葡萄在大彗星（比如哈雷彗星）出現的年份長得特別好，有助於釀出品質上乘的葡萄酒，所以有「彗星佳釀」(comet vintage) 這個名詞。西方人跟國人一樣，通常視彗星為災星，在葡萄酒的事情上倒是例外。

不然，有沒有可能，這是因為——」說到這裏，他開始啃自己的指甲，眼睛茫然地盯着窗子外面，直到走上新街的時候，我倆都沒能再從他嘴裏撬出一句話。

當晚七點，我們三個順着科博雷興街走向那家公司的辦公室。

「咱們根本用不着提前去，」我們的主顧說道。「很顯然，他只有在需要見我的時候才會到那裏去，因為那地方一直都是空無一人，除了他指定的時間以外。」

「這一點很有意思，」福爾摩斯說道。

「天哪，真讓我說中了！」辦事員叫了起來。「走在咱們前方的那個人就是他啊。」

他指給我倆看的是一個身材矮小＊、膚色黧黑、衣着考究的男人，那人正在街道對面匆匆趕路。我們正在看的時候，那人瞥見街道這邊有一個高聲叫賣最新晚報的報童，於是就從一輛輛出租馬車和公共馬車之間跑過街道，向報童買了一份報紙。接下來，那人把報紙攥在手中，消失在了一個入口裏面。

「他去的就是那兒！」霍爾·派克羅夫特叫道。「公司的辦公室就在他剛才進去的地方。跟我來吧，我盡量把見面的事情安排得順當一點兒。」

我倆跟着他爬了五層樓，來到一扇半開的門外面，我們的主顧敲了敲門。裏面的人請我們進去，我們應聲而

＊　原文如此，不過，前文裏說的是「中等身材」，可能的解釋是前
　　文是辦事員的描述，這裏是華生的記敍，兩個人的標準有所不同。

入，看到了一個空空盪盪、沒有裝飾的房間，跟我們主顧的描述一模一樣。我們在街上看到的那個人坐在房間裏唯一的一張桌子後面，那份晚報就攤在他的面前。他抬起頭來看我們的時候，我一下子覺得，這輩子我還從來沒看見過這樣的一張臉，這張臉不光包含着無比深重的悲痛，還包含着另外一種感情，一種絕大多數人畢生也不會經歷的恐懼。他汗涔涔的額頭閃閃發亮，灰黯的雙頰像魚肚一樣慘白，狂亂的眼睛一瞬不瞬。他直愣愣地看着自己的辦事員，就像是看着一個完全不認識的陌生人，與此同時，我們嚮導的震驚表情也讓我知道，這可絕對不是他東家素日裏的模樣。

「您的氣色很差啊，平納先生！」我們的嚮導大叫一聲。

「是啊，我確實不太舒服，」回答之前，他的東家舔了舔乾燥的嘴唇，顯然是在竭力控制自己的情緒。「你帶來的這兩位先生是誰呢？」

「一位是哈里斯先生，來自博蒙塞鎮，另一位是本城的普萊斯先生，」我們這位辦事員張嘴就來。「他倆都是我的朋友，工作經驗也很豐富，可他倆不久之前沒了工作，眼下是指望您幫幫忙，看看公司裏有沒有合適的去處。」

「完全可以！完全可以！」平納先生高聲說道，還擠出了一個鬼魅一般的慘淡笑容。「沒錯，我可以肯定，我們應該能夠幫上兩位的忙。您的專業是甚麼呢，哈里斯先生？」

「我是做會計的，」福爾摩斯說道。

「噢，很好，我們應該用得着這方面的人才。您呢，普萊斯先生？」

「我是個辦事員，」我說道。

「按我看，公司十有八九可以接納您。等我們有了決定之後，我會立刻通知你們的。好了，請你們出去吧。看在上帝份上，讓我自個兒待着吧！」

說到最後一句話的時候，他已經吼了起來。之前他顯然是在竭力約束自己，到了這一刻，所有的約束似乎在突然之間崩解成了碎片。福爾摩斯和我面面相覷，霍爾‧派克羅夫特則往桌子跟前走了一步。

「您不記得了嗎，平納先生，我是按您的要求來聽指示的啊，」他說道。

「記得，派克羅夫特先生，當然記得，」對方的語氣平靜了一些。「你可以在這裏等一會兒，你的朋友要是願意跟你一起等的話，我看也沒有甚麼不可以。我得失陪三分鐘，之後就完全聽從諸位的差遣，我這麼放肆地考驗諸位的耐性，還請諸位多多包涵。」說完之後，他彬彬有禮地站起身來，衝我們鞠了一躬，然後就從房間另一頭的門走了出去，隨手關上了門。

「現在怎麼辦？」福爾摩斯低聲說道。「他是打算甩掉咱們嗎？」

「不可能，」派克羅夫特說道。

「怎麼說？」

「那道門後面是間裏屋。」

「裏面沒有出路嗎？」

「沒有。」

「裏面有傢具嗎？」

「昨天還是空的。」

「這麼説，他在裏面究竟能幹甚麼呢？這件事情真讓我有點兒摸不着頭腦。要説這世上有哪個人是活活嚇成了瘋子 * 的話，這個人就是平納先生。甚麼東西能讓他哆嗦成這樣呢？」

「他肯定懷疑咱倆是偵探，」我如是猜測。

「沒錯，就是這樣，」派克羅夫特嚷了一聲。

福爾摩斯搖了搖頭。「他的臉不是突然間變成刷白的，咱們進房間的時候，他已經是臉色刷白了，」他説道。「很有可能，這是因為──」

他還沒有説完，裏屋的方向就傳來了「嗒，嗒」的清脆聲響。

「他搞甚麼名堂，自個兒的門還敲甚麼敲？」辦事員叫道。

「嗒，嗒，嗒」的聲音再次傳來，比之前還要響亮許多。我們三個都滿心好奇地緊盯着那道關着的門。我瞥了一眼福爾摩斯，發現他一下子板起了臉，身子前傾，顯然是十分緊張。接下來，裏面突然傳來一陣吞咽口水的低

---

*　「瘋子」的原文是「three parts mad」，直譯為「瘋了四分之三」，應該是取自英國著名作家狄更斯 (Charles Dickens, 1812–1870) 在 1854 年寫給別人的一封信，他在信裏形容自己為了趕《艱難時世》的稿子，整個人「瘋了四分之三，剩下的四分之一也進入了譫妄狀態」。

沉聲音，隨後就是有甚麼東西撞擊木頭的清脆聲響。緊接着，福爾摩斯發瘋似的衝到門前，用力推了推那道門，門卻已經從裏面閂上了。他開始竭盡全力去撞門，我倆也上去幫忙。喀嚓一聲，門樞斷了一根，又一聲喀嚓之後，那道門咣噹一聲倒了下去。我們跨過門板衝進裏屋，裏屋卻空無一人。

我們的疑惑只持續了短短的一個瞬間，原來，裏屋離外屋最近的那個角落還有一道門。福爾摩斯猛撲過去，一把拉開了那道門。門裏面的地板上扔着一件外套和一件馬甲，門背後有一個鉤子，鉤子上吊着法蘭西－米德蘭五金有限公司的總經理，脖子上拴的是他自個兒的褲子背帶。他彎着膝蓋，耷拉的腦袋跟他的身子形成了一個可怕的角度，腳後跟「嗒嗒」地敲打着身後的木門，剛才打斷我們談話的聲音就是這麼來的。轉眼之間，我已經抱住了他的腰，使勁兒地把他往上托，福爾摩斯和派克羅夫特則合力解開了他的鬆緊背帶，背帶已經勒到了他青紫色脖子的皺褶裏面。接下來，我們把他抬進了外屋。他躺在地上，面如土色，紫黑色的嘴唇隨着每一次的呼吸微微顫動。跟短短五分鐘之前相比，眼下的他已經完全變成了一具可怖的殘骸。

「你看他還有救嗎，華生？」福爾摩斯問道。

我俯身檢查了一下，他的脈搏雖然十分微弱、時斷時續，呼吸卻越來越長，眼皮也微微地顫了一顫，露出了一線眼白。

「再晚一丁點兒就來不及了，」我說，「還好，他

應該能夠活下來。你去把那扇窗子打開，再把那個玻璃水瓶遞給我。」接下來，我解開他的衣領，倒了些涼水在他臉上，然後又抓住他的兩隻胳膊，反復地抬起放下，直到他有了自然悠長的呼吸為止。「好了，等一等他就緩過來了，」說完之後，我就從這個傢伙身邊走開了。

福爾摩斯站在桌子旁邊，雙手深深地插進了褲子口袋，下巴貼在胸前。

「按我看，咱們現在就應該去報警，」他說道。「不過，說老實話，我更希望先把所有的事情弄清楚，這樣才好把一件辦完了的案子交給警方。」

「這對我來說完全是一個謎，」派克羅夫特一邊嚷嚷，一邊撓自己的腦袋。「究竟是為了甚麼，他們要大老遠地把我弄到這裏來，然後又──」

「啐！這些問題都已經夠清楚的了，」福爾摩斯很不耐煩地說道。「我只是不明白，他最後為甚麼突然來了這麼一手。」

「這麼說，其他的您都明白了嗎？」

「要我說，其他的全都是非常明顯。你怎麼看，華生？」

我聳了聳肩膀。「坦白說，我完全想不明白，」我說道。

「咳，只需要好好想想這些事件，你肯定會發現，它們只能指向一個結論。」

「你的結論是甚麼呢？」

「是這樣，整件事情的關鍵只有兩點。第一點，他們

讓派克羅夫特寫了一份聲明，有了這道手續才讓他加入這家豈有此理的公司。這一點是多麼地發人深省，難道你沒看出來嗎？」

「說實話，我確實沒看出來。」

「好吧，他們幹嗎要讓他這麼做呢？肯定不是出於商業上的考慮，因為這一類的約定通常都是口頭達成的，從商業的角度來看，這一次也完全沒有理由打破常規。年輕的朋友啊，真正的理由是他們非常想拿到您的筆跡樣本，同時又想不出別的方法，您難道不明白嗎？」

「為甚麼呢？」

「問得好，為甚麼呢？回答完這個問題，咱們這件小小的謎案就離揭曉近了一步。為甚麼呢？合乎邏輯的理由只有一個。有人想摹仿您的筆跡，所以才必須拿到筆跡的樣本。好了，現在咱們不妨來看看第二點，由此就會發現，它和第一點之間存在相互闡明的關係。第二點就是，平納要求您不寫辭職信，要讓那家大商行的經理繼續深信不疑，週一上午，有位他素未謀面的霍爾·派克羅夫特先生會到商行去上班。」

「天哪！」我們的主顧叫了起來，「我可真是沒長眼睛。」

「筆跡的事情道理何在，現在您應該明白了吧。如果某個人頂了您的名字去上班，筆跡卻跟您的申請函完全不同，戲法當然會立刻拆穿。可是，那個無賴已經提前學會了摹仿您的筆跡，假冒您的時候自然是萬無一失，因為據我估計，在那家商行裏面，並沒有誰曾經見過您。」

「一個也沒有，」霍爾・派克羅夫特哀嘆了一聲。

「很好。接下來，至關重要的事情當然是不讓您改變主意，同時還要把您封鎖起來，免得有人告訴您，您的替身已經到莫森商行上班去了。於是乎，他們給了您一筆豐厚的預付薪水，把您打發到了米德蘭茲，又給您安排了不少差事，怕的是您上倫敦去，無意中撞破他們的小把戲。所有這些事情，全都是一目瞭然。」

「可是，這傢伙幹嗎要假扮他自個兒的兄弟呢？」

「呃，這一點也非常清楚。顯而易見，他們一共只有兩個人，另一個要頂替您去上班，這一個則裝模作樣地來招募您。然後呢，他發現自己必須再找一個同伙，要不然就沒人充當您的東家。他非常不樂意再找同伙，於是就盡量改變自己的外表，心裏打的算盤是，您雖然肯定會注意到兩個人長得很像，但卻只會把這一點歸結為血緣關係。要不是因為金牙帶來的幸運發現，您興許永遠也不會產生懷疑。」

霍爾・派克羅夫特揮舞着緊握的雙拳。「天哪！」他叫道，「我在這兒給他們當猴耍的時候，另外那個霍爾・派克羅夫特都在莫森商行裏幹了些甚麼呢？咱們該怎麼辦啊，福爾摩斯先生？告訴我，我應該怎麼辦。」

「咱們必須給莫森商行發封電報。」

「今天是週六，他們十二點就下班了。」

「沒關係，商行裏興許還有人，比如說門房或者服務員——」

「噢，沒錯，商行裏全天都有一名警衛，因為那裏存

放着數額巨大的證券。我記得，還在故城裏的時候，我聽人家議論過這件事情。」

「很好，咱們這就給那名警衛發封電報，問問他商行裏有沒有甚麼異常情況，有沒有一個名字跟您一樣的辦事員在那裏上班。這些都非常明白。話說回來，有一件事情我還是不太明白，究竟是為了甚麼，其中一個惡棍一看見咱們就走出房間，還把自個兒吊了起來。」

「報紙！」我們的身後傳來了一個嘶啞的聲音。那個人已經坐起身來，面色依舊白如鬼魅，眼睛裏卻漸漸地有了神智，雙手也有了正常人的表現，正在抖抖索索地揉搓脖子上那道寬闊的紅色勒痕。

「報紙！當然是報紙！」福爾摩斯情不自禁地大叫起來。「我真是個白癡！我光顧着設想咱們上門對他的影響，報紙的事情壓根兒就沒往我腦子裏進。毫無疑問，秘密就在報紙裏面。」他把報紙平攤在桌子上，跟着就爆發出了一聲勝利的歡呼。「瞧瞧這個，華生，」他叫道。「這是一張倫敦的報紙，早版的《旗幟晚報》。喏，咱們要找的東西就在這兒，瞧瞧這行大字標題：『故城驚現罪案。莫森 – 威廉姆斯商行發生謀殺。彌天劫盜圖謀。兇犯業已落網。』這樣吧，華生，既然咱們都對這篇報道很感興趣，那就麻煩你一下，把它念給我們聽聽吧。」

從這篇報道在報紙上佔據的位置來看，它顯然是倫敦的本日頭條，具體內容是這樣的：

今日午後，故城驚現窮兇極惡之劫盜圖謀，一人無辜死難，兇犯業已落網。此前不久，著名金融機構莫森 –

威廉姆斯證券行受託保管大批證券，總值遠超百萬之數。接掌如此巨額財富，該行經理自知責任重大，故此備辦最新款式之保險箱櫃，輔以武裝警衛一名，日夜看守商行門戶。本報悉，該行於上週僱請新進文員一名，名為霍爾·派克羅夫特。據聞此君非是常人，正是惡名昭彰之偽造慣犯及竊匪貝丁頓，此前與其兄一同被處五年苦役，近日方得獲釋。借由迄未查明之某等手段，此人以假名成功獲取商行職位，意在摹印各處鎖匙，同時窺知商行金庫及保險櫃之所在詳情。每逢週六，莫森商行例於正午放工。今日午後一時二十分，故城警局 * 圖森警長眼見男子一名攜氈包走下商行台階，由是大感驚異。警長既生疑竇，隨之展開追蹤，並與警員波洛克攜手，經由殊死搏鬥擒下此人。警方當即查明，此人業已作下彌天劫案，氈包之中藏有大批美國鐵路債券，價值將近十萬之巨，另有礦業公司及其他公司股票，為數亦在不菲。搜檢商行之時，警方查得商行警衛業已罹難，兇手並將屍身彎折，塞入商行內形體至大之保險櫃。設非圖森警長雷厲風行，此事暴露須待週一早晨。警衛頭顱碎裂，顯係有人以撥火棍自其身後痛施重擊。毫無疑問，案由乃是貝丁頓偽稱遺忘物品，由是進入商行，殺害警衛，迅速撬開前述巨櫃，隨即攜劫來財物逃離現場。其兄雖例為共犯，據目前所知則似與本案無所干涉，即令如此，警方亦已展開大力調查，務求偵知其兄下落。

---

* 　倫敦故城不在蘇格蘭場管轄範圍之內。

「呃，從這個方面來看，咱們倒可以讓警方省掉一點兒小小的麻煩，」福爾摩斯一邊說，一邊瞥了一眼縮在窗邊的那個枯槁人形。「華生啊，人性可真是一盤稀奇古怪的大雜燴。你瞧瞧，即便是惡棍和兇手也可以贏得如此深摯的友愛之情，以至於當哥哥的一聽說弟弟腦袋不保，自己也要去尋短見。可惜的是，對於接下來的行動，咱們並沒有甚麼別的選擇。派克羅夫特先生，我和醫生在這兒守着，麻煩您，去把警察叫來吧。」

「蘇格蘭之星號」三桅帆船

　　一個冬日的夜晚，我和我朋友歇洛克‧福爾摩斯分坐在壁爐兩邊。「我這兒有一些文件，」他說道，「要我說，華生，確實值得你花點兒時間瀏覽一遍。這些文件都來自與『蘇格蘭之星號』相關的那件奇案，嗯，這就是把地方法官*特雷弗活活嚇死的那張便條。」

　　這之前，他已經從抽屜裏拿出了一個年久失色的小紙筒，解開了綁在上面的繩子，這會兒就把它遞給了我。展開之後，紙筒變成了一張簡短的便條，潦草地寫在半張青灰色的紙上。便條是這麼寫的：

The supply of game for London is going steadily up. Head-keeper Hudson, we believe, has been now told to receive all orders for fly-paper and for preservation of your hen-pheasant's life.

（這張便條的字面意義是：本城倫敦所供應之野味數量正在逐步上揚，我們相信，獵場總管哈德森業已得到指示，準備接收關於粘蠅紙及留下貴處雌雉雞之性命的所有命令。）

---

*　這篇故事首次發表於 1893 年 4 月；地方法官 (Justice of the Peace) 亦稱調停法官，是英美法系國家設置的一種主要負責審理地方小案的法官。在十九世紀的英格蘭，此職位並無報酬，通常由本地名流充任。

讀完這張莫名其妙的便條之後，我抬起頭來，發現福爾摩斯正在為我臉上的表情吃吃竊笑。

　　「看樣子，你覺得有點兒困惑啊，」他說道。

　　「我實在看不出來，這樣的一張便條有甚麼讓人害怕的地方。要我說，它最大的特點就是非常古怪，別的就沒甚麼了。」

　　「很可能是沒甚麼。可這並不能改變這樣一個事實，我剛才說的那位老人又健康又強壯，看到它之後卻轟然倒下，就跟被人用手槍的槍把掄了一下似的。」

　　「你可真會吊胃口，」我說。「還有，你剛才說這件案子特別值得我認真研究，為甚麼呢？」

　　「因為它是我涉足的第一件案子。」

　　以前我經常向我這位室友打聽，剛開始的時候，究竟是甚麼東西讓他對罪案調查產生了興趣，可惜的是，他總是沒有甚麼談興。眼下呢，他坐在自個兒那把扶手椅上，身子前傾，把那些文件攤在膝頭，然後就點起煙斗，一邊抽煙，一邊翻閱文件。

　　「你從來沒聽我說起過維克多·特雷弗嗎？」過了一會兒，他問道。「我上了兩年大學，就交了這麼一個朋友。那時我不怎麼喜歡跟別人打交道，華生，總是悶在房間裏研究我那些小小的思維方法，所以就很少跟同年級的學生來往。我對體育的愛好只限於劍術和拳擊，研究的領域也跟其他同學很不一樣，這樣一來，我和他們並沒有甚麼交往的必要。我熟悉的人只有特雷弗，熟悉他也只是因為一次意外，意外就是有一天的早上，我正在往禮拜堂走，他

的牛頭獚卻撲了上來，死死地咬住我的腳踝不放。

「這樣的結交方式可謂毫無新意，效果卻非常不錯。我整整十天出不了門，特雷弗經常過來探視我的傷情。剛開始，我倆的談話只能持續一兩分鐘，往後呢，他逗留的時間就長了起來。那個學期還沒結束，我倆就成了非常親密的朋友。他為人熱情，精力旺盛，總是興致勃勃、渾身是勁，從大多數方面來說都跟我截然相反。話說回來，我倆終歸有一些共同的興趣，後來我又發現他跟我一樣沒有朋友，於是就跟他越發親近。到最後，他邀請我暑假期間去諾福克郡的唐尼索普村*，到他父親的宅子裏玩一個月，我也接受了他這番好意。

「老特雷弗顯然是一個財雄勢大的人物，既是地方法官，又擁有不少田產。唐尼索普是諾福克濕地當中的一個小村子，就在朗米爾村往北一點兒的地方†。老特雷弗的宅子是一座佔地寬廣的老式房屋，磚砌的牆壁，梁柱都是橡木，門前是一條椵樹夾道的幽美小路。那裏有非常適合打野鴨的沼地，又有絕佳的釣魚場所，還有一份規模不大，品味卻不低的圖書收藏，據說是從以前的主人手裏接過來的。除此之外，廚子的手藝也算過得去。從這些方面來看，如果有哪個人不能高高興興地在這兒消磨一個月時間的話，只能怪這個人自己太過挑剔。

---

* 諾福克郡 (Norfolk) 是英格蘭東部的一個郡，首府諾里奇 (Norwich) 在倫敦東北方向，距倫敦約 180 公里；唐尼索普村 (Donnithorpe) 是作者虛構的一個地名。

† 諾福克濕地 (the Broads) 是主要位於諾福克郡東部的一大片水道縱橫的濕地，維多利亞時代曾用於交通，今天是國家公園；朗米爾村 (Langmere) 是諾福克濕地邊緣的一個村莊。

「老特雷弗的妻子已經亡故，我這個朋友是他的獨子。

「我聽說，老特雷弗本來還有一個女兒，可惜她去伯明翰作客的時候染上了白喉，就這麼離開了人世。這個當父親的引起了我強烈的興趣。他沒有甚麼文化，但卻擁有極其強大的原始力量，身體方面和精神方面都是如此。他幾乎沒讀過書，遊歷卻非常廣泛，見過許多世面，還把自己的所見所聞牢牢地記在了心裏。從外表上說，他身材魁梧、體格健壯，濃密的頭髮已經斑白，古銅色的臉膛寫滿風霜，藍色的眼睛十分銳利，幾乎達到了讓人畏懼的地步。儘管如此，他卻在周圍的鄉區享有樂善好施的美名，斷案的時候也以寬大仁慈著稱。

「我剛到不久的一天傍晚，我們吃完了晚餐，坐在一起喝波爾圖葡萄酒，小特雷弗突然講起了我對觀察和演繹的愛好。當時我已經把觀察和演繹的方法整理成了一個系統，只不過還沒有認識到，它會在我的人生當中佔據一個怎樣的位置。那天傍晚，小特雷弗講了我的一兩件小小事跡，老人聽了之後，顯然是覺得兒子的說法有點兒誇大。

「『好吧，福爾摩斯先生，』他笑呵呵地說。『我就是一個絕好的觀察對象，你不妨試一試，看看能從我身上推出些甚麼。』

「『要我說，我能推出的東西恐怕不算太多，』我這麼回答。『我斗膽推測，過去的一年當中，您產生了某種擔心，擔心自己會遭到人身攻擊。』

「笑容立刻從他的唇邊退去，他緊緊地盯着我，神色十分驚訝。

「『呃，你説得一點兒也不錯，』他説了一句，然後就轉頭對着他的兒子，『你知道嗎，維克多，我們撲滅了一個盜獵團伙，他們發誓要用刀子來對付我們，後來還付諸行動，襲擊了愛德華·霍利爵士。打那以後，我一直都在小心戒備。不過，我完全想不出來，這你是怎麼知道的。』

「『您有一根非常漂亮的手杖，』我告訴他。『通過手杖上的銘文，我知道它到您手裏還不到一年的時間。可是，您已經勞神費力地在杖頭上鑽了個眼，還往裏面灌了鉛，把它變成了一件強大的武器。我認為，如果不是擔心某種危險的話，您是不會採取這一類預防措施的。』

「『還有別的嗎？』他微笑着問我。

「『年輕的時候，您經常參加拳擊活動。』

「『又讓你説中了。你是怎麼知道的呢？是因為我的鼻子叫人打歪了嗎？』

「『不是，』我説。『是因為您的耳朵。您的耳朵又扁又厚，經常參加拳擊的人就會有這種特徵。』

「『還有嗎？』

「『從手上的繭子來看，挖掘的工作您沒少幹。』

「『我的錢都是從金礦裏來的。』

「『您去過新西蘭。』

「『又説對了。』

「『您還去過日本。』

「『一點兒不錯。』

「『您曾經跟一個姓名縮寫是「J.A.」的人有過十分緊密的聯繫，後來卻極力想把這個人徹底忘掉。』

「特雷弗先生慢慢地站了起來，碩大的藍眼睛直愣愣地盯着我，眼神又狂亂又怪異。緊接着，他一頭栽倒在滿是果殼的桌面上，完全失去了知覺。

「你可以想像一下，華生，那個時候，他兒子和我是多麼地驚駭。還好，他這次暈厥並沒有持續多長的時間。我倆解開他的衣領，從一個洗指頭的玻璃碗裏弄了點水灑到他臉上，他馬上就喘了口氣，坐了起來。

「『噢，孩子們，』他一邊說，一邊勉勉強強地笑了笑，『但願我沒有嚇着你們。我這人看着強壯，心臟卻有點兒弱不禁風，稍微受點兒刺激就站不住。這些事情我不知道你是怎麼辦到的，福爾摩斯先生，可我覺得，現實當中的偵探也好，虛構出來的偵探也罷，在你面前都不過是任人戲耍的孩童。這就是你這輩子該幹的行當，先生，我多少也算見過一點兒世面，你不妨好好考慮考慮我這句話。』

「信不信由你，華生，就是因為他這句建議，再加上引出建議的那句關於我偵探本領的誇大評語，我破天荒第一次覺得，說不定，我可以把到那時還純粹是業餘愛好的那樣東西變成一份職業。不過，當時當地，我一心記掛着主人家的突發疾病，沒工夫去想別的事情。

「『我沒說甚麼讓您難過的話吧？』我說。

「『呃，剛才你確實戳到了我的軟肋。我能不能問一問，你到底是怎麼知道的，知道的又有多少呢？』說這話的時候，他用的是一種半開玩笑的口吻，可是，他的眼底依然潛藏着一抹恐懼。

「『這事情可說是簡單的代名詞，』我說。『那天釣魚的時候，您挽起袖子去把上鈎的魚拖上咱們的小船，我看到您肘彎裏刺着「J.A.」的字樣。兩個字母都還可以辨認，與此同時，字母本身已經模糊不清，字母周圍的皮膚上又有一些污跡，清清楚楚地表明您曾經試着把它們抹去。這一來，顯而易見的事情就是，您一度對這個縮寫非常熟悉，後來又想把它忘掉。』

「『你的眼睛可真厲害！』他如釋重負地吁了口氣，讚嘆了一聲。『你說得一點兒也不錯，不過，這事情咱們還是不提為妙。不散的陰魂千千萬萬，舊愛的陰魂最是難纏。走，咱們上彈子房去，踏踏實實地抽支雪茄吧。』

「從那天開始，老特雷弗待我的態度依然熱情親切，其中卻總是夾雜着一絲疑慮，連他的兒子也注意到了這一點。『你可算是把我們當家的給嚇着了，』他說，『因為他再也沒法確定，哪些事情你知道，哪些你不知道。』我敢肯定，老特雷弗並不願意流露自己的疑慮，只不過，他心裏的疑慮實在是太過強烈，時時刻刻都會自個兒冒出頭來。到最後，我終於確信我的存在對他來說是一種困擾，於是決定就此告辭。不過，就在我離開的前一天，他家裏出了一件事情，後來的事實證明，這件事情非常重要。

「他家的草坪上擺着幾把庭園椅，那一天，我們三個一起坐在那些椅子上，一邊曬太陽，一邊欣賞濕地的風光。這時候，一名女僕從屋裏走了出來，說門口來了個男的，要見特雷弗先生。

「『那人叫甚麼名字？』主人家問了一句。

「『他不肯説。』

「『那他到底想幹甚麼呢？』

「『他説您認識他，還説他只是想跟您稍微聊幾句。』

「『帶他上這兒來吧。』片刻之後，我們眼前出現了一個形容枯槁的小個子，動作畏畏縮縮，走路搖搖晃晃。他穿着一件敞胸外套，袖子上有一塊焦油的污跡，外加一件紅黑方格的襯衫、一條粗布褲子，以及一雙破爛不堪的厚重靴子。他那張古銅色的刀條臉顯得十分狡詐，臉上掛着恆久不變的微笑，露出一排參差不齊的黃牙，滿是皺褶的雙手保持着水手特有的那種半握姿勢。他蔫頭耷腦地從草坪那邊走過來，我聽見特雷弗先生喉嚨裏咕嚕一聲，彷彿是打了個嗝。緊接着，他從椅子上跳了起來，跑到屋子裏面，眨眼工夫又回到了草坪上。他從我身邊經過的時候，我聞到了一股濃烈的白蘭地味道。

「『呃，伙計，』他説。『有甚麼可以效勞的呢？』

「水手站在那裏，眯縫起眼睛看着老特雷弗，臉上仍然掛着那種齜牙咧嘴的笑容。

「『您不認識我了嗎？』他問了一句。

「『我的天，怎麼不認識，你一定是哈德森吧，』特雷弗先生的語氣很是驚奇。

「『哈德森就是我，先生，』水手説。『咳，我可有三十多年沒見過您啦。瞧瞧，眼下您舒舒服服地待在自個兒家裏，我還得在船上的醃肉桶裏找東西餬口呢。』

「『得了吧，你馬上就會發現，我並沒有忘記過去的日子，』特雷弗先生大聲説，然後就走到水手跟前，低聲

説了句甚麼，跟着又提高了嗓門，『你上廚房去吧，給自個兒弄點兒吃的喝的。我會給你找個位子的，這事情包在我身上。』

「『謝謝您，先生，』水手道了聲謝，還用手碰了碰自己的額頭。『我剛剛在一艘航速八節＊的散貨船上待了兩年，一個人幹兩個人的活，所以就想休息休息。我覺得，想休息的話，找您或者貝多斯先生都行。』

「『啊！』特雷弗先生驚叫一聲。『你知道貝多斯先生的下落嗎？』

「『您不用吃驚，先生，老朋友們的下落我都知道，』那傢伙不懷好意地笑了笑，然後就蔫頭耷腦地跟着女僕去了廚房。這之後，特雷弗先生跟我們叨咕了幾句，說他以前回礦區的路途之中曾經跟那個傢伙同船共事，然後就把我倆撇在草坪上，一個人進屋去了。一個小時之後，我倆也進了屋，發現他四仰八叉地躺在餐廳的沙發上，醉得人事不省。整件事情給我留下了極其惡劣的印象，第二天我就義無反顧地離開了唐尼索普村，心裏沒有任何留戀，因為我覺得，我要是繼續待在那裏的話，一定會讓我朋友覺得非常尷尬。

「上面這些事情都發生在那年暑假的頭一個月當中。之後我回到了倫敦的寓所，接下來的七個星期都在做有機化學方面的實驗。可是，深秋時節的某一天，暑假就要結束的時候，我朋友突然發了封電報給我，央求我再去一趟

＊　節 (knot) 是航行速度單位，1 節等於 1 海里／小時，約等於 1.85 公里／小時。

唐尼索普村，還說他非常需要我的建議和幫助。這一來，我自然放下了手頭所有的事情，又一次啟程北上。

「他趕着一輛輕便馬車到車站去接我，我一眼就看了出來，前面這兩個月他承受了極大的折磨，因為他身形消瘦、滿面愁容，平常那股子爽朗快活的勁頭全都不見了。

「『當家的快不行了，』這就是他見到我的第一句話。

「『不可能啊！』我不由得驚叫起來。『究竟是怎麼回事呢？』

「『中風，神經性休克。今天一天他都在鬼門關上徘徊，咱們回去的時候，他不見得還活着。』

「你可以想像，華生，聽到這個突如其來的消息，我當然是驚駭萬分。

「『他的病是怎麼起的呢？』我問他。

「『唉，蹊蹺就蹊蹺在這裏。先上車吧，咱們路上慢慢説。你走之前的那天傍晚，有個傢伙上我家來，你還記得吧？』

「『當然記得。』

「『可你知不知道，那天我們請進家門的是個甚麼樣的人物呢？』

「『我完全沒有概念。』

「『那是個惡魔啊，福爾摩斯，』他大叫一聲。

「我目瞪口呆地盯着他。

「『沒錯，他就是惡魔的化身。他來了以後，我家裏就不得安寧，一刻的安寧都沒有。從那天傍晚開始，當家的再也不曾有過揚眉吐氣的時候，眼下又生命垂危、黯然

心碎，全都是那個該死的哈德森幹的好事。』

「『可是，他這麼幹憑的是甚麼呢？』

「『唉，這正是我無論如何也要弄清楚的事情。老當家的這麼仁慈、這麼慷慨，真不知道他怎麼會落到這樣的一個惡棍手裏！你能來我真是高興極了，福爾摩斯。我完全相信你的判斷力，也相信你解決疑難的本領，還有啊，我知道你一定能給我指條明路。』

「說話的時候，我們的馬車正在平坦潔淨的鄉村道路上飛奔，前方的寬廣濕地在緋紅的落日餘暉之中閃閃發光。透過道路左方的一片林子，我已經看到了他家的那座鄉紳宅邸，看到了高高聳立的煙囪和旗杆。

「『我父親請那個傢伙做我家的園丁，』我同伴說，『後來呢，那傢伙覺得不滿意，我父親又提拔他當了管家。他似乎變成了我家的主子，整天東游西遊，想幹甚麼就幹甚麼。女僕們抱怨他經常撒酒瘋，說話也十分下流，我爸爸只好給她們加了很多薪水，盡量彌補她們所受的傷害。不光如此，那傢伙還常常拿上我父親最好的獵槍，坐上我家的小船，自個兒給自個兒安排一趟小小的狩獵之旅。搞這些名堂的時候，他總是冷笑不停，斜着眼睛，一臉肆無忌憚的樣子。要是他年紀跟我差不多的話，我早就把他揍扁不知道多少次了。實話跟你說吧，福爾摩斯，這些日子以來，我一直都不得不竭盡全力地控制自己，可是，現在我倒想問問自己，要是我稍微放鬆一點兒自控的話，情況會不會更好一些。

「『這麼着，家裏的情況越來越糟，哈德森這頭畜

生也越來越無所顧忌。後來有一天，就在我眼皮子底下，他居然蠻不講理地跟我父親頂嘴，於是我抓住他的肩膀，把他推到了房間外面。他灰溜溜地走了，一聲也沒吭，鐵青的面孔和惡毒的眼睛卻比任何言語都更加咄咄逼人。到現在我也不知道，後來他又跟我那個可憐的爸爸說了些甚麼，總而言之，爸爸第二天就來找我，問我可不可以跟他道個歉。不用想你也知道，我拒絕了父親的請求，然後又問他，為甚麼要容忍這麼個無恥小人這麼放肆地對待自己、對待自己家裏的人。

「『「唉，我的孩子，」他說，「你說的這些都對，可你不知道我的處境。不過，將來你會知道的，維克多。不管怎麼樣，我一定會讓你知道。孩子啊，你總不至於認為，你可憐的老父親會害你吧，對嗎？」當時他非常激動，後來就把自個兒關在書房裏，一整天都沒有出來。我只是透過窗子看見，他正在急急忙忙地寫甚麼東西。

「『當天傍晚發生了一件事情，在我看來完全是一種巨大的解脫，因為哈德森告訴我們，他準備離開我們家。晚餐之後，我和父親在餐廳裏坐着，他突然跑了進來，跟我們宣佈他的打算，說話的聲音又粗又啞，還帶着五成的醉意。

「『「我已經受夠了諾福克，」他這麼說。「眼下打算到漢普郡 * 去找貝多斯先生。我敢說，見到我的時候，他也會跟您一樣高興的。」

「『「我希望，哈德森，你走的時候可別有甚麼怨

---

* 漢普郡 (Hampshire) 是英格蘭南部的一個郡。

氣，」我父親低聲下氣地說，聽得我熱血沸騰。

「『「我還沒聽到有人給我道歉呢，」他板着臉說了一句，朝我的方向瞥了一眼。

「『「維克多，你得認個錯，承認自己不該那麼粗暴地對待這位可敬的先生，」我父親轉過頭來對我說。

「『「恰恰相反，依我看，我倆都對他太過忍讓了，」我這麼回答。

「『「噢，這樣啊，真的嗎？」他開始大聲咆哮。「很好，伙計，咱們走着瞧！」

「『他蔫頭耷腦地走出餐廳，半小時之後就離開了我們家。可是，我父親卻從此墮入了一種惶惶不可終日的淒慘境地。我一晚又一晚地聽見他在自己的房間裏踱步，就在他剛剛開始振作起來的時候，可怕的打擊終於降臨到了他的頭上。』

「『情形是怎樣的呢？』我急切地問了一句。

「『情形古怪極了。昨天傍晚，我父親收到了一封信，看郵戳是從福丁布里奇鎮來的。看完信之後，我父親就用雙手箍住自己的腦袋，開始在房間裏一圈一圈地瘋狂奔走，就跟丟了魂兒似的。等我終於連拉帶拽地把他安置到沙發上的時候，他已經嘴歪眼斜，一看就是中了風。福達姆醫生立刻趕了過來，我們把他抬上了床。可是，癱瘓已經蔓延到他的全身，他一點兒也沒有恢復神智的跡象。我覺得，咱們到家的時候，他多半是活不成了。』

「『我可真是讓你給嚇着了，特雷弗！』我大叫一聲。『信裏究竟寫了些甚麼，為甚麼能造成這麼可怕的後

果呢？』

「『甚麼也沒寫，怪就怪在這個地方。那封信的內容又荒唐又瑣碎。啊，天哪，真像我擔心的那樣！』

「他說話的時候，我們剛好轉過了林蔭小路上的那個彎，於是就借着昏暗的天光看見，宅子裏所有的百葉窗簾都放了下來 *。我朋友悲不自禁，臉上的肌肉都開始顫抖起來。我們趕緊衝到門口，迎面碰上了一位身着黑衣的先生。

「『甚麼時候的事情，醫生？』特雷弗問他。

「『差不多就是你剛走的時候。』

「『最後他醒過來了嗎？』

「『臨終前醒過一小會兒。』

「『有甚麼留給我的遺言嗎？』

「『他只是說，文件都在那個日本櫥櫃的暗格裏。』

「我朋友和醫生上樓去了死者的房間，我則留在書房裏，翻來覆去地掂量所有這些事情，心裏的感覺比以往任何時候都要沉重。當年那個身為拳擊迷、旅行家和淘金客的特雷弗究竟做過些甚麼事情，怎麼會落入那個獰惡水手的掌握呢？還有，聽我提到他胳膊上那個幾近磨滅的姓名縮寫，他當場就暈了過去，收到從福丁布里奇鎮寄來的那封信之後，他更是恐懼而死，這又是為了甚麼呢？接着我就想到，福丁布里奇鎮屬於漢普郡，與此同時，按那個水手自己的說法，他前去拜訪的對象，多半也是敲詐的對

---

*　維多利亞時代，趕上喪事的人家有把屋子裏所有窗簾放下來的習俗，要到葬禮結束才會重新拉起窗簾。

象，就是住在漢普郡的貝多斯先生。這樣看來，那封信要麼是來自那個名為哈德森的水手，內容是他已經把老特雷弗理或有之的虧心事抖了出來，要麼就來自貝多斯，目的是警告過去的同黨，事情敗露的時刻已經迫在眉睫。以上這些都可以説是相當清楚。既然如此，那封信怎麼會像小特雷弗所説的那樣，內容又荒唐又瑣碎呢？他肯定是沒看明白信的意思。果真如此的話，那封信一定是採用了甚麼別出心裁的密碼，表面上看是一種意思，實際上卻是另外一種意思。我一定得看看那封信，只要信裏面確實有甚麼隱藏的意義，我就有十足的把握讓它顯現出來。這麼着，我坐在那個昏暗的房間裏，整整想了一個鐘頭。到最後，一名悲傷啜泣的女僕送來了一盞提燈。我朋友特雷弗也跟着她走了進來，臉色雖然蒼白，神情倒還鎮靜，手裏拿的就是此刻攤在我膝上的這些文件。他在我對面坐了下來，把提燈挪到桌子邊上，然後就把一張字跡潦草的簡短便條遞給了我。就像你看到的這樣，便條寫在一張青灰色的紙上，內容則是：

The supply of game for London is going steadily up. Head–keeper Hudson, we believe, has been now told to receive all orders for fly–paper and for preservation of your hen–pheasant's life.

（本城倫敦所供應之野味數量正在逐步上揚，我們相信，獵場總管哈德森業已得到指示，準備接收關於粘蠅紙及留下貴處雌雉雞之性命的所有命令。）

「這麼説吧，剛看到這張便條的時候，我臉上多半也是一副莫名其妙的表情，跟你剛才的反應一樣。緊接着，

我開始仔仔細細地讀了起來。顯而易見，這張便條正如我之前的設想，古怪的字詞組合之中隱藏着另外一種意思。又或者，有沒有可能，『fly-paper（粘蠅紙）』和『hen-pheasant（雌雉雞）』之類的詞彙有甚麼預先約定的意義呢？如果是預先約定，那他們怎麼約定都可以，誰也無法推測這些詞彙的隱藏意義。不過，我並不願意相信情形果真如此，此外，便條當中包含着『Hudson（哈德森）』這個詞，一方面可以説明便條的主題與我的猜測相符，另一方面也可以説明，便條出自貝多斯的手筆，並不是那個水手寫的。我試着倒過來讀，可是，諸如『life pheasant's hen（性命雉雞之雌性）』之類的詞組並不能讓人覺得希望倍增。於是我又嘗試按一個詞的間隔跳着讀，然而，不管是『the of for（本城所之）』，還是『London supply game（倫敦供應野味）』，都不能給人任何啟迪。

「再下來，我突然靈機一動，找到了破解謎題的鑰匙。原來，你只需要從第一個詞開始，按兩個詞的間隔跳着讀，就可以看到一條足以讓老特雷弗驚恐絕望的訊息。

「這樣得來的是一條簡潔明瞭的警告，我當即在我朋友面前念了出來：

The game is up. Hudson has told all. Fly for your life.

（遊戲已經結束。哈德森已將一切和盤托出。趕緊逃命。）*

「維克多·特雷弗用顫抖的雙手捂住了自己的臉。

---

* 英文中的「game」一詞兼「野味」與「遊戲」二義。「up」兼「上揚」與「結束」二義。「fly」兼「蒼蠅」與「逃跑」二義。

『照我看，便條多半是你說的這個意思，』他說。『這樣的話，它就比死亡還要可怕，因為暗含其中的結局除了死亡還有恥辱。可是，「head-keeper（獵場總管）」和「hen-pheasant（雌雉雞）」之類的詞彙是甚麼意思呢？』

「『這些詞彙與便條所要傳達的訊息並沒有任何關係，不過，如果我們想要追查發信人的身份，又沒有甚麼其他途徑的話，這些詞彙倒是個很好的提示。你瞧，他剛開始寫的是「The...game...is（遊戲……已經……)」，如此等等，然後再按預先確定的編碼方式往詞與詞之間的間隔裏填東西，一個間隔填兩個詞。這種情況之下，他自然會使用腦海裏首先浮現的詞彙。所以呢，既然便條裏有這麼多跟戶外活動相關的詞彙，咱們就可以滿有把握地斷定，他要麼是嗜好打獵，要麼就熱衷養殖。你對貝多斯這個人有甚麼了解嗎？』

「『可不是嘛，你這麼一說，』他說，『我倒是想起來了，每年秋天，他都會向我可憐的父親發出邀請，叫我父親上他的莊園去打獵。』

「『如此說來，這張便條一定是他寫來的，』我說。『眼下咱們只需要查清楚一個問題，也就是說，這個名叫哈德森的水手究竟掌握了甚麼秘密，居然可以要挾這麼兩位有錢又有身份的先生。』

「『唉，福爾摩斯，要我看，這秘密恐怕跟罪惡和恥辱脫不了關係！』我朋友大聲說。『不過，在你面前我沒甚麼好隱瞞的。喏，這就是我父親寫下的聲明。寫這份東西的時候，他已經知道，哈德森的威脅馬上就要變成現

實。按照醫生轉達給我的遺言，我在那個日本櫥櫃裏找到了它。你拿着，讀給我聽一下吧，因為我既沒有讀它的氣力，也沒有讀它的勇氣。』

「他當初交給我的聲明就是你眼前的這些文件，華生，我這就念給你聽。那天晚上，在那間古老的書房裏，我也是這麼念給他聽的。你瞧，聲明的標題寫在外面，『「蘇格蘭之星號」三桅帆船航程瑣記，該船於一八五五年十月八日駛離法爾茅斯 *，同年十一月六日沉沒於北緯十五度二十分，西經二十五度十四分。』聲明用的是信件的格式，內容如下：

> 我最親愛的兒子，儘管日益臨近的恥辱已經令我的殘年黯淡無光†，我還是可以問心無愧地寫下這些話：我並不恐懼法律的制裁，並不擔心丟掉本郡的職位，也不害怕所有那些相識的人看我不起，我這麼痛心疾首，怕的只是你為我感到羞愧，因為你敬我愛我，而我也相信，以前我並沒有做過甚麼讓你無法產生敬意的事情。不過，要是縈繞在我頭上的那場禍事終於降臨的話，我還是希望你能夠讀到這些文字，直截了當地從我這裏知道，我究竟應該承擔多大的罪責。反過來，如果我平安無事（願仁慈萬能的上帝恩準！），而這份文件又碰巧完好無損地落到了你的手裏，那我就懇求你，為了你心目中所有的神聖事物，為了你慈

---

* 法爾茅斯 (Falmouth) 是英格蘭西南端康沃爾郡的一個港口。

† 從這份聲明的文字和其中提及的一些事實來看，前文中老特雷弗「沒有甚麼文化」的說法似乎不太符合事實。

愛母親的名譽，為了我們之間的父子恩情，趕緊把它扔到火裏，再也不要去想這件事情。

如果你沒有把文件當場銷毀，繼續讀到了現在的這行文字，那我就可以肯定，我要麼是已經事情敗露、身陷囹圄，要麼就已經溘然長逝、從此噤聲，後面這種情形的可能性還要大一些，因為你也知道，我的心臟不怎麼好。不管是哪一種情形，隱瞞都不再有任何必要，與此同時，信裏的事情字字屬實，這一點我可以對天發誓，只希望求得你的寬恕。

親愛的孩子，「特雷弗」並不是我本來的姓氏。年輕的時候，我名叫詹姆斯·阿米塔吉*。讀到這裏，你應該可以明白，幾個星期以前，你大學裏那個朋友的話為甚麼會讓我那麼驚駭，因為我當時覺得，他似乎是打算突然揭穿我的秘密。去倫敦的一家銀行上班的時候，我名叫阿米塔吉，觸犯國法、被處流刑的時候，我還是叫阿米塔吉。別把我想得太壞，孩子。我犯罪是因為我欠下了人們所説的面子債務，而我用了不屬於自己的錢去還，本來是確信自己能趕在別人發覺之前把錢補上，不料卻遭遇了再可怕不過的霉運。我指望的那筆進賬始終沒到，銀行方面卻提前查賬，查出了我挖的那個窟窿。這樣的案子本來可以得到寬大處理，可惜的是，三十年前†的執法人員要比現在嚴厲

---

* 詹姆斯·阿米塔吉的英文是「James Armitage」，縮寫為前文中提到的「J.A.」。

† 原文如此，前文中哈德森也説他跟老特雷弗「三十多年沒見」，如果按「蘇格蘭之星號」起航的 1855 年來算，這篇故事就應該發

得多。這一來，在我二十三歲生日的當天，我就變成了一個身犯重罪的囚徒，跟其他三十七個犯人鎖在一起，被人送進「蘇格蘭之星號」三桅帆船的夾板艙，踏上了流放澳大利亞的苦旅。

當時是一八五五年，克里米亞戰爭*正打得熱火朝天。以前那些遣送囚犯的船隻多數都變成了黑海上的運兵船。這一來，政府只好用一些不那麼合適的小船來把國內的罪犯打發出去。「蘇格蘭之星號」原本是用來販運中國茶葉的，可它結構陳舊、船頭笨重，船體也特別寬，所以就遭到了新式快船的淘汰。這是艘排水量五百噸的帆船，三十八名囚犯之外還裝了二十六名水手、十八名士兵、一名船長、三名船副、一名醫生、一名隨船牧師和四名獄卒。這麼着，我們從法爾茅斯開航的時候，船上總共有將近一百號人。

這艘船跟平常那些遣送囚犯的船隻不同，牢房之間沒有厚實的橡木隔板，有的只是一些很不牢靠的薄板子。我隔壁關的是一個小伙子，比我更靠近船尾，我們剛被押到碼頭的時候，他就已經引起了我格外的注意。他光溜溜的臉龐乾乾淨淨，鼻子又長又細，雙頜顯得特別有勁兒。上船的時候，他得意洋洋地高昂着

生在 1885 年左右，根據故事當中的說法，此時福爾摩斯還在讀大學，未曾與華生相識；與此同時，按照《暗紅習作》當中的記述，福爾摩斯和華生相識應該是在 1881 年左右。

* 克里米亞戰爭 (Crimean War) 是 1853 至 1856 年間土耳其、英國、法國等幾個國家與沙皇俄國之間的戰爭，起因是爭奪巴爾干地區的控制權，以俄國失敗告終，因戰場在瀕臨黑海的克里米亞半島而得名。

頭，走路也大搖大擺，最顯眼的特徵則是個子高得出奇。按我現在的回憶，咱倆的腦袋應該都夠不到他的肩膀，我可以肯定，他的身高至少也得有六英尺*半。那麼多悲哀疲憊的面孔之中偏偏有這麼一張充滿活力和決心的臉，實在是一件奇異的事情，在我看來，他的臉彷彿是暴風雪之中的一點火光。這樣一來，發現他關在我的隔壁，我自然覺得非常高興。更叫我高興的是，夜深人靜的時候，我聽見有人在我耳邊悄聲說話，原來，他已經設法在我倆之間的那塊隔板上挖了個洞。

「嗨，好伙計！」他說，「你叫甚麼名字，犯的是甚麼事情？」

我回答了他，跟着就反問他叫甚麼名字。

「我叫傑克‧普倫德加斯，」他說，「老天作證！咱們分開之前，你一定會知道我的好處的。」

我記得我聽說過他的案子，因為就在我被捕之前不久，他的案子在全國範圍內造成了巨大的轟動。據我所知，他出身很好，自個兒的本事也很大，只可惜染上了一些無藥可救的惡習。通過一種非常巧妙的欺詐方法，他從倫敦那些數一數二的商人手裏騙取了巨額的金錢。

「哈，哈！你記得我這件案子！」他得意地說。

「沒錯，記得非常清楚。」

「那麼，這件案子裏有個蹊蹺的地方，興許你也記得吧？」

---

* 1英尺等於12英寸，約等於0.3米。

「蹊蹺在甚麼地方呢？」

「當時我搞到了將近二十五萬鎊，對吧？」

「他們是這麼說的。」

「可是，他們一分錢也沒追回去，不是嗎？」

「是沒追回去。」

「很好，那你說說看，那些錢都上哪兒去了呢？」他問我。

「這我可說不上來，」我說。

「就在我的手心裏，」他嚷了一聲。「老天作證！我名下的金鎊比你腦袋上的頭髮還要多。我的小伙計，如果你有錢，又懂得運財和散財的方法，任何事情可以辦到。好了，我就是一個任何事情都可以辦到的人，你總不至於認為，我這樣的人會在一艘蟲鑽鼠竄、老朽霉爛、形同棺材、販運中國貨物的舊船上束手待斃，在臭氣熏天的貨艙裏磨穿屁股吧。不會的，先生，這樣的人不光會搭救自己，還會捎上他的難兄難弟。你放一百個心好了！只管跟着他幹，然後就可以吻着《聖經》作證，他一定會拉你出去。」

他說話就是這麼一種風格，一開始我也沒當回事。可是，過了一會兒，他對我進行了一番試探，又讓我發下了最為鄭重的誓言，然後才告訴我，他們的確有一個計劃，準備奪取這艘船的控制權。還沒上船的時候，以普倫德加斯為首的十二名囚犯就訂下了這個計劃，那些人為的都是他的錢。

「我有個搭檔，」他告訴我，「一個少有的好人，就

　　　　　　　亞瑟·柯南·道爾｜福爾摩斯全集 III

像槍托對槍管一樣可靠。錢都在他那裏，沒錯，還有啊，你知道他這會兒在哪兒嗎？不知道吧，他就是那個隨船牧師——隨船牧師，你說意外不意外？他穿着黑袍上了船，要甚麼證明有甚麼證明，箱子裏的錢也多得可以把這艘船連龍骨帶桅杆一股腦地全買下來。水手通通是他的人，身體和腦袋都由他支配。他花了那麼多錢，而且是提前付款，完全應該享受一點兒折扣。那些水手還沒有應募上船，他就已經把他們買了下來。除此之外，他還買下了兩名獄卒，外加梅瑞爾，也就是船上的二副。如果他覺得值的話，連船長也可以買下來。」

「那麼，咱們應該怎麼幹呢？」我問他。

「你覺得還能怎麼幹？」他說。「咱們要把一些個士兵的制服染紅，顏色比哪個裁縫做的都要鮮豔。」

「可他們有武器啊，」我說。

「咱們也會有的，小伙計。只要是爹媽生的，咱們當中的每個人都會有兩把手槍。再說了，咱們背後有全體水手的支持，要是還不能拿下這艘船的話，那就真應該上那些小娘們兒的寄宿學校去待着了。今晚你就跟你左邊隔壁那個伙計談談，看看他可靠不可靠。」

我照他的話辦了，由此發現左鄰是個處境跟我差不多的小伙子，上船是因為製造假幣。當時他名叫埃文斯，後來也跟我一樣改名換姓，眼下財運亨通，住在英格蘭的南部。他非常願意入伙，因為我們只有這樣才能自救，沒甚麼別的出路。這麼着，船還沒有駛過

海灣 *，所有的囚犯就都被我們拉了進來，只有兩個除外，一個是意志薄弱，我們不敢寄予信任，另一個則患有黃疸病，對我們沒有任何用處。

說真的，我們的奪船計劃從一開始就很順利，沒有碰上甚麼障礙。船上的水手是一幫惡棍，上船的時候都經過他們的挑選。冒牌的隨船牧師經常跑到牢裏來感化我們，手裏拎着一個按理該裝宗教傳單的黑口袋。他來得勤快極了，所以呢，到了第三天，我們每個人的床底下都藏了一把銼刀、兩把手槍、一磅 † 火藥，還有二十發子彈。有兩名獄卒變成了普倫德加斯的爪牙，二副則是他的左膀右臂，我們需要對付的人僅僅是船長、兩名船副、另外兩名獄卒、馬丁中尉和他的十八名士兵，再加上那名醫生。風險雖然不大，我們還是力求萬無一失，決定在夜間發動突然襲擊。可是，行動來得比我們預想的早，具體過程則是這樣的：大概是在啟航之後的第三個星期，一天傍晚，醫生下來看一名生了病的犯人。他把手伸到病人的鋪位下面，結果就摸出了手槍的輪廓。當時他要是不吭氣兒的話，興許可以徹底挫敗我們的全盤計劃，可他這個人有點兒神經質，於是就驚叫一聲，臉色刷白。那個犯人立刻明白了這是怎麼回事，一把抓住了他。他還沒來得及發出警報，我們就堵上他的嘴，把他綁在了

---

* 這裏的海灣應該是指大西洋上的比斯開灣 (the Bay of Biscay)，這個海灣就在法爾茅斯南邊不遠的地方。

† 1 磅約等於 450 克。

床上。他來的時候打開了通往甲板的艙門，於是我們就一窩蜂地衝了出去。兩名哨兵都中槍倒地，跑過來看情況的一名中士也落得了同樣的命運。客艙的門口還有兩名士兵，他們的火槍裏似乎沒有裝子彈，因為他們始終都沒向我們開火，被我們撂倒的時候還在忙着上刺刀。這之後，我們繼續衝向船長室。剛剛把門推開，裏面就傳來一聲槍響，只見船長倒在那裏，腦漿把釘在桌上的大西洋海圖濺得一塌糊塗，隨船牧師站在船長的屍身旁邊，手裏的槍冒着青煙。兩名船副早已被水手們制服，整件事情似乎盡在掌握。

客艙就在船長室的隔壁，於是我們一擁而入，往那些長靠椅上一倒，爭先恐後地說起話來。大家都覺得自己重新獲得了自由，高興得跟瘋了似的。客艙裏到處都是儲物櫃，威爾遜，也就是那個冒牌牧師，砸開了其中一個櫃子，從裏面拖出了一打陳年的雪利酒。我們敲斷瓶頸，把酒倒進一些大杯子，一杯接一杯地乾得不亦樂乎。正在這時，事先沒有任何警兆，我們的耳邊突然響起了火槍的咆哮，客艙裏立刻煙霧瀰漫，隔着桌子就瞧不見人影。煙霧消散的時候，整個地方已經變成了一座屠宰場。威爾遜和八名囚犯躺在船板上，你挨我擠地翻滾掙扎，桌上流淌着殷紅的鮮血和琥珀色的雪利酒，那場面到今天都還讓我惡心得不行。眼前的慘景嚇得我們魂不附體，照我現在的估計，要不是因為普倫德加斯的話，當時我們就已經舉手投降了。他像公牛一樣咆哮如雷，率領所有活着的

人衝向門口。衝出去之後，我們發現中尉帶着十名士兵站在客艙頂上，客艙桌子上方那扇可以翻轉的天窗開了一道窄縫，之前他們就是在通過那道窄縫向我們開火。他們還來不及裝填彈藥，我們就撲到了他們身上，他們也英勇抵抗，拿出了男子漢的勁頭。可我們很快佔到了上風，五分鐘之內就解決了戰鬥。天哪！世上的哪一座屠場也沒有這艘帆船恐怖！普倫德加斯完全變成了一個狂性大作的惡魔，他像拎小孩似的把一個又一個的士兵抄了起來，然後就把他們扔到船舷之外，不管他們是死是活。有一名上士已經傷得慘不忍睹，但卻還是不停地往前游，堅持的時間長得叫人吃驚，直到某個好心人一槍打碎他的腦袋才算罷休。戰鬥結束之後，跟我們作對的人只剩下了兩名獄卒和兩名船副，再加上那個醫生。

剩下的敵人怎麼處理，我們內部發生了激烈的爭執。我們當中有不少人都為重獲自由而感到心滿意足，一點兒也不想再造殺孽。放倒手持火槍的士兵是一回事，冷眼旁觀他人遭到屠殺卻是另一回事。我們八個人，五名囚犯和三名水手，乞求他們不要這麼幹，但卻沒能打動普倫德加斯，也沒能打動那些跟他意見一致的人。按他的説法，我們唯一的安全保障就是斬草除根，絕不能留下哪怕一個活口到證人席上去嚼舌頭。我們八個差一點兒就落到了跟俘虜一樣的下場，好在他最終還是説，如果我們願意的話，盡可以自個兒坐上小艇離開。我們迫不及待地接受了他的提議，

因為我們已經被這些嗜血的暴行弄得非常惡心，而且
預感到接下來還有更可怕的事情。我們每個人都拿到
了一套水手服裝、一桶淡水、一小桶醃肉、一小桶餅
乾，再加上一個羅盤。普倫德加斯隔着船舷扔過來一
張海圖，並且告訴我們，如果有人問起的話，就説我
們是遭了海難的水手，船隻失事的坐標是北緯十五
度、西經二十五度。這之後，他割斷纜繩，放我們走
了。

好了，親愛的兒子，現在我要説的就是故事當中最
出人意料的那個部分。囚犯們起事的時候，水手們
已經把前桅底部的帆桁拽到了頂風的角度，我們離開
之後，他們又把它扳回了順風的角度。海上吹着微微
的東北風，帆船慢慢地遠離了我們，我們的小艇則在
平緩浩盪的波濤之中起起落落。埃文斯和我算是小艇
上最有文化的兩個人，這時就坐在船頭開始研究，研
究我們眼下是在甚麼位置、接下來又該駛向哪一片海
岸。這個問題不好問答，因為北邊的佛得角群島離我
們大概有五百英里，非洲的西海岸則在我們東面大約
七百英里的地方。鑑於風向轉北，我們覺得塞拉利
昂總體上算是最好的選擇，於是就掉轉船頭駛向那
裏*。那時候，帆船行駛在我們右後方四十五度的遠
處，船身幾乎完全隱沒在了海平面之下，能看見的只

* 佛得角群島 (Cape Verdes) 是大西洋當中的一個群島，東距非洲西
　海岸約 570 公里；塞拉利昂 (Sierra Leone) 是非洲西岸的一個國家，
　在佛得角群島東南方向，當時是英國的殖民地。

有桅杆。看着看着，帆船上突然騰起了一股濃濃的黑煙，彷彿是一棵畸形的大樹，赫然聳立在水天之間。幾秒鐘之後，一聲霹靂似的轟鳴震動了我們的耳鼓。接下來，煙霧漸漸消散，「蘇格蘭之星號」卻已經不見蹤影。轉眼之間，我們又一次撥轉船頭，竭盡全力地駛向那個地方。那地方的水面依然輕煙裊裊，向我們指明了災難發生的地點。

我們花了很長的時間才趕到那裏，剛開始的感覺是到得太晚，不可能救到甚麼人了。在帆船失事的地方，隨波起伏的只有一隻四分五裂的小艇、一堆板條箱和一些桅桁的殘片，人影則是一個也沒有。我們絕望地掉轉船頭，突然卻聽見了呼救的聲音，跟着就看見不遠的地方有一塊殘破的船板，有個人攤開四肢橫躺在上面。我們把那個人拉上了小艇，這才發現我們救上來的是一名年輕的水手，名字叫做哈德森。他身上帶有嚴重的燒傷，整個人筋疲力盡。直到第二天早晨，他才算緩過勁兒來，把帆船上的事情告訴了我們。

情形似乎是，我們離開以後，普倫德加斯和他手下的那幫人就開始屠殺剩下的五名俘虜。兩名獄卒吃了槍子兒，跟着又被扔到了海裏，三副的命運也是一樣。這之後，普倫德加斯下到夾板艙裏，親手割斷了那名不幸醫生的喉嚨。這麼着，剩下的就只有船上的大副，那是個膽子很大、身手也很矯健的人。看到普倫德加斯拿着血淋淋的刀子朝自己走過來，他用力掙開已經設法弄鬆的綁繩，順着甲板衝進了尾艙。十二

名囚犯端着手槍下去找他，發現他拿着一盒火柴坐在一個打開的火藥桶旁邊，與此同時，裝在船上的火藥一共有一百桶。他發誓說，如果他們膽敢動他一個指頭，他就要跟他們同歸於盡。轉眼之間，帆船就炸開了花，不過，照哈德森的看法，原因並不是大副的火柴，而是某個囚犯的子彈打錯了地方。不管是甚麼原因吧，「蘇格蘭之星號」反正是就此完結，一起完結的還有在船上發號施令的那幫匪徒。

簡單說來，我親愛的孩子，我捲入的那次可怕事件就是這麼一個過程。第二天，開往澳大利亞的「霍茨珀號」雙桅帆船把我們救了上去，船長痛痛快快地相信了我們，以為我們的確是一艘失事客船的幸存者。後來，海軍部斷定「蘇格蘭之星號」遣送船已經在海上意外失蹤，它的真實命運則從未走漏過半點風聲。一段順風順水的航程之後，「霍茨珀號」在悉尼靠了岸，埃文斯和我改名換姓去了礦區，混進從世界各地湧來的人潮，輕而易舉地抹去了從前的身份。剩下的事情就用不着我說了，我倆發財致富、四處遊歷，最後就以發跡移民的身份回到英格蘭，在鄉間置下了產業。二十多年以來，我倆安居樂業，滿以為能把自己的過去徹底埋葬。沒想到，那個水手終於還是找上門來，而我一眼認出，他就是我們從船板上救起來的那個人。你可以想一想，當時我是甚麼樣的一種感覺。他不知道通過甚麼方法查到了我倆的下落，而且打定主意要靠我倆的恐懼過日子。現在你應該明白，當初

我為甚麼要千方百計地安撫他，又或許，你還會對我滿心的恐懼產生些許同情，因為他雖然轉頭找上了另一個敲詐對象，嘴裏卻照樣不依不饒。

「接下來的幾行字幾乎無法辨認，因為他的手抖得非常厲害，『貝多斯寫來密信說，哈德森已經全說了。仁慈的上帝啊，寬恕我們的靈魂吧！』

「以上就是我那天晚上念給小特雷弗聽的記述，要我說，華生，以寫作時的情形而論，這真是一篇非常精彩的記述。我那個好朋友為這件事情傷透了心，後來就去了特賴*的茶園，聽說是幹得不錯。至於貝多斯和那個水手嘛，從貝多斯寫下警告信的那天開始，他們兩個就再也沒有任何音訊，消失得乾乾淨淨、無影無蹤。與此同時，並沒有人向警方告發甚麼事情。這樣看來，貝多斯也許是把說說而已的威脅當成了實實在在的行動。有人曾經看見哈德森在貝多斯家附近鬼鬼祟祟地活動，警方據此認為，哈德森殺死了貝多斯，然後又逃到了別處。我倒是覺得，真相應該跟警方的推測恰恰相反。按我看，情形十有八九是貝多斯認為哈德森已經把自己供了出去，覺得自己反正是走投無路，於是就對哈德森實施了報復，再帶上手頭的所有現錢，跑到了國門之外。案子的始末就是這樣，醫生，要是你覺得它派得上用場的話，我可以保證，它一定會踴躍加入你的案件收藏。」

---

* 特賴 (Terai) 是指喜馬拉雅山脈最南邊的西瓦利克山帶 (Siwalik Hills) 南麓的平原和谷地。

馬斯格雷夫典禮

　　我朋友歇洛克‧福爾摩斯的性格當中有一個奇怪的反差，經常讓我為之側目。一方面，他擁有人類之中最為精密嚴謹的思維，衣着也算得上整潔素雅，另一方面，他的生活習慣卻跟那些最讓室友不勝其煩的傢伙一樣毫無章法。這倒不是說，我自己的生活態度有哪怕是一絲一毫的保守。天生的波希米亞性情[*]，再加上阿富汗那段顛沛生涯的磨練，早已經讓我的生活變得相當隨便，遠遠超過了一名醫務人員應有的限度。話說回來，我好歹還知道適可而止，所以呢，眼看有人拿煤斗[†] 來裝雪茄，又把煙絲塞進波斯拖鞋的腳趾部位，還用一把大折刀將尚未回覆的信件戳在木製壁爐台的正中央，我難免要擺出一副道貌岸然的姿態。與此同時，我始終認為，槍法練習顯然應該是一種戶外的消遣；福爾摩斯呢，竟然會挾着某種怪誕的興致，拿上他那把微動扳機[‡] 的手槍和一百發博克瑟子彈[§]，坐進

---

[*] 這篇故事首次發表於 1893 年 5 月；波希米亞人是吉普賽人的別稱，「波希米亞性情」通常可以與天馬行空、放任不羈的性情劃等號，參見《波希米亞醜聞》當中的注釋。

[†] 煤斗是用來裝少量備急煤塊的小桶，也可以用為裝飾。

[‡] 微動扳機是指反應靈敏、施加微小壓力即可擊發的扳機。

[§] 博克瑟子彈 (Boxer cartridge) 為當時英國皇家兵工廠的博克瑟上校 (Edward Boxer, 1822–1898) 設計的一種子彈，由《斑點帶子》當中曾經提及的埃萊公司生產。

一把扶手椅，在對面的牆上用彈孔排出頗具愛國主義精神的「V.R.」字樣 *，致使我由衷感到，此舉既不能淨化房間空氣，也不能改善室內裝潢。

我們的房間裏總是堆滿了各種各樣的化學品和罪案遺物，它們總是有辦法出現在各種匪夷所思的位置，總是有辦法出現在黃油碟子裏，甚至是一些更讓人不快的地方。不過，最讓我頭痛的還是他那些文件。他捨不得銷毀任何文件，更不用說那些與他的舊案相關的文件，與此同時，他很少能打起精神來對文件進行分類整理，那樣的情形一兩年也只有一次。原因在於，正如我在之前那些雜亂無章的回憶錄當中提過的那樣，每當他爆發出無可阻遏的能量，完成了某件與他的名字一起傳揚的輝煌壯舉，隨之而來的就是一種倦怠消沉的後遺症，致使他借着小提琴和書籍的安慰昏昏度日，除了在沙發和桌子之間來回之外，幾乎是一動不動†。於是乎，他的文件月復一月地越擺越高，到最後，房間的各個角落都堆滿了一捆又一捆的手稿，不要説絕對不能燒，就算是收拾收拾也只能由文件的主人親自動手。

冬天裏的一個夜晚，我倆一起坐在壁爐跟前。我大着膽子提出建議，既然他已經把各種摘編材料轉進了自己的

剪貼簿*，倒不如趁熱打鐵，利用接下來兩個鐘頭的時間，把我們的房間弄得稍微宜居一點兒。他無法拒絕我這個合情合理的要求，於是就帶着相當愁苦的面容走進自己的臥室，不久之後又走了出來，身後拖着一個碩大的馬口鐵箱子。他把箱子放在地板中央，蹲坐在箱子跟前的一張小凳子上，跟着就掀開了箱蓋。我看見箱子已經滿了三分之一，裏面全都是文件，還用紅帶子紮成了一個又一個的小捆。

「這裏面的案子多得很呢，華生，」他看着我說道，眼睛裏帶着惡作劇的神色。「依我看，要是你知道我這個箱子裏都有些甚麼東西的話，一定會要求我往外拿，不會再要求我往裏裝了。」

「如此說來，這些都是你早年工作的記錄嘍？」我問道。「以前我經常想，要是能拿到這些案子的材料就好了。」

「沒錯，小伙計，這些案子都發得太早，那時候，我那個傳記作者還沒有開始幫我吹噓呢。」他一捆接一捆地拿起那些文件，動作既輕又柔、充滿愛惜。「這些並不都是成功的經歷，華生，」他說道。「不過，其中的一些小問題還是相當有意思的。瞧，這是『塔勒頓鎮謀殺案』的記錄，這是酒商凡伯裏的案子，這是那位俄羅斯老婦的遭際，這是關於一根鋁製拐杖的離奇事件，這還有一份完完整整的記述，主人公是長了一隻畸形腳板的裏科萊蒂，

---

* 　《工程師的拇指》當中曾經提到，「（貝克街寓所的）書架上擺着一些又厚又重的剪貼簿，裏面都是福爾摩斯收集的剪報。」

外加他那個可惡的妻子。對了，還有這個——嗯，沒錯，這一件才真的是有點兒不同凡響呢。」

說話間，他把胳膊伸到箱底，拿出了一個小小的木頭匣子，小匣子帶有滑蓋，跟兒童玩具的包裝盒差不多。他從匣子裏取出了一張皺巴巴的紙片、一把老式的黃銅鑰匙、一根纏有線團的木釘，還有三片鏽跡斑斑、十分古老的圓形金屬。

「好了，小伙計，你覺得這批物件是甚麼名堂呢？」看到我疑惑的表情，他笑着問道。

「這是一份相當古怪的收藏。」

「你得說是非常古怪才對，不光如此，聽了跟它們相關的那個故事，你還會覺得更加古怪哩。」

「這麼說，這些物件的背後有一段歷史嘍？」

「不光是有歷史，它們**就是**歷史。」

「這話是甚麼意思？」

歇洛克·福爾摩斯把這些東西挨個兒拿了起來，又把它們排在桌子邊緣。接下來，他坐回原來的那把椅子上，細細地打量着這些東西，眼睛裏閃着心滿意足的光芒。

「這些物件，」他說，「就是我為馬斯格雷夫典禮案保存的全部紀念。」

我不止一次聽他提起過這件案子，但卻始終沒有機會了解詳細的案情。「你要願意給我講講這件案子的話，」我說道，「那我可就太高興了。」

「這麼說，亂也就由它亂嘍？」他大聲地調侃了一句。「說到底，華生，你的整潔作風也經不起甚麼考驗嘛。

不過，我倒是很樂意讓你把這件案子收入記載，因為它非常獨特，不光在本國的犯罪史上十分罕見，按我看，在其他任何國家的犯罪史上也不多。要想對我的種種微末事跡作一個完備的記載，那就絕對不能落下這件非同一般的奇案。

「你多半還記得，『蘇格蘭之星號』帆船案牽涉到一個不幸的人，具體是怎麼不幸，你已經聽我說過了。與此同時，你多半也記得，就是在那件案子當中，通過跟那個人的一次談話，我才第一次把注意力轉向了我畢生從事的這個行當。此時此刻，你看到的情形是五湖四海都知道我做的是甚麼行當，公眾和警方都把我當成了各種疑難案件的最高上訴法庭。哪怕是在你剛認識我的時候，也就是說，在你寫進《暗紅習作》的那件案子發生的時候，我也已經建立起了相當廣泛的業務聯繫，只不過回報不多而已。所以呢，你肯定很難想像，創業之初，我的處境是多麼地艱難，有所起色之前，我經歷了多麼漫長的等待。

「剛來倫敦的時候，我在大英博物館拐角處的蒙塔古街租了房子，然後就一邊苦苦等待，一邊努力研究那些能讓我的工作更有成效的學科，以此打發過分豐富的空間時間。隔三岔五，我可以接到一些案子，案子多半都是我那些大學同學介紹過來的，因為在我大學生涯的末期，已經有很多人開始談論我和我的方法。馬斯格雷夫典禮案是我接到的第三件案子，到後來，因為案子當中那根奇異的事件鏈條引起了廣泛的關注，也因為事實證明那件案子關連重大，我才破天荒第一次向我今日的成就邁進了一大步。

「雷金納德・馬斯格雷夫曾經跟我在同一間大學裏念書，我倆多少算是認識。他在本科生當中不怎麼受人歡迎，不過我一向覺得，他身上那種別人認定是自傲的東西實際上只是一種偽裝，為的是掩蓋他與生俱來的極度自卑。從外表上看，他是個氣派十足的貴族子弟，身材瘦削、高鼻子、大眼睛，舉止淡漠，同時又彬彬有禮。事實上，他那個家族的確是英格蘭最古老的家族之一，只不過他這一支不是長房，早在十六世紀就已經跟北方的馬斯格雷夫家族分了家，在薩塞克斯郡 * 西部另立門戶，很有可能，那個郡最古老的一座迄未荒廢的房屋就是他家的赫爾斯通宅邸。他的家世似乎在他身上留下了無法抹去的烙印，每一次看到他蒼白機敏的臉龐，看到他頭顱傾側的姿勢，我都會聯想到灰暗的拱廊和直櫺的窗戶，聯想到所有那些來自中世紀古堡的莊嚴遺跡。我倆在偶然的情形之下聊過那麼一兩回，而我還記得，他說過不止一次，他對我那些觀察和演繹的方法很感興趣。

　　「暌隔四年之後的一天早晨，他突然到蒙塔古街來找我。他沒怎麼變，以前他有點兒紈絝子弟的作派，眼下也依然是一身時髦青年的裝扮，以前他有一種淡漠溫文的獨特儀態，眼下也還是那副模樣。

　　「我倆非常熱情地握了握手，然後我就問他，『馬斯格雷夫，這些年你都怎麼樣啊？』

---

* 薩塞克斯 (Sussex) 是英格蘭東南部一片歷史悠久的地域，當時雖然分為東西兩部，名義上卻是一個郡，到 1974 年才分為東薩塞克斯和西薩塞克斯兩個郡。

「『你興許有所耳聞，我可憐的父親已經離開了人世，』他說，『那是大概兩年之前的事情。他去世以後，管理赫爾斯通莊園的擔子自然是落到了我的身上，再加上我又是本郡的議員，所以就忙得不可開交。好了，福爾摩斯，據我所知，你已經把大學時代的驚人本領用到了實際的層面，對吧？』

「『是的，』我說，『我已經決定了，要靠自個兒的腦子來過日子。』

「『你這麼說我很高興，因為我眼下就特別需要你的建議。赫爾斯通發生了一些非常蹊蹺的事情，警方卻理不出任何頭緒。說實在的，這事情真是古怪極了，完全沒法解釋。』

「你可以想像，華生，他的話讓我多麼興奮，因為我已經眼巴巴地乾等了好幾個月，盼望之中的機會似乎終於來到了我的眼前。打心眼兒裏說，我完全相信自己有能力解決其他人解決不了的問題，眼下呢，我得到了一個檢驗自己的機會。

「『麻煩你給我講講詳情吧，』我大聲說。

「雷金納德‧馬斯格雷夫坐到我的對面，點上了我遞給他的那支煙。

「『你肯定知道，』他說，『我雖然單身一人，但卻不得不把一大幫僕人養在赫爾斯通，因為那是座佔地寬廣、枝枝蔓蔓的老宅子，需要照看的事情很多。除此之外，我還維持着一片獵場，獵雉雞的季節一般都要在莊園裏舉辦聚會，人少了肯定不行。這麼着，我總共有八個女僕、

一個廚師、一個男管家、兩個男僕和一個小聽差，當然，花園和馬廄還有另外一班僕人照管。

「『所有這些僕人當中，在我家待得最久的是管家布朗頓。我父親請他來的時候，他是個失業的小學教員，年紀也很輕，不過他幹勁很足，品性又非常好，很快就得到了全家人的器重。他身體健壯、相貌堂堂，腦瓜子非常好使，雖然已經在我家待了二十年，年紀也超不過四十。他能講好幾種語言，樂器也幾乎是件件都會。鑑於他擁有這麼些優點，還有這麼些非凡的稟賦，大家難免會覺得奇怪，他為甚麼能在這麼一個位置踏踏實實地待這麼長的時間。按我看，他可能是待得非常舒服，懶得去進行任何改變。一句話，赫爾斯通的管家着實是個人物，來過我家的人都忘不了。

「『可是，這麼個模範人物也有一個缺點，也就是說，他多少有點兒唐璜 * 的作派。可想而知，對他這樣的人來說，這樣的角色本來就不難扮演，更何況，舞台還設在僻靜的鄉間。他有家室的時候，一切都還平安無事，自打他變成了一名鰥夫，我們的麻煩就接連不斷。幾個月之前，我們滿以為他會再一次安定下來，因為他跟我家的二等上房女僕† 拉契爾‧霍維爾斯訂了婚。沒想到，他跟着就拋棄了她，跟獵場總管的女兒珍妮特‧特雷吉利斯攪在

---

* 唐璜 (Don Juan) 是西班牙傳奇故事當中一個著名的花花公子，曾經在西方的許多文藝作品當中出現，比如拜倫的詩歌和莫扎特的歌劇。

† 「上房女僕」原文是「house maid」，指職責範圍在主人家樓上的高等女僕。參見《綠寶石王冠》當中的相關注釋。

了一起。拉契爾甚麼都好，只可惜有點兒威爾士人的烈性子*。被他甩了之後，她得上了急性的腦炎，眼下——應該說是昨天之前——就黑着眼圈在屋子裏轉來轉去，彷彿是過去的那個她死後的幽靈。這樣的鬧劇在赫爾斯通還是破天荒的第一齣，不過，它很快就被接踵而至的第二齣鬧劇趕出了我們的頭腦。第二齣鬧劇的由頭呢，就是管家布朗頓幹了件丟臉的事情，被我給解僱了。

「『事情是這樣的：剛才我已經說過，他這個人非常聰明，結果呢，他聰明反被聰明誤，因為我覺得，就是這種聰明讓他產生了沒完沒了的好奇心，非得去理會那些跟自己全不相干的事情。要不是因為那次純屬偶然的發現，我還真不知道，好奇心居然能驅使他做出那麼出格的事情。

「『剛才我說了，我家的宅子又大又不規則。上個星期的某一天，準確說的話就是星期四，晚餐之後我很不明智地喝了一杯黑咖啡，夜裏就翻來覆去睡不着覺。折騰到凌晨兩點的時候，我覺得睡覺已經是一種奢望，於是就起了床，點上蠟燭，準備接着讀我還沒讀完的一本小說。不巧的是，我把小說落在了彈子房裏，所以我只好披上睡袍，去把書取回來。

「『要上彈子房去，我必須先走下一段樓梯，跟着還得從一條過道的口子上經過，那條過道通往圖書室和槍械室。我往那條過道裏瞥了一眼，發現圖書室的門開着，裏

---

* 　「威爾士人的烈性子」是英格蘭人的慣有偏見，因為威爾士人曾經激烈反抗英格蘭君主的統治。

面有微弱的亮光。你可以想像，當時我是多麼地驚訝，原因是回房睡覺之前，我親手滅掉了圖書室裏的燈，親手關上了圖書室的門。當然，我首先想到的是家裏來了竊賊。我家那些走道的牆面裝飾多數都是從戰場上繳獲的古老兵器，於是我挑了一把戰斧，把蠟燭留在身後，踮起腳尖穿過走廊，從那道敞開的門往裏窺視。

「『圖書室裏的人是我的管家布朗頓，他坐在一把安樂椅上，穿得整整齊齊，膝蓋上擺着一張看起來像是地圖的紙片，一隻手支着額頭，正在那裏苦思冥想。我驚駭不已，呆呆地站在原地，繼續從暗處觀察他的舉動。我能夠看見他穿得整整齊齊，是因為桌子的邊緣立着一支小蠟燭，微弱的燭光照在了他的身上。看着看着，他突然從椅子上站起身來，走到旁邊的一個櫃子跟前，用鑰匙打開櫃子，拉開一隻抽屜，從裏面拿出了一張紙。接下來，他回到原來的座位上，把那張紙攤在桌子邊緣的蠟燭旁邊，仔仔細細地研究起來。看到他如此坦然地翻看我家裏的文件，我頓時覺得怒不可遏，忍不住往前走了一步。布朗頓抬起頭來，看到我站在門口，一下子跳將起來，一張臉嚇成了青色，忙不迭地拿起他之前研究的那張類似地圖的紙片，塞到了自個兒懷裏。

「『「瞧瞧！」我說。「你就是這麼來報答我們的信任的。明天你就自個兒請便吧。」

「『他衝我鞠了一躬，看神情是已經徹底崩潰，然後就從我身邊溜了出去，一句話也沒有說。蠟燭還立在桌子上，於是我借着燭光瞥了一眼，想知道他從櫃子裏拿出

來的是甚麼文件。出乎我意料的是，那並不是甚麼重要文件，僅僅是一個稀奇古怪的古老儀式所用的問題和答案。這個儀式叫做「馬斯格雷夫典禮」，是我們家族的特有習俗。幾個世紀以來，只要是馬斯格雷夫家族的男子，成年的時候都經歷過這個儀式。它就跟我們家族紋章的注記和圖案一樣，只對我們家的人有意義，對考古學家來說興許也有一點兒小小的價值，但卻絕對沒有任何實際用途。』

「『等你講完之後，咱們最好回頭談談這份文件的問題，』我說。

「『如果你覺得確有必要的話，』他回答的口氣多少有點兒遲疑。『不管怎樣吧，我還是先把事情講完好了：我拿起布朗頓落下的鑰匙，把櫃子重新鎖上，轉過身準備離開，跟着就驚訝地發現，管家已經去而復返，站在了我的面前。

「『「馬斯格雷夫先生，先生，」他大聲對我說，激動得聲音都啞了，「我承受不了恥辱，先生。我雖然身份卑微，但卻一向愛惜自己的臉面，恥辱會要了我的命的。真的，先生，我這可不是嚇唬您，如果您讓我走投無路，我的鮮血就會成為您的罪過。經過了這樣的事情，即便您不能留我，也請您看在上帝份上，讓我自己申請一個月之後離開，就像是主動辭職那樣。那樣我還可以承受，馬斯格雷夫先生，可是，如果您當着那麼多熟人的面趕我出去，那我肯定承受不了。」

「『「你不配得到太多的體諒，布朗頓，」我這麼回答他。「你的行為惡劣到了極點。不過，念在你為我們家

服務了這麼多年，我並不想讓你當眾出醜。但是，一個月的時間還是太長了。一個星期之後，你就自個兒請便吧，至於辭職的理由，你想怎麼說就怎麼說好了。」

「『「只給一個星期嗎，先生？」他大聲說，聲音裏充滿了絕望。「兩個星期，行嗎，至少兩個星期！」

「『「一個星期，」我重覆了一遍，「你自個兒也應該明白，這樣的處理已經是非常寬大了。」

「『他悄無聲息地走了，腦袋耷拉在胸前，活像是被人抽掉了脊梁骨。於是我吹滅蠟燭，回自己的房間去了。

「『接下來的兩天，布朗頓表現得特別兢兢業業。我隻字未提之前的事情，只是略帶好奇地靜待事態發展，看他會怎樣保全自己的顏面。按照平常的習慣，早餐之後他都會過來找我，聽我安排當天的事情。第三天早晨，他卻沒有在我面前出現。我走出餐室，碰巧遇見了女僕拉契爾·霍維爾斯。前面我告訴過你，這個女僕大病初愈，蒼白憔悴的模樣簡直叫人看不下去。於是我勸了她兩句，叫她不要出來幹活。

「『「你應該在床上靜養，」我說。「等身體好點兒再回來幹活。」

「『她直直地看着我，臉上的表情十分古怪，以致我開始懷疑，她的腦子是不是出了問題。

「『「我身體好得很啊，馬斯格雷夫先生，」她說。

「『「這事情還是讓醫生來判斷吧，」我告訴她。「你馬上放下你的活計，還有，下樓的時候通知他們一下，叫布朗頓來見我。」

「『「管家已經走了，」她説。

「『「走了！走哪兒去了？」

「『「他走了，誰也沒看見他。他沒在他的房間裏。噢，沒錯，他走了，他走了！」她往後一倒，靠到牆上，又是尖叫又是狂笑。她突然這樣歇斯底里地發作起來，我自然驚駭萬分，趕緊跑去拉鈴叫人。僕人們把仍然在尖叫啜泣的姑娘送回了她的房間，我則開始盤問布朗頓的下落。毫無疑問，布朗頓的確是消失了。他的床沒人睡過，他頭天晚上回房之後，再也沒有人看見過他。另一方面，我們實在想不出他是怎麼離開屋子的，原因是這天早上起床的時候，屋裏所有的門窗都閂得嚴嚴實實。他的衣物、懷錶乃至錢財都在他的房間裏，他平常穿用的那套黑色衣服卻不見了。他的拖鞋也不見了，靴子倒是還在。如此説來，管家布朗頓夜裏究竟能去哪裏，眼下又在甚麼地方呢？

「『當然，我們接着就把宅子搜了一遍，從地窖一直搜到閣樓，可是，屋子裏並沒有他的蹤跡。就像我剛才説的那樣，我家的房子是一座迷宮一般的老宅，年代最早的那排廂房更是實實在在地變成了無人居住的棄屋。即便如此，我們還是對所有的房間和地窖＊進行了徹底的檢查，但卻找不到那個失蹤者留下的任何蛛絲馬跡。我絕不相信

＊　出於某種考慮，有一些版本把本段開頭的「把宅子搜了一遍，從地窖一直搜到閣樓」(searched the house from cellar to garret) 改成了「把宅子和庭園裏的小屋都搜了一遍」(searched the house and the outhouses)，又把這裏的「所有的房間和地窖」(every room and cellar) 改成了「所有的房間和閣樓」(every room and attic)。

他會扔下所有的財物一走了之，可是，沒走的話，他又能躲在哪兒呢？我找來了當地的警察，結果是無濟於事。頭天晚上下過雨，我們也把屋子周圍的草坪和小徑找了個遍，依然沒有任何發現。事態就這麼停滯了一段時間，後來才有了一個新的發展，幾乎讓我們忘記了這宗謎案。

「『布朗頓失蹤之後的兩天裏，拉契爾·霍維爾斯病得非常厲害，一會兒胡言亂語，一會兒歇斯底里，我們不得不請了一名護士來充當她的夜間看護。到了第三天夜裏，護士發現病人睡得非常安穩，於是就在扶手椅上打起盹兒來。清晨醒來的時候，她發現床上沒人，窗子大開，病人也已經不見蹤影。她馬上把我叫了起來，我立刻帶上兩名男僕，開始尋找那個失蹤的姑娘。要辨別她的去向並不困難，因為她窗子下面就有她的足跡，我們輕而易舉地順着足跡穿過草坪，一直追蹤到了池塘邊緣。池塘邊緣有一條通到莊園外面的礫石小徑，足跡就消失在離小徑很近的地方。那個池塘有八英尺深，所以你很容易想像，看到那個可憐的瘋丫頭留下的足跡消失在了池塘邊緣，我們的心裏是怎樣的一種感覺。

「『當然，我們立刻找來了工具，開始打撈姑娘的屍體，但卻連屍體的影子也沒找到。另一方面，我們倒是撈到了一件完全出乎意料的東西。那是一隻麻布口袋，裏面裝着一團鏽蝕褪色的古舊金屬，還有幾塊色彩灰黯的石子或者玻璃。除了這個離奇發現之外，我們再沒有在那個池塘裏找到任何東西。打撈之餘，昨天我們還找了所有能找的地方、問了所有該問的人，可是，拉契爾·霍維爾斯和

理查德·布朗頓的命運依然是個毫無線索的謎題。郡裏的警察已經束手無策，所以我只好來找你，把最後的希望寄託在你的身上。』

「你可以想像，華生，在他講述這一連串離奇事件的時候，我的心情是多麼地焦灼，一邊得仔細聆聽，一邊還得努力把聽到的事情拼成一個整體，努力想出一條能把所有事件串起來的線索。管家不見了，女僕也不見了。女僕愛過管家，後來又有了恨他的理由。女僕是威爾士人，性情褊急剛烈。管家剛剛失蹤的時候，她顯得極其激動。最後，她還把一個裝有古怪物件的口袋扔到了池塘裏。這些都是不容忽視的重要因素，同時又都不能觸及這件案子的核心。這一連串事件的起點究竟在哪兒呢？必須得找到線頭，這樣才能把這團亂麻理清。

「『我必須看看那份文件，馬斯格雷夫，』我說，『既然你那位管家願意為它下工夫，甚至還願意為它去冒丟掉飯碗的風險。』

「『這件事情非常荒唐，我是說我家的這個儀式，』他說。『話又說回來，它好歹是個歷史悠久的傳統，荒唐也算是有點兒理由。我這兒有一份儀式問答的抄本，你想看就拿去看吧。』

「你瞧，華生，這就是他當時遞給我的那份文件。成年的時候，馬斯格雷夫家的所有男性都得完成文件裏的古怪問答。我這就把文件裏的問題和答案原原本本地念給你聽。

此物屬誰？

昔之往者。

當入誰手？

後之來者。

時當何月？

序屬第六。*

日居何所？

橡樹之顛。

影落何方？

榆樹之下。

如何步測？

北十步，又十步，東五步，又五步，南二步，又二步，西一步，又一步，下探即得。

代價幾何？

罄我所有。

此價何因？

皆緣信任。†

「『原件並沒有標明日期，只不過用的是十七世紀中葉的拼寫方法，』馬斯格雷夫告訴我。『可是，按我看，這東西對你破解謎案恐怕沒甚麼幫助。』

---

* 最早的版本當中沒有「時當何月？序屬第六」(What was the month？ The sixth from the first) 這兩句。

† 英國詩人艾略特 (T.S.Eliot, 1888–1965) 曾經在詩劇《大教堂裏的謀殺》(Murder in the Catheral, 1935) 當中刻意模仿此段問答，問答發生在遇刺的坎特伯雷大主教貝克特 (問者) 和惡魔誘惑者 (答者) 之間：「當入誰手？後之來者 / 當在何月？序屬最末 / 代價幾何？聖者威儀 / 此價何因？為力與譽。」

「『不管怎樣，』我說，『它至少給我們提供了另一件謎案，甚至比先前那件還要有趣。說不定，一件有了答案，另一件也就迎刃而解。恕我直言，馬斯格雷夫，我覺得你的管家非常聰明，眼光比整整十代的東家都要敏銳。』

「『這話我就不太明白了，』馬斯格雷夫說。『我覺得，這份文件並沒有任何實際意義。』

「『我倒覺得它實際得不能再實際，我還覺得，布朗頓肯定也有同樣的感覺。他多半是早就看過這份文件，並不是從被你逮到的那個晚上開始的。』

「『這一點確實很有可能，因為我們並沒有費神隱藏這份文件。』

「『按我看，被你逮到的那一次，他只是想加深一下記憶而已。你剛才說，當時他正在拿一張類似地圖的東西跟文件進行對比，看到你之後才忙不迭地把它塞進了自個兒的口袋。』

「『的確如此。可是，他跟我們家的這個古老習俗有甚麼關係，這套繁瑣無聊的儀式又有甚麼含義呢？』

「『要我說，這個問題應該不難解答，』我說，『你不反對的話，我們不妨搭下一班火車去薩塞克斯，到現場去進行深入調查。』

「就在當天下午，我倆趕到了赫爾斯通。你以前可能看過這座著名古宅的圖文介紹，所以呢，這裏我只想簡單地說明一下，它是一座 L 形的建築，長的那一廂比較現代，是從短的那一廂發展出來的，後者才是整座宅子的古老內核。在那排古老廂房的中央，低矮厚重的門楣上鐫刻

着『1607』的建築年代，不過，專家們一致認為，房梁和石雕的實際年代比這還要古老得多。老房子牆壁太厚，窗子又太小，他們家不得不在上個世紀建起了一排新房。到如今，老房子幾乎已經完全廢棄，僅僅承擔着儲藏室和酒窖的功能。屋子周圍則是一片非常漂亮的庭園，長着一些賞心悦目的老樹。我主顧所説的那個池塘坐落在離屋子大概二百碼的地方，跟小徑挨得很近。

「當時我已經斷定，華生，我眼前的三件謎案實際上是彼此相關的一個整體，只要能正確解讀馬斯格雷夫典禮的含義，我就能拿到線索，進而探明管家布朗頓和女僕霍維爾斯失蹤的真相。於是乎，我開始全力研究典禮的事情。管家如此急於了解這個古老的儀式，究竟是為了甚麼呢？顯而易見，他一定是從儀式當中看到了某種歷代鄉紳都沒看到的東西，還覺得自己能夠從中取利。這麼説的話，他究竟發現了甚麼秘密，這個秘密又對他的命運造成了甚麼影響呢？

「剛讀到這份問答的時候，我就留意到了一件一目瞭然的事情，也就是説，問答當中的步測方法一定關係到某個地點，問答之中的其他語句也都暗示着同一個地點。一旦找到了這個地點，我們就不難知道，文件當中究竟隱藏着甚麼秘密，馬斯格雷夫家的先人為甚麼要用這麼一種稀奇古怪的方式來讓它世代流傳。要尋找這個地點，有兩位嚮導可以帶我們上路，也就是説，一棵橡樹和一棵榆樹。橡樹的所在沒有任何疑義，原因在於，宅子門前那條馬車

道的左側就矗立着一棵儼如長老的橡樹，算得上是我平生所見最壯觀的樹木之一。

「『你們家的祖輩制訂這個儀式的時候，這棵橡樹已經有了吧，』我們坐着馬車從橡樹旁邊經過的時候，我這麼説了一句。

「『十有八九，它在諾曼征服*的時候就已經有了，』他告訴我。『它的胸徑足足有二十三英尺呢。』

「這麼着，兩個基準點已經落實了一個。

「『你們家有老榆樹嗎？』我問他。

「『那邊原來有一棵非常古老的榆樹，只可惜十年前遭了雷電，剩下的椿子也讓我們給砍了。』

「『你還記得它原來的位置嗎？』

「『是的，記得。』

「『附近沒有別的榆樹了嗎？』

「『老榆樹沒有，老的山毛櫸倒是很多。』

「『我想看看那棵榆樹原來所在的地方。』

「我們坐的是一輛輕便馬車，這會兒已經到了屋子門口。聽了我這個要求，我的主顧沒有把我往屋裏讓，立刻帶我去看草坪上的一塊疤痕，也就是那棵榆樹曾經矗立的地方。那地方大致是在橡樹和屋子的正中間。看樣子，我的調查又有了一點兒進展。

「『依我看，現在應該沒法知道那棵榆樹原來的高度了吧？』我問他。

---

* 1066年1月，英王愛德華去世。9月，法國諾曼底公爵威廉借口愛德華生前曾許其繼承英國王位，率軍渡海侵入英國。取得戰爭勝利之後，威廉於12月自立為英王，史稱諾曼征服 (Norman Conquest)。

「『我這就可以告訴你，榆樹的高度是六十四英尺。』」

「『這你是怎麼知道的呢？』我驚訝不已地問了一句。」

「『每到要做三角學練習的時候，我以前的家庭教師總是讓我去測量高度。還是個半大小子的時候，我就把莊園裏所有的樹木和建築都測了個遍。』」

「這樣的運氣可真是讓人意想不到，因為按常理說，我需要的資料是來不了這麼快的。」

「『告訴我，』我問他，『你的管家跟你問起過同樣的問題嗎？』」

「雷金納德·馬斯格雷夫目瞪口呆地看着我。『你這麼一説，我倒是想了起來，』他告訴我，『幾個月之前，布朗頓確實跟我打聽過這棵榆樹的高度，因為他跟馬夫為這件事情小小地爭論了一番。』」

「這個消息非常美妙，華生，因為它可以證明，我追查的方向是正確的。我抬頭看了看太陽，太陽的位置已經很低。按我的估計，一個小時之內，它就會落到那棵古老橡樹的頂上，懸在緊靠最高處那根枝條的地方。到那個時候，儀式問答所列的一個條件就算是得到了滿足。另一方面，問答當中的榆樹影子一定是指影子遠離樹幹的那一端，要不然，寫這些問答的人就會用樹幹來標示方位，不會選擇樹影。如此説來，我的任務就是設法弄清楚，在太陽剛剛落到橡樹頂上的那個時刻，榆樹影子的遠端落在甚麼地方。」

「這可不太容易，福爾摩斯，榆樹已經沒了啊。」

「呃，可我至少知道，布朗頓做得到的事情，我肯定

也做得到。再者說，這事情也算不上甚麼真正的困難。我和馬斯格雷夫一起走進他的書房，自己動手削出了你現在看到的這根木釘，又把這根長線拴在木釘上面，隔一碼打一個結。接下來，我找來一根釣竿，從上面截了兩節，截下來的部分剛好是六英尺長。再下來，我和我的主顧一起回到了那棵榆樹曾經生長的地方。太陽剛好掠過橡樹的尖梢，我便把竿子豎在地上，記下它的影子所指的方向，然後又量了量，影子的長度是九英尺。

「接下來的計算當然是非常簡單，六英尺的竿子投出了九英尺的影子，六十四英尺的樹必然會投出九十六英尺的影子，與此同時，竿影的方向自然也是樹影的方向。量出這段距離的時候，我幾乎已經走到了屋子的牆根。我把木釘砸進樹影所指的地方，跟着就看見，離它不到兩英寸的地面上有一個錐形的凹坑。可想而知，華生，這個發現讓我欣喜若狂，因為我立刻明白，凹坑是布朗頓丈量距離時留下的標記，他仍然沒有逃脫我的追蹤。

「我先用我的袖珍羅盤測出了東南西北，然後就從這個基準點開始步測。順着屋子的牆面走出二十步之後，我又釘下一根木釘作為標記，然後小心翼翼地東走十步、南走四步，剛好走到了老房子的門檻上。從這裏往西走兩步，意思就是沿着門裏面那條石板鋪地的過道走兩步，完成這個步驟，我就可以找到儀式當中指示的那個地方*。

「一生之中，華生，我從未像那一刻那麼失望，一下

---

* 　這裏的測量方法在樹木生長狀況、觀測者所處位置、地球磁場變化等方面存在瑕疵，有興趣的讀者不妨留意。

子從頭頂涼到了腳心。有那麼一瞬間，我覺得自己的計算一定是出現了甚麼根本性的差錯。過道的地面灑滿了落日的餘暉，鋪地的是一塊塊古老的灰色石板，上面印着無數雙腳磨出的痕跡。可我看見，那些石板依然牢牢地嚙合在一起，顯然是多年未曾翻動。毫無疑問，布朗頓沒有在這裏下手。我在石板上東敲西敲，各處的聲音都是一樣，與此同時，石板上連一條裂紋或者縫隙都沒有。還好，馬斯格雷夫漸漸明白了我的用意，興奮的程度已經與我不相上下。到這會兒，他拿出他的文件，開始核對我的計算結果。

「『下探即得，』他叫了起來。『你忽略了「下探即得」這一句。』

「之前我一直以為這話的意思是往下挖掘，現在聽他這麼一說，我當然立刻意識到自己想得不對。『你是説，這下面有個地窖嗎？』我大聲問他。

「『有地窖，而且跟這座房子一樣古老。過來吧，從這道門進去。』

「走下一段曲裏拐彎的石梯之後，我同伴劃燃一根火柴，點亮了立在角落裏一隻木桶上的大提燈。事情立刻一目瞭然，我們終於找對了地方，同樣一目瞭然的是，最近還有別的人來過這裏。

「這是個儲藏柴禾的地窖，柴禾原本是亂七八糟地堆在地上的，眼下卻被人碼在了四周，中間的地面空了出來。空地裏有一塊沉重的大石板，石板中央有一個鏽跡斑斑的鐵環，鐵環上繫着一條厚實的黑白格子圍巾。

「『天哪！』我的主顧大聲說。『這條圍巾是布朗頓的。我看見他戴過，這一點我可以發誓。這個無賴到這裏來幹甚麼呢？』

「按照我的建議，他叫來了兩名郡裏的警察。接下來，我抓住那條圍巾，使勁兒地把石板往上提，但卻只能讓它稍微挪動一點點。靠了一名警員的幫助，我才終於把它挪到了一邊。石板下面是一個黑黝黝的洞口，我們都極力往裏張望，馬斯格雷夫則跪到洞口，盡量把提燈往下伸。

「下面是一個約摸四英尺見方的小房間，大概有七英尺深。房間的一側有一個包着銅邊的扁木箱，木箱的蓋子已經翹了起來，插在鎖眼裏的就是你眼前這把怪裏怪氣的老式鑰匙。箱子外面裹着厚厚的塵土，箱板也被潮氣和蟲蟻啃嚙得千瘡百孔，就連箱子裏面都長出了一團青綠色的霉菌。箱子的底部散落着幾片顯然是古代硬幣的圓形金屬，就是我擺在桌子上的這幾片。除此之外，箱子裏面空空如也。

「不過，當時我們根本顧不上考慮那個舊木箱的事情，所有人的眼睛都一瞬不瞬地盯住了蜷在箱子旁邊的那件東西。那是個蹲着的男人，穿着一套黑色的衣服，額頭抵在箱子邊緣，張開的雙臂伸在箱子兩邊。因為他的姿勢，淤血全都湧到了他的臉上，誰也沒法通過那張醬紫色的扭曲面孔認出他來。不過，等我們把屍體拖上來之後，屍體的身高、衣着和頭髮已經足以讓我的主顧斷定，此人正是他那個失蹤的管家。管家是幾天之前死的，身上卻沒

有傷口和瘀青，我們一時間無法判斷，是甚麼讓他落得了如此可怕的結局。這樣一來，把他的屍體弄出地窖之後，我們的面前又出現了一個新的問題，幾乎跟起初的那個問題一樣棘手。

「老實說，華生，即便是到了那個時候，我還是對自己的調查結果非常失望。我本來以為，一旦找到儀式當中暗含的那個地點，案子就可以水落石出。可是，當時我已經找到了那個地點，但卻依然沒有查明他們家族如此煞費苦心掩藏的那個秘密，那個秘密顯然是跟之前一樣遙不可及。沒錯，我已經弄清了布朗頓的命運，與此同時，我又碰上了新的問題，必須設法弄清布朗頓為甚麼遭此厄運，那個失蹤的姑娘又在這件事情當中扮演了甚麼樣的角色。於是乎，我在角落裏的一隻小桶上坐了下來，開始仔仔細細地掂量前前後後的所有事情。

「你是知道的，華生，面對這種案件我會用甚麼樣的方法。我把自己擺到那個人的位置，首先對他的智力水平進行一番估測，然後就開始設想，換作我是他的話，同樣的情形之下會怎麼做。就這件案子而言，換位思考是一件比較簡單的事情，因為布朗頓擁有第一流的智力水平，我不需要考慮天文學家們所說的『個體誤差』*。他知道宅子裏藏著貴重的東西，而且找到了藏東西的地方，然後又發現蓋在上面的石板實在是太重，一個人抬不起來。接下

---

* 個體誤差 (personal equation) 是十九世紀天文學家所用的一種說法，指的是觀察者從不同的地點觀測天空的時候，對時間和空間的測量結果會產生微小的差異。福爾摩斯這話的意思是布朗頓的智力水平跟他自己差不多，換位思考的時候不需要進行太多調整。

來，他會怎麼做呢？他不可能找外人來幫忙，哪怕他在外面有甚麼信得過的同伙也不行，那樣做的話，他就得替同伙打開一道又一道的門，很容易被人發現。如果能在宅子內部找個幫手的話，對他來說會是更好的選擇。那麼，他會去找誰呢？有個姑娘曾經對他非常癡心，男人又總是以為，不管自己怎樣對待一個愛過自己的女人，都不會失去她的歡心。所以呢，他多半會獻上些許殷勤，跟這個名叫霍維爾斯的姑娘重歸於好，然後就拉她入伙。再往後，他倆多半是趁某天夜裏一起來到這個地窖，合力抬起了這塊石板。直到這一步為止，我可以輕而易舉地推測他倆的行動，就跟我親眼看見了一般。

「不過，他們只有兩個人，其中一個還是女的，抬石板一定是件非常費勁的活計。剛才有一名身強力壯的薩塞克斯警員幫忙，我仍然覺得這活計一點兒也不輕鬆。那麼，他倆會用甚麼東西來當幫手呢？興許，他倆的想法會跟我不謀而合。我站起身來，開始仔細檢查散落在地板上的一根根柴禾，幾乎是立刻就找到了我想找的那些東西。我找到了一根約摸三英尺長的柴禾，柴禾的一端有一個非常明顯的缺痕，此外還有幾根側面壓扁了的柴禾，一看就是承受過相當巨大的重量。顯而易見，把石板往上提的時候，他倆曾經把幾根柴禾塞進縫隙作為支撐。等口子大得足以讓人鑽過去的時候，他倆就把一根柴禾豎起來，用它頂住了石板。整塊石板的重量都落在了柴禾上，柴禾的下端又頂在另一塊石板的邊緣，出現缺痕就是非常自然的事情。到這一步為止，我的推測仍然可以說是十拿九穩。

「好了，關於這場午夜鬧劇，接下來的一齣又該怎麼重現呢？很明顯，那個洞只容得下一個人往下爬，往下爬的一定是布朗頓，姑娘一定是在上面等。接下來，布朗頓打開了箱子。然後呢，他多半是把箱子裏的東西遞給了上面的姑娘，因為我們眼前的箱子是空的。再往後，再往後又發生了甚麼事情呢？

「那一刻，姑娘突然意識到，這個男人已經落到了自己的掌心，這個男人曾經辜負過她，惡劣的程度也許遠遠超過了我們的想像。這樣的情形之下，這個剛烈的凱爾特＊姑娘心裏騰起了怎樣一股鬱積已久的復仇火焰呢？難道說，支撐石板的柴禾滑到一邊，這個地洞就此變成了布朗頓的墓穴，僅僅是一個意外嗎？姑娘的罪過，僅僅是對布朗頓的命運保持沉默嗎？如其不然，會不會是她突然掀掉了柴禾、致使石板轟然落下呢？不管情形究竟如何，總之我恍惚之間看到了姑娘的身影，看到她緊緊抓着箱子裏的寶物，正在蜿蜒的石梯上瘋狂奔逃，耳邊興許還響着沉悶的尖叫和咚咚的聲音，聲音來自她身後那個薄幸的愛人，他正在瘋狂地捶打那塊令他漸漸窒息的石板。

「知道了這個秘密，我們就可以解釋次日早晨的事情，解釋她蒼白的面容、她震顫的神經，還有她歇斯底里的狂笑。不過，箱子裏裝的究竟是甚麼呢？她又是怎麼處理那些東西的呢？毫無疑問，箱子裏的東西一定是我主顧從池塘裏撈上來的那團古舊金屬，還有那幾枚石子。剛剛

＊　凱爾特人 (Celt) 是歐洲一些古代民族的統稱，尤指古代的不列顛人和高盧人。威爾士人通常被視為典型的凱爾特後裔。

得到機會，她就把那些東西扔進池塘，消滅了最後的一個罪證。

「我一動不動地坐了二十分鐘，翻來覆去地思考這件案子。馬斯格雷夫仍然站在原地，臉色十分蒼白，一邊晃動手裏的提燈，一邊往那個地洞裏窺視。

「『這些都是查理一世 * 時期的硬幣，』他舉起了從箱子裏找出來的那幾塊古代硬幣，『你瞧，我們對儀式起源年代的推測是正確的。』

「『説不定，咱們還能找到其他一些來自查理一世時期的物品，』我大聲地嚷了一嗓子，因為我突然想到了儀式問答當中的頭兩個問題，隱隱約約地意識到了它們的意義。『讓我瞧瞧，你從池塘裏撈上來的那個口袋裝了些甚麼東西。』

「我們爬上石梯，去了他的書房，他把那堆殘破不堪的玩意兒擺在了我的眼前。一眼看過去，我完全理解他為甚麼不把它們當回事，因為那團金屬幾乎已經變成了黑色，那幾枚石子也是暗淡無光。不過，我拿起了其中的一枚石子，用袖子擦了擦，石子立刻閃閃發光，像火星一樣照亮了我掌心的凹處。那團金屬本來是雙圈的樣式，只不過已經彎曲變形，不再有當初的形狀。

「『你一定記得，』我說，『即便是在查理一世死亡

---

* 查理一世 (Charles I, 1600–1649) 為英格蘭國王，1625 年登基。查理一世統治末期，英國發生內戰，最終導致查理一世於 1649 年遭到議會審判，隨即因叛國罪被處斬首之刑，他的兒子也流亡海外。查理一世死亡之後，克倫威爾成為英國實際上的統治者。克倫威爾於 1658 年去世，英國議會於 1660 年決定恢復君主制，查理一世的兒子由此繼位，是為查理二世。

之後，英格蘭的保皇黨依然在發展壯大。最終逃離英格蘭的時候，他們很有可能把他們最為珍視的許多財寶埋了起來，這樣的話，等世道恢復太平的時候，他們還可以回來取。』

「『我先祖拉爾夫·馬斯格雷夫爵士確實是一位著名的保皇黨人，而且是查理二世流亡期間的左膀右臂，』我朋友說。

「『噢，真的啊！』我說。『好啦，要我說，有了這條線索，咱們就可以把最後一個沒搞清楚的環節補上啦。我得向你表示祝賀，因為你找到的這件東西雖然慘不忍睹，但卻是一件價值連城的遺物，從歷史研究的角度來看，它的價值更是不可估量。』

「『那麼，它究竟是甚麼東西呢？』他驚得倒吸了一口涼氣。

「『不是別的，正是古代英格蘭國王的王冠。』

「『王冠！』

「『一點兒不錯。你不妨想想儀式當中的那些問答。怎麼說的來着？「此物屬誰？」「昔之往者。」這是指查理一世遭到斬首的事情。然後呢，「將入誰手？」「後之來者。」這是指查理二世，因為他們當時就已經預見到了他的復辟。依我看，毫無疑問的事情是，這個王冠雖然殘破得不成形狀，但卻曾經是斯圖亞特 * 列王的頭飾。』

---

* 斯圖亞特 (Stuart) 是英國歷史上一個王族的姓氏，該家族於 1371 至 1603 年間統治蘇格蘭，於 1603 至 1649 年及 1660 至 1714 年間統治英格蘭及蘇格蘭。

「『可是，它為甚麼會出現在那個池塘裏呢？』

「『噢，這個問題嘛，說起來話就長了。』接下來，我把自己用假設和證據打造的那一長串鏈條大致勾勒了一番。等我講完的時候，窗外已是夜色朦朧、皓月當空。

「『可是，復辟之後，查理二世為甚麼沒有拿到這個王冠呢？』馬斯格雷夫一邊把那件遺物裝回那個麻布口袋，一邊問了一句。

「『呃，你現在問到的這個問題，正好是整件案子當中唯一的一個有可能永遠無法解開的謎。可能的解釋是，國王復辟之前，掌握這個秘密的那位馬斯格雷夫已經離開了人世。因為一時的疏忽，他只是給後代留下了一份用作指引的文件，但卻沒有解釋其中的含義。從那以後，這份文件就在你們家代代相傳，直到今天才終於落到了某個人的手裏，這個人破解了其中的秘密，又在破解秘密的過程之中丟掉了性命。』

「這就是馬斯格雷夫典禮的故事，華生。他們把王冠留在了赫爾斯通，當然嘍，為了得到保留王冠的許可，他們費了不少法律方面的手腳，還付出了一筆可觀的金錢。我敢保證，只要你跟他們提一提我的名字，他們會高高興興地把王冠拿給你看的。至於那個姑娘嘛，我們再也沒有聽到過她的任何音訊。十之八九，她已經設法離開英格蘭，帶着犯罪的記憶逃到了海外的某個地方。」

萊吉特鎮謎案

　　一八八七年春天，我朋友歇洛克・福爾摩斯積勞成疾，好些日子之後才恢復健康。他當時偵辦的案子涉及荷蘭－蘇門答臘公司，以及莫泊丟斯男爵策劃的那個龐大陰謀。那件案子並不適合充當我這些短篇故事的記敘對象，一方面是因為公眾依然對整件案子記憶猶新，一方面也因為案情與政治和金融的關係太過密切。另一方面，那件案子卻以一種間接的方式讓我朋友接觸到了另一件錯綜複雜的奇案，讓畢生抗擊犯罪的他有機會從自己的武庫之中拿出一件新的武器，向我們展示它的價值。

　　我翻看了一下以前的筆記，發現事情是從四月十四日開始的，那天我收到了一封從里昂發來的電報，由此知道福爾摩斯在當地的杜隆旅館抱病臥床。沒過二十四小時，我已經趕到了他的病房，隨即如釋重負地發現，他身上並沒有甚麼可怕的症狀。然而，他的體格雖然堅強如同鋼鐵，當時也確實陷入了崩潰狀態，因為他剛剛完成了長達兩個多月的調查，其間每天都要工作十五個小時以上，而且，按他自己言之鑿鑿的說法，連續五天不眠不休的情形也發生過不止一次。經歷了如此駭人的一場辛苦，即便是大獲全勝的結局也無法讓他逃脫接踵而至的後遺症。那個時候，他的大名響遍了整個歐洲，湧入他病房的賀電也實

實在在地沒過了腳踝，然而，我看到的情況卻是他整個人一蹶不振，進入了最為陰沉的抑鬱狀態。他知道自己辦到了三個國家的警察都沒能辦到的事情，也知道自己完完全全地挫敗了歐洲最高明的騙子，即便如此，他仍然無法從消沉沮喪的狀態之中振作起來。

三天之後，我倆一起回到了貝克街。不過，顯而易見的是，換個環境會對我朋友大有裨益，與此同時，我自己也覺得，趁春天去鄉間待上一週是個非常誘人的點子。海特上校是我的老朋友，在阿富汗的時候曾經是我的病號，如今則在薩里郡的萊吉特鎮 * 附近買了一座別墅，經常邀請我前去作客。最近一次發出邀請的時候，他還補充說明了一下，如果我朋友願意跟我一起去的話，他也非常樂意一併款待。跟福爾摩斯提這件事情的時候，我當然用上了一點兒外交手腕。不過，一聽說上校家裏沒有女眷，而且會給他提供最大限度的自由，他立刻對我的計劃表示贊成。這麼着，從里昂回來一個星期之後，我倆就住到了上校家裏。海特是個相當出色的老戰士，見過許多世面。跟我預想的一樣，他很快就發現，他和福爾摩斯有很多共同的地方。

剛到的那天傍晚，我們吃完了晚餐，一起在上校的槍械室裏閒坐。福爾摩斯四仰八叉地靠在沙發上，海特則領着我欣賞他那份由東方武器組成的小小收藏。

* 這篇故事首次發表於 1893 年 6 月；薩里郡 (Surrey) 是英格蘭東南部的一個郡，離倫敦很近；萊吉特鎮 (Reigate) 是薩里郡一個歷史悠久的市鎮，北距倫敦約 36 公里。

「對了，」海特突然説道，「照我看，我應該拿一把手槍到樓上去，萬一有甚麼緊急事件呢。」

「緊急事件！」我説道。

「是啊，這方面我們剛剛有過教訓。上週一，本郡巨富老阿克頓的家裏遭了劫。損失雖然不大，竊賊卻到現在也沒逮着。」

「沒有線索嗎？」福爾摩斯問道，抬起眼睛盯着上校。

「暫時沒有。不過，這件事情微不足道，僅僅是我們這種鄉下地方的一件小案，你剛剛辦完一宗國際性的重大案件，福爾摩斯先生，肯定會覺得它根本不值得關注。」

福爾摩斯擺了擺手，意思是不敢當，不過，從他臉上的笑容來看，上校的話讓他相當受用。

「這案子有甚麼特別的地方嗎？」

「我看是沒有。竊賊掃盡了他家的圖書室，力氣費了不少，所得卻非常有限。他們把整間屋子翻了個底朝天，撬開了所有的抽屜，搜查了所有的櫃子，最後卻只拿走了蒲柏《荷馬詩集》*的其中一卷、兩支鍍金燭台、一個象牙鎮紙、一隻小小的橡木晴雨表，外加一個線團。」

「這可真是一盤稀奇古怪的大雜燴！」我叫了起來。

「可不是嘛，這幫傢伙顯然是見甚麼拿甚麼。」

沙發上的福爾摩斯不滿地哼了一聲。

「郡裏的警察應該從中得到一點兒啟發才對，」他説道，「不是嗎，這顯然是——」

---

* 蒲柏 (Alexander Pope, 1688–1744) 為英國詩人，曾經將古希臘詩人荷馬的史詩《伊利亞特》和《奧德賽》譯成英文，後者為與人合譯。

他還沒說完，我已經豎起一根手指，向他發出了警告。

「你是來休息的，我親愛的伙計。眼下你精神如此不濟，看在老天爺份上，你可千萬別開始甚麼新的調查。」

福爾摩斯聳了聳肩膀，衝上校使了個無可奈何的滑稽眼色。接下來，我們的談話漸漸轉入了一條不那麼危險的軌道。

只可惜，我作為醫生的百般苦心注定要成為白費，因為第二天早上，案情突然發展到了容不得我們漠視的地步，我們的鄉間假日由此發生了誰也不曾料到的轉折。當時我們正在吃早餐，上校的管家急匆匆地跑了進來，驚慌得忘記了所有的體統。

「您聽説了嗎，先生？」他氣喘吁吁地説道。「坎寧安家的事情，先生！」

「又遭賊了！」上校叫道，端着咖啡的手停在了半空。

「殺人了！」

上校吹了聲口哨。「天哪！」他説道。「那麼，遇害的是誰呢？是地方法官，還是他的兒子？」

「都不是，先生，是他家的車夫威廉。他的心臟挨了一槍，先生，一句話都沒説就死了。」

「那麼，開槍的是誰呢？」

「那個竊賊，先生。他跑得跟子彈一樣快，逃了個無影無蹤。當時他剛剛爬進廚房的窗子，威廉就把他逮了個正着。為了保護主人家的財產，威廉賠上了自己的性命。」

「這是甚麼時候的事情？」

「昨天夜裏，先生，大概十二點的時候。」

「哦，這麼說的話，我們一會兒過去看看好了，」上校一邊說，一邊若無其事地重新投入了自己的早餐。「事情挺糟糕的，」管家走了之後，他補充道，「他可是我們這一帶的頭面人物呢，這個老坎寧安，人品也十分高尚。這事情肯定會讓他非常難受，因為那個車夫跟了他好些年，是個相當不錯的僕人。很顯然，這些竊賊跟闖進阿克頓家的那些是同一幫人。」

「也就是偷那堆古怪玩意兒的人，」福爾摩斯若有所思地說道。

「一點兒不錯。」

「嗯！沒準兒啊，事實會證明這是世上最簡單的一件案子，不過，簡單歸簡單，乍一看還是稍微有點兒離奇，不是嗎？按常理說，流竄鄉間的盜竊團伙全都是打一槍換一個地方，不會在同一個地方連續下手，要下手也不會只間隔幾天的時間。我記得，昨晚聽你說要採取預防措施的時候，我心裏還閃過了這樣的一個想法，在英格蘭的所有教區之中，你們這個興許是竊賊或者賊伙最不可能光顧的一個了。由此看來，我還有很多東西需要學習。」

「我倒懷疑這是本地行家幹的，」上校說道。「如果竊賊來自本地，當然知道挑阿克頓家和坎寧安家下手，因為他們兩家是我們這裏最大的人家，比別的人家大得多。」

「也是最富有的人家嗎？」

「呃，本來應該是的，只不過，他們兩家為一件官司糾纏了好些年，按我看是耗掉了許多家產。老阿克頓說他

有權得到坎寧安家的一半產業，那些律師就在兩家人中間左右逢源。」

「如果是本地惡棍幹的好事，逮到他應該並不困難，」福爾摩斯打着哈欠說道。「好吧，華生，我不打算攪和進去。」

「弗雷斯特督察到，先生，」管家一邊通報，一邊拉開了房門。

走進房間的是一位神態幹練、長相機敏的年輕警官。「早上好，上校，」他說道。「請原諒我冒昧打擾，不過，我們聽人說，貝克街的福爾摩斯先生在您這裏。」

上校衝我朋友的方向擺了擺手，督察鞠了一躬。

「我們覺得，您興許會願意過去看看，福爾摩斯先生。」

「命運在跟你過不去啊，華生，」福爾摩斯笑道。「督察，您來的時候，我們正在聊這件案子呢。麻煩您給我們講講細節吧。」看到他按素日裏的那種架勢往後一靠，我立刻明白，這事情算是沒指望了。

「阿克頓那件案子沒有甚麼線索，這一件的線索卻多得是，還有，這兩件案子肯定是同一伙人幹的。有人看見了那個竊匪。」

「是嗎！」

「是的，先生。不過，向可憐的威廉·柯萬發出致命一擊之後，他就像隻鹿一樣地跑掉了。坎寧安先生從自己臥室的窗子裏看見了他，亞歷克·坎寧安先生則從屋子後門的過道上看見了他。警報是在差一刻十二點的時候響起

來的，當時坎寧安先生剛剛上床，亞歷克先生則穿着睡袍在抽煙斗。他倆都聽見了車夫威廉呼救的聲音，亞歷克先生立刻跑下去察看情況。屋子的後門開着，他剛剛跑下樓梯，就看見兩個人在門外扭打。其中一個開了一槍，另一個倒了下去，兇手隨即衝過花園，翻到了樹籬外面。坎寧安先生從臥室的窗子裏看到那個傢伙跑到了大路上，很快就沒了影蹤。亞歷克先生停下來看垂死的車夫是不是還有救，所以就沒能追上那個惡棍。關於兇手的外貌特徵，我們只知道他中等身材，穿的是深色衣服。不過，我們正在全力調查，如果兇手是外鄉人的話，我們很快就能把他找出來。」

「這個威廉當時去那裏做甚麼呢？臨死之前，他有沒有說甚麼話呢？」

「甚麼話也沒說。他跟他母親一起住在宅院的門房裏，因為他向來非常忠實，所以我們推斷，他上宅子裏去是為了確定一切正常。當然嘍，阿克頓家出事之後，所有的人都提高了警惕。廚房的門鎖已經被人撬開了，可以肯定，竊匪剛剛闖進宅子＊，威廉就撲到了他的身上。」

「出門之前，威廉有沒有跟他母親交代些甚麼呢？」

「她年紀十分老邁，耳朵也是聾的，從她那裏甚麼也沒問到。經歷了這一次的打擊，她都有點兒癡呆了，不過我看得出來，她原先也算不上特別精明。還好，我們找到了一件非常重要的證物。瞧瞧這個！」

＊ 原文如此，不過，前文裏管家說的是兇手「剛剛爬進廚房的窗子」。

他從記事本裏拿出一張小小的碎紙片，把它攤在了自己的膝頭。

「這是在死者的食指和拇指之間找到的，似乎是從一張大紙上扯下來的一個小角。您瞧，紙片上剛好寫着這個可憐的伙計遇害的時間。由此可以推斷，要麼是兇手從他手裏搶走了剩餘的部分，要麼就是他從兇手那裏奪來了這個小角。從紙片的內容來看，我們幾乎可以肯定，這是一張邀人赴約的便條。」

福爾摩斯拿起了那張碎紙片，紙片的原樣如下圖所示：

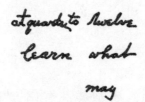

殘片上的三行文字依次可直譯為：「差一刻十二點」，「得知某件」，「可能」。

「如果它的確是便條的話，」督察接着說道，「我們當然可以設想，這個威廉·柯萬雖然素有忠實之名，這次卻跟竊賊勾結在了一起。他去那裏是為了跟竊賊見面，沒準兒還幫着竊賊撬開了房門，然後呢，他們之間又發生了內訌。」

「紙片上的筆跡非常有意思，」福爾摩斯一直在聚精會神地檢查紙片，這會兒便開口說道。「這件案子比我想像的複雜得多啊。」看到他用雙手捂住了腦袋，督察不由

得微笑起來，因為他意識到，就連這位大名鼎鼎的倫敦神探也覺得他這件案子不好辦。

「您剛才說，」過了一小會兒，福爾摩斯說道，「竊賊和車夫之間存在某種默契，還通過這張便條來安排見面，這個推測很有見地，同時也不是完全沒有可能。不過，紙片上的筆跡提示我們——」他又一次用雙手捂住腦袋，一動不動地沉思了幾分鐘。等他再一次抬起頭來的時候，我驚訝地發現，他的雙頰有了血色，眼睛也變得跟病倒之前一樣炯炯有神。接下來，他一躍而起，還是以往那副勁頭十足的架勢。

「跟你們兩位通報一下，」他說道，「我打算悄悄地過去瞧一瞧，了解一下這件案子的細節。案子當中有一些讓我特別感興趣的地方。你要是允許的話，上校，我這就向你和華生告個假，然後跟這位督察去一趟現場，檢驗一下我的一兩個小小推測。只需要半個小時，我就會回來陪你們。」

我們足足等了一個半小時，等來的卻只有督察一個人。

「福爾摩斯先生還在外面的田野裏轉悠，」他說道。「他的意思是，我們四個應該一起去那座房子看看。」

「上坎寧安先生家裏去嗎？」

「是的，先生。」

「去幹甚麼呢？」

督察聳了聳肩膀。「我也不太清楚，先生。咱們私下說啊，我覺得福爾摩斯先生的病還沒有徹底痊愈。他的舉動非常古怪，樣子還特別興奮。」

「要我説，您根本用不着擔心，」我説道。「按我通常的經驗，他的瘋狂都是有門道的。*」

「別的人興許會説，他的門道可真是夠瘋狂的，」督察嘀咕了一句。「不過，他已經火急火燎地要出發了，上校，如果您準備好了的話，咱們還是立刻出門吧。」

出門之後，我們發現福爾摩斯正在田野裏踱來踱去，下巴貼着胸膛，雙手插在褲兜裏面。

「事情越來越有意思了，」他説道。「華生，你安排的這次鄉間旅行絕對是棒極了。我剛剛度過了一個十分美妙的早晨。」

「我沒弄錯的話，你已經去過犯罪現場了吧，」上校説道。

「是的，我和督察一起完成了一次相當不賴的偵查。」

「有甚麼發現嗎？」

「呃，我們看到了一些非常有趣的東西。咱們先往那邊走吧，路上我再跟你們説，我們做了些甚麼工作。首先，我們看到了那個不幸者的屍體。毫無疑問，他的確死於槍傷，跟我們之前聽説的一樣。」

「難道説，之前你還懷疑過這一點嗎？」

「這個嘛，不管是甚麼事情，驗證一下總不會錯。這一番驗證可不是白費工夫。看過屍體之後，我們又跟坎寧安父子聊了聊，他倆可以指出兇手逃跑時翻越花園樹籬的確切位置，這一點非常重要。」

---

* 參見莎士比亞名劇《哈姆雷特》第二幕第二場當中波隆涅斯形容哈姆雷特的話：「他雖然瘋狂，倒也有點兒門道。」

「那是當然。」

「接下來，我們又去看望了一下那個可憐人的母親，可惜的是沒有甚麼收穫，因為她非常老邁，身體也很虛弱。」

「那麼，你這次調查的結論是甚麼呢？」

「結論就是，這一起罪案十分特別。興許，眼下的這次訪問可以讓案情明朗一些。按我看，死者手裏的這張紙片具有極端重要的意義，因為它記載着他死亡的確切時間。督察，這一點您應該沒意見吧。」

「它應該可以提供一點兒線索，福爾摩斯先生。」

「它**確實**提供了一點兒線索。不管便條是誰寫的，總而言之，就是寫便條的人讓威廉‧柯萬在那個時間從被窩裏爬了起來。可是，便條的其餘部分上哪兒去了呢？」

「我仔仔細細地搜過了周圍的地面，只可惜沒有找到，」督察說道。

「有人從死者的手裏扯走了它。這個人為甚麼如此急於搶到它呢？因為它可以成為他的罪證。搶到之後，他又是怎麼幹的呢？多半是立刻把它塞進了自己的口袋，沒有留意到便條的一角落在了死者手裏。顯而易見，一旦找到了便條的其餘部分，咱們就離成功破案近了一大步。」

「您說得對，可是，罪犯還沒有抓到，搜查罪犯的口袋又是從何說起呢？」

「好啦，好啦，這麼想想總是可以的吧。除此之外，還有一點十分明顯。便條肯定是通過別人送到威廉手裏的。寫便條的人不可能親手把它交給威廉，要不然就可以用嘴說，不需要寫甚麼便條。那麼，把便條交給威廉的是

誰呢？又或者，會不會是通過郵局寄給他的呢？」

「這我已經調查過了，」督察説道。「昨天下午的那班郵差捎給了威廉一封信，信封被威廉給毀掉了。」

「好極了！」福爾摩斯誇了一句，拍了拍督察的肩膀。「這麼説，您已經見過了那個郵差，跟您合作真是件讓人愉快的事情。好了，這就是車夫住的門房。你不妨過來一下，上校，我把犯罪現場指給你看看。」

我們走過死者生前居住的這座雅致農舍，沿着橡樹夾道的小徑走到了坎寧安家的堂皇古宅跟前。宅子建於安妮女王時代，門楣上所刻的年份與馬爾普拉該戰役相同 *。福爾摩斯和督察領着我們繞到了廚房的門前，廚房的門和大路邊的樹籬之間隔着一片花園，門口站着一名警員。

「把門打開吧，警官，」福爾摩斯説道。「好了，看到那兩個人打鬥的時候，小坎寧安先生就站在裏面的那段樓梯上，打鬥的人則是在咱們眼下所在的位置。與此同時，老坎寧安先生站在那扇窗子跟前，就是從左邊數的第二扇，看見兇手從那叢灌木左邊一點兒的地方跑掉了。他兒子看到的情形也是這樣。他倆都對兇手從灌木旁邊跑掉的事情非常肯定。接下來，亞歷克先生跑了出來，跪到了傷者旁邊。不過，你們看，這兒的地面非常堅硬，沒給咱們留下甚麼有用的痕跡。」他説話的時候，兩個男的轉過屋角，沿着那條花園小徑走了過來。其中一個已經上了年

---

* 安妮女王 (Queen Anne, 1665–1714) 是 1702 至 1714 年間在位的英國女王；馬爾普拉該 (Malplaquet) 是今日法國北部的一個村莊，馬爾普拉該戰役是西班牙王位繼承戰爭中的一場重要戰役，發生在 1709 年。

紀，眼色陰沉，輪廓分明的臉上滿是皺紋。他旁邊則是個衣着入時的小伙子，一張笑臉神采飛揚，一身打扮炫耀招搖，跟我們來這裏的由頭形成了一種奇異的對比。

「這麼說，你們還沒查完嗎？」小伙子對福爾摩斯說道。「我還以為你們倫敦人永遠也不會犯難哩。說來說去，你們的手腳也不是那麼快嘛。」

「噢，您一定得多給我們一點兒時間才行，」福爾摩斯好聲好氣地說道。

「您確實需要時間，」年輕的亞歷克‧坎寧安說道。「不是嗎，照我看，咱們手裏壓根兒就沒有任何線索。」

「只有一條線索，」督察回答道。「我們認為，只要能找到——天哪，福爾摩斯先生！您這是怎麼啦？」

我可憐的朋友突然顯露出一種極其可怕的表情，眼珠子翻了上去，五官痛苦地擰到了一起，嘴裏發出一聲沉悶的呻吟，跟着就一頭栽在了地上。我們都被他這次突如其來的猛烈發作嚇得夠戧，趕緊把他抬進廚房，放到了一張大椅子上。他躺在那裏，呼吸十分沉重。幾分鐘之後，他終於站了起來，滿臉羞愧地為自己的不中用賠了個不是。

「華生可以告訴諸位，我剛剛才從一場重病當中恢復過來，」他解釋說。「眼下，我的神經動不動就會突然崩潰。」

「需要我用我的輕便馬車送您回家嗎？」老坎寧安問道。

「呃，來都來了，有個問題我還是想搞清楚再走。這個問題很容易就可以搞清楚。」

「甚麼問題呢？」

「是這樣，我覺得，威廉這個可憐的伙計很可能是在竊賊進屋之後才趕到的，並不是在竊賊進屋之前。可是，你們好像都想當然地假定，竊賊雖然撬開了廚房的門，但卻始終沒有進屋。」

「要我說，這是個非常明顯的事實，」坎寧安先生鄭重其事地說道。「不是嗎，我兒子亞歷克當時還沒上床，有人在屋裏走動的話，他肯定會聽見的。」

「當時他坐在甚麼地方呢？」

「我在我自個兒的更衣室裏抽煙。」

「更衣室的窗子是哪一扇呢？」

「從左邊數的第一扇，跟我父親的窗子挨着。」

「兩個房間的燈肯定都亮着吧，對嗎？」

「毫無疑問。」

「這樣說的話，事情就有點兒奇怪了，」福爾摩斯笑着說道。「既然可以從燈光判斷屋裏有兩個人還沒有睡覺，一名竊賊，而且是一名有經驗的慣犯，怎麼會特意挑這種時間破門而入呢？」

「他肯定是一個膽大包天的老手。」

「呃，當然嘍，案子不奇怪的話，我們也就沒必要跟您討教了，」小坎寧安先生說道。「不過，您剛才說竊賊在撞上威廉之前已經得手，按我看，這種想法簡直是荒唐到了極點。如果是那樣的話，我們肯定會發現屋裏亂七八糟，還會發現少了東西，不是嗎？」

「那得看少掉的是甚麼東西了，」福爾摩斯說道。「您一定還記得，咱們面對的竊賊可是個非常不一般的傢

伙，似乎有一套與眾不同的作案方式。比方說，您不妨想想看，他從阿克頓家裏拿走的那批東西是多麼地古怪。那都是些甚麼呢？一個線團、一個鎮紙，外加一些我說不上來的零零碎碎。」

「好吧，福爾摩斯先生，我們都聽您的安排，」老坎寧安說道。「不管您或者這位督察有甚麼建議，我們都一定照辦。」

「首先，」福爾摩斯說道，「我希望您能開出一筆賞金。賞金可以由您自個兒來出，因為警方多半得費點兒工夫才能批下這筆錢來，與此同時，這類的事情要辦就得趕快。我已經草擬了一份賞格，麻煩您在上面簽個字。照我看，賞金有五十鎊就足夠了。」

「五百鎊我都沒意見，」地方法官一邊說，一邊從福爾摩斯手裏接過了賞格和鉛筆。「不過，這兒有個地方寫得不對，」他掃了一眼賞格，補充了一句。

「我寫的時候確實是比較匆忙。」

「您瞧，您一上來就是這麼寫的，『此因週二凌晨，時間約在差一刻一點，竊匪圖謀不軌，』等等等等。事實上，正確的時間應該是差一刻十二點。」

賞格裏的筆誤讓我覺得非常痛心，因為我知道，福爾摩斯一定會為這樣的疏忽覺得無比懊惱。精確地弄清事實本來是他的專長，最近的疾病卻撼動了他的心神，光憑這一個小小的意外，我就可以看出他遠遠沒有恢復從前的狀態。有那麼一個瞬間，他臉上露出了一覽無遺的尷尬神情，督察的眉毛揚了起來，亞歷克・坎寧安則爆發出一聲

冷笑。不過，那位年老的紳士改正了賞格上的錯誤，又把它還給了福爾摩斯。

「趕緊送去印吧，」老坎寧安說道，「我覺得您這個點子非常不錯。」

福爾摩斯小心翼翼地把賞格裝進了自己的錢夾。

「好了，」他說道，「接下來，咱們大家真的應該在這座屋子裏好好看看，以便求個安心，確定這個竊賊雖然行止怪異，最終還是甚麼也沒拿。」

往裏走之前，福爾摩斯檢查了一下那道曾經被人撬開的門。一望而知，有人曾經將一把鑿子或是一把堅硬的刀子插進門縫，把鎖簧別了回去。撬門的工具在木頭門框上留下了一些痕跡，我們都可以瞧見。

「你們是不用門閂的，對嗎？」他問道。

「我們從來都不覺得有這個必要。」

「也沒養狗嗎？」

「養了，不過，狗是拴在屋子另一邊的。」

「僕人們甚麼時候睡覺呢？」

「十點左右。」

「我沒理解錯的話，同樣的時間，威廉通常也已經睡下了吧？」

「是的。」

「偏偏就在案發當晚，他沒有睡下，這倒真是挺奇怪的。好了，坎寧安先生，勞您大駕，帶我們參觀一下屋子吧。」

廚房的內門開在一段石板鋪地的過道上，過道盡頭的

木製樓梯直接通往屋子的二樓。樓梯口的對面是另一段樓梯，那段樓梯是從一樓的前廳延伸上來的，裝飾也比較華麗。那段樓梯的樓梯口周圍有一間起居室和幾間臥室，坎寧安父子的臥室也在其中。福爾摩斯走得非常慢，認真地觀察着屋子的建築式樣。從他臉上的表情來看，我知道他正在追蹤一條十分重要的線索，只不過我完全想不出來，他的演繹指向了甚麼地方。

「好心腸的先生哪，」坎寧安先生有些不耐煩地說道，「這麼做根本沒有必要啊。前邊的樓梯口就是我的臥室，再往前的那一間則是我兒子的臥室。您自個兒想想吧，小偷來到這裏都沒把我倆驚動，這樣的事情究竟可不可能。」

「要我說，您應該掉頭回去，到外面去尋找新鮮的嗅跡，」他的兒子說道，臉上的笑容相當刻薄。

「話雖然這麼說，我還是要請您再遷就我一小會兒。比如說吧，我得看一看，從臥室的窗子往前面看，究竟能夠看到多大的範圍。這一間，我沒弄錯的話，應該就是您兒子的臥室吧」——他推開了房間的門——「那邊呢，照我看，想必就是那間更衣室，警訊傳來的時候，他就是坐在裏面抽煙的。這麼說，更衣室的窗子又朝着哪兒呢？」他穿過臥室，推開那道門，往更衣室裏張望了一番。

「我說，現在您應該滿意了吧？」坎寧安先生尖刻地說了一句。

「謝謝您，我覺得，想看的我都已經看到了。」

「那麼，如果確有必要的話，咱們這就可以去我的房間了。」

「如果不是特別打擾的話。」

地方法官聳了聳肩膀，領着我們走進了他自個兒的臥室。他的臥室裝潢簡樸，並沒有甚麼引人注目的地方。大家往窗子跟前走的時候，福爾摩斯放慢了腳步，最後就跟我一起拖在了隊伍的末尾。床腳附近擺着一盤橘子和一個玻璃水瓶，從那裏經過的時候，福爾摩斯突然做出了一個讓我驚詫莫名的舉動。他探到我的身前，故意把那些東西打翻在地，玻璃瓶立刻摔得粉碎，橘子也開始在房間裏四處亂滾。

「瞧瞧你幹的好事，華生，」他泰然自若地説道。「地毯都讓你給弄成垃圾場了。」

我心裏明白，我同伴要我代他受過，其中必定有甚麼道理。這一來，我雖然迷惑不解，但卻還是俯下身去，開始撿拾地上的水果。其他人也跟着我展開行動，七手八腳地把翻倒的桌子扶了起來。

「喂！」督察叫道，「他上哪兒去了？」

福爾摩斯不見了。

「你們在這兒稍等片刻，」年輕的亞歷克・坎寧安説道。「按我看，這傢伙肯定是腦子出了毛病。跟我來吧，父親，咱們去看看他究竟在甚麼地方！」

他倆衝出了臥室，剩下督察、上校和我在那裏面面相覷。

「不怕跟你們説，我倒是比較贊成亞歷克少爺的説法，」督察説道。「興許這的確是疾病造成的惡果，可我又覺得——」

他還沒來得及把話說完，突然傳來了一陣尖叫，「救命！救命！殺人啦！」我聽出是我朋友的聲音，心裏一涼，立刻發瘋似的衝出房間，衝到了樓梯口上。這時候，呼救的聲音已經低了下來，變成了嘶啞斷續的喊叫，顯然是來自我們最先進去的那個房間。我趕緊衝進那個房間，跟着又衝進了房間另一頭的更衣室。只見坎寧安父子將歇洛克·福爾摩斯按倒在地，年輕的用雙手緊緊地卡住了他的脖子，年老的則似乎正在使勁兒地扳他的一隻手腕。我們三個一起動手，立刻把坎寧安父子拽到了一邊。福爾摩斯搖搖晃晃地站了起來，臉色慘白，顯然是耗盡了全部的氣力。

「立刻逮捕這兩個人，督察，」他氣喘吁吁地說道。

「罪名是甚麼？」

「殺害他們的車夫威廉·柯萬。」

聽了這話，督察開始驚慌失措地左顧右盼。「噢，行行好吧，福爾摩斯先生，」他總算是開了口，「我敢肯定，您不是真的要——」

「得了吧，伙計，瞧瞧他倆的臉！」福爾摩斯不由分說地吼了一句。

毫無疑問，我再沒有在誰的臉上看到過比眼前還要清楚的罪行自供狀。那邊廂，做父親的似乎已經暈頭轉向、動彈不得，溝壑縱橫的臉上掛着一副沉痛陰鬱的表情。這邊廂，做兒子的已經徹底拋開了那種洋洋灑灑的慣常作派，剩下的只是猛獸一般的獰惡野性，這樣的野性讓他黑色的眼睛兇光畢露，又讓他英俊的面孔扭作一團。目睹此

景，督察沒有再說甚麼，只是走到門邊，吹響警笛，兩名警員聞聲而至。

「我只能這麼做，坎寧安先生，」督察說道。「我完全相信，事實會證明這全都是荒唐的誤會，可您也看見了，眼下——噢，您不是要來真的吧？放下！」小伙子端着一把左輪手槍，這會兒正在扳動擊鐵，督察猛一揮手，手槍咣噹一聲砸在了地板上。

「留着它吧，」福爾摩斯伸出一隻腳，輕輕地踩住了那把手槍，「審判的時候用得上的。不過，這才是咱們最需要的東西。」他舉起了一張皺巴巴的小紙片。

「失蹤的那部分便條！」督察叫了起來。

「一點兒不錯。」

「它本來在甚麼地方呢？」

「在我斷定它會在的地方。一會兒我就會把整件事情給您講清楚。依我看，上校，你和華生可以先回去，我等下就去找你們，最多只需要一個小時。我和督察得跟這兩個犯人談談，不過，吃午飯的時候我肯定會回去的。」

歇洛克·福爾摩斯可真叫說話算話，剛剛才下午一點左右，他就跟我們在上校的吸煙室裏再一次碰上了頭。跟他一起來的還有一位身材矮小的老年紳士，據他介紹是阿克頓先生，也就是最先失竊的那戶人家的主人。

「我覺得，在我給你們講述這件小小案子的時候，阿克頓先生也應該在場，」福爾摩斯說道，「因為他完全有理由對案情的細節產生濃厚的興趣。要我說，親愛的上校，你把我這麼一個惹是生非的災星引進了家門，恐怕會

覺得後悔不迭吧。」

「恰恰相反，」上校熱切地回答道，「能有機會觀摩你的工作方法，對我來說是一種莫大的榮幸。老實說，你的方法比我預期的還要精妙得多，而我完全看不懂你的結論是怎麼來的。直到現在，我還是一點兒頭緒都沒有呢。」

「按我看，聽了我的解釋之後，你恐怕會有不過如此的感覺，但是，我一向都會把自己的方法和盤托出，既不會瞞着我的朋友華生，也不會瞞着任何一個對這些方法產生了求知興趣的人。不過，鑑於更衣室裏的那場風波讓我受驚不小，我決定還是先來一點兒你的白蘭地，上校。最近這段時間，我的意志的確經受了不少的考驗。」

「要我説，你肯定不會再犯神經崩潰的毛病了吧。」

歇洛克‧福爾摩斯朗聲大笑。「這件事咱們待會兒再説，」他説道。「我這就把這件案子從頭到尾講一遍，給你們展示一下，究竟是哪些因素引導我得出了最後的結論。如果我有哪個推論沒講清楚的話，請你們隨時發問。

「偵探藝術當中有一項至關重要的技能，那就是懂得對紛繁蕪雜的事實進行區分，認清何者為主、何者為次。要不然，你就會浪費自己的精力和注意力，沒法把它們用到刀刃上。好了，具體到這件案子，我從一開始就已經毫不猶豫地認定，要找到破解整宗謎案的鑰匙，必須從死者手裏的那張碎紙片下手。

「討論紙片的內容之前，有一點我想請你們留意一下。假設亞歷克‧坎寧安沒説假話，也就是説，開槍打倒威廉‧柯萬之後，兇手確實是**立刻**就逃掉了，那麼，兇手

顯然不可能從死者手裏扯走便條。可是，扯走便條的人如果不是那個兇手的話，那就只能是亞歷克·坎寧安自己，原因在於，等老坎寧安下樓的時候，有幾名僕人已經趕到了現場。這一點本來非常明顯，那位督察之所以視而不見，是因為他從一開始就已經假定，這些本郡名流不會跟這件事情有甚麼牽連。你們瞧，我佔到了一點兒先機，是因為我忠實地聽從了事實的指引，沒有受到任何偏見的影響。這樣一來，在調查的最初階段，我就對亞歷克·坎寧安先生在這件案子當中的角色產生了一點兒小小的懷疑。

「接下來，我仔仔細細地檢查了一遍督察交給我們的那片碎紙，立刻發現它原本屬於一份非常不一般的文件。喏，紙片就在這裏。它有個非常意味深長的特點，你不會到現在還看不出來吧？」

「它看起來非常地不規則，」上校說道。

「我親愛的先生啊，」福爾摩斯叫道，「它是由兩個人按一人寫一個單詞的方法交替着寫出來的，這一點絕對不會有半點疑問。只需要看一看"at"和"to"當中這兩個剛健遒勁的"t"，再拿它們跟"quarter"和"twelve"當中那兩個有氣無力的"t"作個對比，你一定會立刻認清這個事實。對前面這四個單詞作過一番簡略分析之後，你就可以信心百倍地推斷，"learn"和"maybe"* 是那個筆法遒勁的人寫的，"what"則出自那個腕力軟弱者的手筆。」

「天哪，這真是跟青天白日一樣清楚！」上校叫道。「這

---

* 原文如此，不過，前文中紙條碎片上寫的是「may」。

兩個人用這樣一種方法來寫信，究竟是甚麼道理呢？」

「道理是明擺着的，他們要幹的不是甚麼好事，其中一個信不過另外一個，於是就決定，不管要幹甚麼，兩個人都得一起動手。還有啊，在這兩個人當中，主謀顯然是寫 "at" 和 "to" 的那一個。」

「這你是怎麼知道的呢？」

「單是根據筆力的強弱，我們也大致可以得出同樣的推測。不過，我們還可以為這個推測找到一些更加可靠的理由。仔細看看這張碎紙，你就會發現，筆力強勁的那個人率先寫完了該他寫的那些單詞，留下一些空白讓另一個人去填充。並不是所有空白都留得足夠，所以你才會看見，第二個寫的人只是勉勉強強地把 "quarter" 擠到了 "at" 和 "to" 中間，說明 "at" 和 "to" 是先寫好的。毫無疑問，誰率先寫完了自己的那一部分單詞，誰就是這件事情的主謀。」

「妙極了！」阿克頓先生讚嘆了一聲。

「皮毛而已，」福爾摩斯說道。「不過，接下來的一點就比較關鍵了。你們興許還不知道，借由專家們的努力，通過筆跡來推斷年齡的方法已經發展到了相當精確的程度。通常情況之下，你總是可以十拿九穩地推出筆跡主人的年齡，推出的年齡也會跟真實的年齡在同一個十年期之內。我之所以要強調『通常』二字，是因為疾病和虛弱的體質會讓年輕人的筆跡顯現出老年人的特徵。拿眼下這個例子來說，一個人的筆跡大膽有力，另一個人的筆跡則顯得沒有底氣，"t" 上面的橫劃也快要看不見了，整體

上看呢，又可以算是相當清楚。由此我們可以推斷，前一個是年輕人，後一個雖然上了年紀，卻也沒有達到老邁衰朽的地步。」

「妙極了！」阿克頓先生再一次發出了讚嘆。

「除此之外還有一點，這一點更加微妙，意義也更加重大。紙片上的兩種筆跡有一些共同的地方，顯然是出自兩個血親之手。對你們來說，最明顯的證據興許是兩個人都把"e"寫成了希臘式的"ε"，讓我來看呢，很多細微的特徵都可以成為這個結論的佐證。我可以百分之百地斷定，兩個人的筆跡體現了同一種家族風格。當然嘍，我眼下告訴你們的只是我從這張紙片當中推出的幾個主要結論，其餘的二十三個推論可能更適合專家們的胃口，不太符合你們的需要。總而言之，所有這些推論都加深了我原有的懷疑，也就是說，這封信的作者是坎寧安父子。

「有了上面的這些推論，接下來的步驟自然是審視罪案之中的種種細節，看看它們能給我們多大的幫助。我和督察一起去了他們家的宅子，把所有可看的東西看了個遍。死者身上的傷是一把左輪手槍造成的，子彈來自四碼開外的地方，這一點我有絕對的把握，因為死者的衣服上並沒有火藥灼燒的黑印子*。由此可見，亞歷克·坎寧安關於兩人扭打之中開火的說辭顯然是出於捏造。還有，父子倆異口同聲說兇手是從某個地方逃上大路的，可是，那個地方碰巧有一條相當寬闊的溝渠，溝渠的底部還相當潮

---

*　如果手槍在很近的距離之內開火，傷口和衣服上就會有火藥和金屬碎片留下的黑印子。

濕。鑑於溝渠周圍並沒有靴子的印跡，我不光可以斷定坎寧安父子又一次撒了謊，還可以斷定，現場根本就沒有出現過甚麼來歷不明的人。

「到了這個時候，必須考慮的事情就是這樁奇特罪行的動機。為了解答這個疑問，我採取的第一個步驟是分析前面的一件案子，也就是阿克頓先生家的竊案，試着找出那件案子的犯罪動機。根據上校告訴我們的一些事情，我了解到您，阿克頓先生，一直在跟坎寧安父子打官司。當然，我立刻就想到，他們之所以闖進您的圖書室，目的就是偷走跟這場官司有關的某一份重要文件。」

「的確如此，」阿克頓先生說道。「毫無疑問，這就是他們的目的。我有再清楚不過的證據，可以得到他家現有產業的一半。可是，一旦他們拿走了某一份文件——幸運的是，那份文件在我律師的保險櫃裏——我這場官司就肯定會以敗訴告終。」

「我沒說錯吧，」福爾摩斯笑着說道。「這是一次孤注一擲的危險嘗試，我可以感覺得到，它非常符合亞歷克這個小伙子的作風。當時他們甚麼也沒找到，於是就胡亂拿走一些東西，把它偽裝成一起普通的竊案，以便轉移大家的視線。這些事情都可以說是非常清楚，與此同時，還沒有弄清楚的事情也不在少數。這個時候，我最需要拿到的東西就是那張便條的剩餘部分。我一方面完全確定，正是亞歷克從死者手裏扯去了便條，一方面又基本確定，他把便條塞進了睡袍的口袋。除了那個地方之外，他還能把它往哪兒藏呢？唯一的問題只是，它是不是還在那個地

方。這個問題值得我們下點兒工夫去查一查，所以我們才一起去了他家。

「你們肯定還記得，坎寧安父子是在廚房門口跟我們碰上頭的。當然，最關鍵的一點是不能讓他倆想起便條的事情，要不然，他倆自然會立刻把它銷毀，一秒鐘也不會等。那時候，督察剛要告訴他倆，我們對那張便條是多麼地重視，我就趕上了全世界最好的一個運氣，一下子癔病發作、栽倒在地，這才把話題轉移到了別的地方。」

「天哪！」上校叫道，跟着就笑了起來，「你難道是說，你那次發作是裝的，我們的同情都是白費嗎？」

「從專業的角度來說，你裝得可真是像極了，」我一邊大聲讚嘆，一邊滿懷驚異地看着眼前這個新鮮招數層出不窮、總是讓我暈頭轉向的人。

「這也是一門手藝，經常都用得着的，」他說道。「緩過勁兒來之後，我又耍了個多少有點兒新意的花招，讓老坎寧安寫出了"twelve"這個詞*，好拿它來跟紙片上的這個"twelve"進行對比。」

「咳，我可真是蠢到家了！」我大喊了一聲。

「看得出來，當時你對我衰弱的精神狀況充滿了同情，」福爾摩斯笑着說道。「我自個兒心裏也很過意不去，因為我知道，我那種樣子肯定會讓你感同身受。接下來，我們一塊兒上了樓。我去過了那間更衣室，看到那件睡袍

---

* 「twelve」是英文中的「十二」。前文中說福爾摩斯草擬的賞格有錯誤，老坎寧安把錯誤改了過來，也就是把「差一刻一點」改成了「差一刻十二點」，由此就需要寫出「twelve」這個單詞。

掛在更衣室的門背後，於是便靈機一動，打翻一張桌子，暫時引開他們的注意，然後就溜回更衣室去搜查睡袍的口袋。果然不出我所料，便條就在睡袍的一個口袋裏。可是，我剛剛拿到便條，坎寧安父子就撲到了我的身上，而我絕不懷疑，如果不是你們及時伸出援手的話，他倆一定會把我當場殺死。說實話，到現在我都還覺得那個小伙子正在卡我的脖子，還覺得他父親正在扳我的手腕、打算搶走我手裏的便條呢。你們明白吧，當時他倆瞧出我已經知道了所有的事情，高枕無憂的感覺一下子變成了走投無路，於是乎，巨大的心理反差就讓他們失去了所有的理智。

「後來，我跟老坎寧安談了談犯罪動機的問題。老坎寧安挺好說話，他兒子卻是個十足的惡魔，要是能拿回他那把左輪手槍的話，他一定會毫不猶豫地崩掉所有人的腦袋，包括他自個兒的腦袋在內。老坎寧安意識到自己的罪證無比確鑿，於是也就無心抵賴，痛痛快快地把所有事情說了出來。情形大致是，兩個主子闖進阿克頓家的那天晚上，威廉偷偷地跟在了後面。抓到主子的把柄之後，威廉就以告發相要挾，向主子勒索種種好處。不過，跟亞歷克先生玩這種遊戲可是件非常危險的事情。說起來，亞歷克這個人還真是挺機靈的，能夠從驚擾鄉間的竊盜恐慌當中看到一個清除威脅的大好機會。這麼着，他們把威廉騙到門口，然後又開槍打死了他。要是他們能把整張便條搶回去，又能在細節方面稍微多下點兒工夫的話，很可能是永遠也不會惹上嫌疑的。」

「那麼，便條究竟是怎麼寫的呢？」我問道。

歇洛克·福爾摩斯把便條的另一部分擺在了我們面前。

> If you will only come round
> to the east gate you will
> will very much surprise you and
> be of the greatest use to you and also
> to Annie Morrison. But say nothing to anyone
> upon the matter

兩部分拼合的便條譯文為：請在差一刻十二點的時候前往東門，屆時你將得知某件事情，此事不僅會讓你十分意外，還可能會給你和安妮·莫里森帶來莫大的好處。與此同時，切勿向任何人提及見面之事。

「這東西的內容跟我想像的差不多，」福爾摩斯說道。「當然，眼下我們還不知道，亞歷克·坎寧安、威廉·柯萬和安妮·莫里森之間究竟存在甚麼樣的關係。不過，車夫既然掉進了陷阱，那就說明這個餌下得十分巧妙。我敢肯定，看到蘊藏在字母 "g" 的尾巴和字母 "p" 當中的那些遺傳特徵，你們一定會覺得很有樂趣。除此之外，老先生寫的 "i" 總是缺少頂上的那個點，這也是一個再明顯不過的特徵。華生啊，依我看，咱們這段寧靜的鄉間假日顯然是不虛此行，明天回貝克街的時候，我一定能有百倍的精神。」

駝背男子

　　新婚數月之後的一個夏夜，我坐在自家的壁爐跟前，一邊抽睡前的最後一斗煙，一邊對着一本小說頻頻點頭，原因是日間的工作十分繁忙，讓人筋疲力盡。我妻子已經上了樓，早些時候我還聽見了前廳大門上鎖的聲音，由此知道僕人們也已經回房休息。我從椅子上站起身來，正在磕煙斗上的煙灰，門鈴卻突然叮叮噹當地響了起來。

　　我看了看鐘，時間是十一點三刻。這時候不會有客人上門，來的顯然是一個病人，興許會讓我整夜不得休息。想到這裏，我愁眉苦臉地走進前廳，替來人打開了門。出乎我意料的是，站在我家門口的竟然是歇洛克·福爾摩斯。

　　「噢，華生，」他說道，「我就知道，這時候來找你還不算太晚。」

　　「親愛的伙計，趕緊進來吧。」

　　「你看起來非常驚訝，當然！同時又顯得如釋重負，難怪！你還在抽你單身時抽的那種阿卡迪亞混合煙草，顯然！你外套上那些蓬鬆的煙灰是個明白無誤的證據。華生啊，人家一看就知道你是個穿慣了制服的人。如果不改掉把手帕塞在袖子裏的習慣，你的平民模樣終

歸是有破綻*。今晚你可以收留我嗎？」

「樂意之至。」

「以前你說過，你家有一間供男賓使用的單人客房，眼下呢，我已經瞧出來了，你家裏並沒有男賓。反正啊，你的帽架是這麼說的。」

「你願意留下的話，我會覺得非常高興的。」

「謝謝你，那我就把帽架上的這個空鉤子佔上好了。可惜呀，我發現你家最近請了修理工，他們上門可不會是甚麼好事。該不會是下水道出問題了吧？」

「不是，是煤氣管道的問題。」

「是嗎！修理工的靴子在你的油布地氈上留下了兩個鞋釘印子，剛好是在燈光下面。不用，謝謝，晚飯我已經在滑鐵盧車站對付過了。不過，我倒是很樂意跟你一塊兒抽一斗煙。」

我把煙草袋子遞給了他，他坐到我的對面，默不作聲地抽了一會兒。我心裏非常清楚，沒有專業上的重要事務，他是不會在這樣的時間來找我的，於是我耐心等待，等他自己講明來意。

「我說，最近你業務很忙啊，」他一邊說，一邊用明察秋毫的目光打量着我。

「是啊，今天我確實挺忙的，」我回答道。「你可能覺得我這麼說很愚蠢，」我補了一句，「可我真的不明白，這你是怎麼知道的。」

---

* 這篇故事首次發表於 1893 年 7 月；關於手帕的説法應該是因為當時英國的軍服上衣沒有可以裝手帕的口袋。

福爾摩斯吃吃地笑了笑。

「我的優勢在於我了解你的習慣，親愛的華生，」他說道。「出診的時候，路近你就走着去，路遠你就坐馬車。我注意到你的靴子雖然穿過，但卻一點兒也不髒，因此就可以斷定，眼下你忙得夠嗆，不得不用馬車代步。」

「妙極了！」我讚嘆了一聲。

「簡單之極，」他說道。「這是一個小小的例證，說明演繹專家之所以能製造出讓旁人覺得不可思議的效果，僅僅是因為旁人沒有留意到他用作演繹基礎的那個小小細節。同樣道理，我親愛的伙計，你撰寫的那些小小故事之所以能有聳人聽聞的效果，實際上只是因為你把案情當中的一些要素捏在了自個兒的手心裏，從來不跟讀者分享。好了，我眼下的處境就跟你那些讀者一模一樣，因為我碰上了一件空前離奇的疑難案子，也掌握了幾條線索，偏偏又缺了那麼一兩個要素，沒法把自己的假設補充完整。不過，我會找到它們的，華生，會找到的！」說到這裏，他的雙眼熠熠閃光，瘦削的雙頰也泛起了淡淡的紅暈。有那麼一瞬間，他那種機警熱切的天性從面幕之下探出了頭。不過，這樣的流露也僅僅是一瞬間而已。等我再看他的時候，他的面孔已經恢復了印第安人那種鐵板一塊的模樣，就因為這種模樣，許多人都覺得他不像是一個有血有肉的人，更像是一部機器。

「這件案子呈現出了一些有趣的特徵，」他說道。「依我看，說這些特徵前所罕見也不為過。我已經進行了深入的調查，照我自己的估計嘛，答案也已經近在眼前。

如果你能陪我完成最後這個步驟的話，就算是幫了我一個大忙。」

「樂意效勞。」

「明天得去阿爾德碩特*那麼遠的地方，你走得開嗎？」

「毫無疑問，傑克遜會幫我處理病人的。」

「很好。我打算明天上午去滑鐵盧車站搭十一點十分的火車。」

「那我就有足夠的時間做準備了。」

「那麼，如果你不是特別睏的話，我這就給你大致講講之前的事情，講講接下來該怎麼做。」

「你來之前我挺睏的，現在倒沒有甚麼睡意。」

「我盡量長話短說，前提是不落下案情當中的關鍵之處。我甚至覺得，沒準兒你已經讀到了一些相關的報道。我正在調查的是巴克利上校疑似遇害案，上校屬於皇家芒斯特步兵團，這個團駐扎在阿爾德碩特。」

「我一點兒也沒聽說過這件事情。」

「由此看來，除了在案發當地之外，這件案子還沒有引起廣泛的關注。案發時間離現在只有兩天，案情大致是這樣的：

「你應該知道，皇家芒斯特步兵團是本國陸軍當中最著名的愛爾蘭團† 之一，曾在克里米亞戰爭和印度兵

---

* 阿爾德碩特 (Aldershot) 為英格蘭漢普郡城鎮，東北距倫敦約 60 公里。

† 芒斯特 (Munster) 是愛爾蘭南部一個地區的名字，愛爾蘭當時是英國的一部分。

變*期間立下赫赫奇功。從那以後，它在各種場合當中的表現也都是卓越不凡。到週一晚上為止，它的指揮官一直都是詹姆斯·巴克利。巴克利是一名勇敢無畏的老兵，起初不過是一名普通戰士，憑借印度兵變之中的英勇表現才有了軍官的身份，後來又在自己的團隊裏步步高升，最終就從肩扛步槍的小卒變成了整支團隊的指揮官。

「還是一名中士的時候，巴克利上校就成了家，他妻子閨名南希·德沃伊，妻子的父親曾經是同一個團隊裏的護旗軍士†。可想而知，成婚之後，這對年輕夫婦（當時他倆還很年輕）發現自己的外部環境起了變化，社交方面也受了一些排擠。不過，他倆似乎很快就適應了這樣的變化。從我了解的情況來看，巴克利太太一直都很受同團女眷的歡迎，她丈夫也很受軍中袍澤的喜愛。我還得補充一點，她是個非常漂亮的女子，即便是在結婚三十多年之後的現在，她依然擁有女王一般的驚人美貌。

「看情形，巴克利上校的家庭生活一直都是十分美滿。大部分案情我都是從墨菲少校那裏了解到的，而他信誓旦旦地告訴我，他從來沒聽說過這對夫妻鬧意見的事情。按照墨菲少校的看法，總體說來，巴克利對妻子要比妻子對他更為癡心。如果妻子不在身邊，哪怕只是一天，他也會覺得十分緊張。另一方面，妻子對他雖然也稱得上忠貞不渝，依戀之情卻不像他那麼明顯。不過，全團上下

---

* 克里米亞戰爭見前注，印度兵變即 1857 至 1859 年（也有 1858 年之說）間發生在印度中部和北部的反英民族大起義，參見《四簽名》當中的相關注釋。

† 護旗軍士 (colour sergeant) 職責為護衛軍旗，為軍士之中的榮耀頭銜。

都認為他倆是中年夫婦的絕佳典範。從他倆的關係當中，誰也瞧不出後來那場悲劇的任何端倪。

「從自身性格來看，巴克利上校似乎有一些古怪之處。通常情況之下，他都是一名大大咧咧、興高采烈的老戰士，隔三岔五，他也會表現出相當暴戾的性情和相當強烈的報復心。話說回來，他似乎從來不曾把天性中的這一面用到他妻子身上。除了墨菲少校之外，我還跟其他五名軍官聊過，他們當中有三個都留意到了墨菲少校也曾留意的另一個事實，那就是有些時候，上校會突然陷入一種古怪的消沉狀態。按照墨菲少校的形容，當他在餐桌上跟大家耍笑逗樂的時候，笑容經常都會從他的嘴邊突然消失，就跟被一隻看不見的手抹掉了似的。一旦陷入這種狀態，他的情緒就會低落到無以復加的地步，一連幾天都緩不過勁兒來。在他那些軍中袍澤看來，他性情之中的全部古怪就是這種消沉狀態，外加一點兒小小的迷信。後面這種怪癖的表現是他特別地害怕獨處，天黑之後尤其如此。這種孩子氣的恐懼跟他十分陽剛的性情格格不入，經常都會引起人們的議論和猜測。

「皇家芒斯特步兵團（前身是第一百一十七團）的第一營已經在阿爾德碩特駐扎多年，有家室的軍官都住在軍營外面，上校則一直住在一座名為『拉欣』的別墅裏，離北邊的軍營大概有半英里。屋子四面都有庭院，西面跟大路之間的距離卻不超過三十碼。上校夫婦沒有孩子，家裏只請了一名車夫和兩名女僕，平常又沒有客人到家裏來住，這樣一來，主僕五人就成了拉欣別墅僅有的住客。

「好了，接下來我就給你講講，週一晚上九點到十點之間，拉欣別墅發生了一些甚麼事情。

「情形似乎是，巴克利太太是一名羅馬天主教徒，對聖喬治救濟會的事務非常熱心，後者是附屬於瓦特街小教堂的一個慈善機構，使命是向窮人分發舊衣服。當晚八點，救濟會有個會議，為了及時趕到會場，巴克利太太便急急忙忙地吃完了晚餐。她出門之前，車夫聽見她跟丈夫聊了幾句家常，還說她很快就會回來，叫丈夫不要擔心。接下來，她去了緊鄰她家的那座別墅，叫上了一個名叫莫里森的年輕小姐，兩個人一起前往會場。她們的會開了四十分鐘，九點過一刻的時候，巴克利太太回到了家裏，路上還把莫里森小姐送了回去。

「拉欣別墅裏有一個權充日間起居室＊的房間，房間朝着大路，通過一道巨大的折疊玻璃門†與外面的草坪相連。草坪寬三十碼，跟大路之間只隔着一堵頂上有鐵欄杆的矮牆。回家之後，巴克利太太徑直走進了這個房間。這個房間晚上很少有人用，百葉簾也沒有拉上，即便如此，巴克利太太還是一反常態地走了進去，自己點上了提燈，跟着就拉響鈴鐺，讓女僕簡・斯圖爾特端一杯茶給她。上校本來坐在餐室裏，聽到妻子已經回來，就跑到日間起居室去找她。車夫看見他穿過廳堂走了進去，進去就沒能活着出來。

＊ 日間起居室 (morning room) 是白天用的起居室，需要充足的光線，一般應該朝東。

† 作者這裏使用的是「glass folding-door」（折疊玻璃門）的說法，後文則一律改用「window」（窗子）。為免混淆，譯文中統一使用「玻璃門」的說法。

「十分鐘之後，女僕按照太太的吩咐送茶過去。可是，走到門邊的時候，她驚訝地聽見了主人夫婦的聲音，兩個人正吵得不可開交。她敲了敲門，沒有得到任何回答，於是便斗膽轉了轉門把，但卻發現門是反鎖着的。她自然是跑了回去，跟廚娘説了這件事情，兩個女人就和車夫一起走回大廳，傾聽裏面那場依然激烈的口角。三個人一致同意，房間裏當時只有兩個聲音，一個是巴克利，另一個就是他的妻子。巴克利把嗓門兒壓得很低，説話也斷斷續續，三位聽眾完全聽不出他在講甚麼。另一方面，太太的口氣倒是十分嚴厲，嗓門兒高起來的時候就可以聽得清清楚楚。『你這個懦夫！』這句話她説了一遍又一遍。『現在怎麼辦呢？現在怎麼辦呢？把我的人生還給我。我沒法再跟你一起過了！你這個懦夫！你這個懦夫！』以上這些就是僕人們聽見的一些片斷，尾聲部分則是男主人突如其來的一聲可怕叫喊、一聲沉重的咣噹，再加女主人的一聲撕心裂肺的尖叫。僕人們確信房間裏發生了某種慘劇，車夫趕緊衝到門前，使勁兒地想把門撬開，與此同時，房裏的人還在一聲接一聲地尖叫。可是，車夫始終都沒能把門撬開，女僕們又嚇得失魂落魄，根本幫不上他的忙。突然之間，車夫想到了一個主意，於是就跑出大廳，繞到了那道大玻璃門前面的草坪上。他毫不費力地走進了房間，因為玻璃門開了一扇，據他們説，門開着也是夏天裏的正常情形。車夫進去的時候，女主人已經停止尖叫，四仰八叉地暈倒在了一張沙發上，那位不幸的軍人則雙腳蹺在一把椅子的扶手上，腦袋擱在離壁爐擋板一角很近的

地面，一動不動地躺在了自個兒的血泊之中。

「意識到男主人已經返魂乏術，車夫的第一個念頭自然是把門打開，開門的時候卻碰上了一道出乎意料的古怪難題。門的鑰匙並不在鎖眼上，房間裏其他地方也是遍尋不着。於是他只好從玻璃門跑了出去，然後又帶着一名警察和一個醫生回到了家裏。他們把太太抬回了她自己的房間，後者雖然理所當然地成為了最大的嫌疑對象，但卻依然處於昏迷狀態。接下來，他們把上校的屍體放到沙發上，仔仔細細地檢查了一遍慘劇現場。

「檢查發現，那名不幸的老兵傷在腦後，傷口參差不齊，大概有兩英寸長，來由顯然是某種鈍器的猛然一擊。鈍器的具體樣式也是個不難推測的問題，因為屍體旁邊的地板上就躺着一根形制奇特的雕花木棒，材質是硬木，帶有骨制的把柄。上校從他征戰過的那些國家裏搜羅了一大堆各式各樣的武器，據警方推測，這根木棒也是他的戰利品之一。僕人們都説以前沒見過這根木棒，不過，別墅裏的奇異物品數不勝數，即便大家都沒注意到它，也完全可以説得過去。除此之外，警方再沒有在房間裏找到甚麼值得注意的東西。值得注意的只有一個無法解釋的事實，那就是房間的鑰匙不在巴克利太太身上，不在死者身上，也不在房間裏的任何地方。房門最終還是打開了，開門的則是阿爾德碩特的一名鎖匠。

「到週二早上為止，華生，案子的情形就是這樣。當時我接到了墨菲少校的請求，於是就上阿爾德碩特去幫警方的忙。按我看，前面這些事情已經足以讓你承認，這件

案子確實很有意思。不過，動手調查之後，我很快就發現，案子比我一開始的感覺還要離奇得多。

「檢查房間之前，我盤問了所有的僕人，問到的卻只是我已經講過的那些事實。還好，那個名叫簡·斯圖爾特的女僕記起了另一個重要的細節。你應該記得，她聽到吵架的聲音就走開了，後來才跟其他的僕人一起回到門邊。按她原來的説法，她獨自走到門邊、第一次聽到吵架的時候，男女主人的聲音都非常低，因此她甚麼也聽不清，僅僅是從語調判斷出來他倆在吵架。然而，在我的一再追問之下，她終於想了起來，太太曾經兩次提到『大衛』這個名字。這個細節極其重要，可以幫助咱們推測他倆突生口角的緣由。上校的名字，你想必還記得，叫做『詹姆斯』。

「這件案子當中，讓僕人們和警方印象最深的就是上校的扭曲面容。按他們的説法，上校的臉上凝結着一種極其可怕的驚懼表情，人類的面孔再不能呈現比那還要強烈的恐懼和驚駭。看到上校的時候，不止一個人當場暈倒，可見他的模樣是多麼地嚇人。十有八九，他遇害之前就預見到了自己的命運，所以才會產生如此極端的恐懼。當然，這種説法跟警方的假設相當吻合，因為警方的假設是，上校當時是看到了自己的妻子正在向自己發出致命一擊。死者傷在腦後的事實也不能算是一個要命的破綻，因為他完全可能轉身躲避妻子的攻擊。與此同時，太太本人無法提供任何情況，因為她腦炎突發，目前處於神智不清的狀態。

「你應該還記得，案發當晚，巴克利太太是跟莫里

森小姐一起出的門。而我從警方那裏聽說，莫里森小姐聲稱，她完全不知道，她這位同伴為甚麼會帶着惡劣的心情走進家門。

「收集來這些情況之後，華生，我一連抽了好幾斗煙，希望能剔除那些無關痛癢的連帶事實，找到這件案子的關鍵所在。毫無疑問，本案最與眾不同、最耐人尋味的一點就是那把離奇失蹤的房門鑰匙。他們對那個房間進行了最為細緻的搜查，鑰匙卻無影無蹤，如此說來，鑰匙一定是被人帶出了房間。可是，上校和上校的妻子都不可能帶走鑰匙，這個事實可謂一目瞭然。由此可知，一定還有第三個人進過那個房間，此人進房間的途徑也只能是那道玻璃門。於是我覺得，如果仔細地檢查一下房間和草坪，興許就能找到這個神秘人物留下的蛛絲馬跡。我那些方法你都是知道的，華生，查這件案子的時候，我把所有的方法都使了出來。結果呢，我的確找到了一些痕跡，痕跡的性質卻跟我的預計很不一樣。確實有個男人進過房間，而且是從大路上穿過草坪進來的。我找到了五個確定無疑的足跡，其中一個在大路上，也就是他翻越矮牆的那個地方，還有兩個在草坪上。剩下的兩個很淺，是在玻璃門附近的上光地板上，他就是從那裏走進了房間。穿過草坪的時候，他顯然是在奔跑，因為他腳尖的印跡要比腳跟深得多。然而，真正讓我驚奇的並不是這個男人，而是他的同伴。」

「他的同伴！」

福爾摩斯從口袋裏掏出一大張薄紙，小心翼翼地把它攤在了自己的膝頭。

「按你看，這是甚麼動物？」他問道。

薄紙上畫滿了某種小動物的足跡摹印，這種動物的腳上有五個輪廓清晰的肉墊，還有長長的爪子，整個兒的足跡跟一把點心勺子差不多大。

「是隻狗，」我說道。

「你聽說過狗往簾子上爬嗎？我找到了一些非常明顯的痕跡，可以證明這隻動物爬過簾子。」

「那麼，是只猴子吧？」

「猴子可沒有這樣的腳印。」

「這麼說的話，它究竟是甚麼呢？」

「不是狗、不是貓、不是猴子，也不是我們熟悉的任何一種動物。我試了一下，打算通過量度腳印來推測它的模樣。喏，這四個腳印是它站着不動的時候留下的。你瞧見了吧，前腳到後腳的距離少說也有十五英寸。算上脖子和腦袋，它的身長應該比兩英尺短不了多少，要是它有尾巴的話，那就還得再往上加。好了，你再來看看另一個測量結果。這隻動物曾經在房間裏走動，咱們可以量出它的步幅，每一步的步幅都只有三英寸左右。這樣一來，你明白吧，咱們就知道它身子挺長，腿卻非常短。這隻動物算不上特別體貼，一根毛都沒給咱們留下。不過，它大體上的模樣一定跟我說的差不多，還有，它能夠爬上簾子，是一種肉食動物。」

「你怎麼知道它吃肉呢？」

「因為它爬上了簾子。玻璃門上方掛着一個籠子，籠

子裏有一隻金絲雀。爬簾子的時候，它似乎是衝着那隻鳥去的。」

「説來説去，它到底是甚麼動物呢？」

「呃，要是我説得出它的名字，興許就離破案近了一大步。總體説來，它多半是黃鼬白鼬的親戚，個頭則比我見過的所有鼬鼠都要大一些。」

「可是，它跟這樁罪行有甚麼關係呢？」

「這個問題嘛，眼下也不好説。不過，你明白吧，咱們已經了解到了不少情況。首先，咱們知道有個男的站在大路上看巴克利夫婦吵架，因為百葉簾沒有拉上，房裏又點着燈。其次，咱們知道這個男的跑過草坪進了房間，身邊帶着一隻奇特的動物。還有呢，擊倒上校的人很可能就是這個人，同樣可能的情形是，上校看到他就嚇得摔倒在地，所以才在壁爐擋板的角上磕破了腦袋。最後，咱們還知道一個古怪的事實，也就是説，離開的時候，這個闖入者帶走了房間的鑰匙。」

「有了你這些發現，案子的複雜程度似乎有增無減啊，」我説道。

「的確如此。毫無疑問，這些發現讓我意識到，案情比我一開始的推測複雜得多。我仔細地掂量了一下這件事情，結論是我必須從另外一個方向展開調查。可是，華生，我已經把你耽擱得太久啦，剩下的事情，明天去阿爾德碩特的路上再説好了。」

「謝謝關心，可你已經説到了這個份兒上，現在打住可不行。」

「咱們幾乎可以肯定，七點半離開家的時候，巴克利太太跟丈夫的關係還是相當融洽的。我記得我剛才說過，她對丈夫的依戀從來都不是特別明顯，話說回來，她出門的時候，車夫聽見了她跟丈夫聊天，那時的口氣還是很友好的。好了，同樣可以肯定的是，剛剛到家，她就走進了最不可能見到丈夫的那個房間，跟着還按照女人心煩之時的慣常表現，迫不及待地要了杯茶。最後呢，等丈夫來找她的時候，她突然開始對他大加指責。由此可知，七點半到九點之間一定是發生了甚麼事情，致使她對丈夫的態度來了個一百八十度的大轉彎。可是，在這一個半鐘頭的時間裏面，莫里森小姐一直都陪在她的身邊。所以呢，咱們可以百分之百地斷定，莫里森小姐雖然不承認，但卻肯定知道一點兒內情。

「我最初的假設是，這位年輕小姐和那位老戰士之間發生了某種故事，前者又在案發當晚向老戰士的妻子坦白了這件事情。這個假設可以解釋他妻子為甚麼氣沖沖地回了家，也可以解釋姑娘為甚麼不承認前面發生過甚麼事情。此外，它跟僕人們聽見的大多數話語也不算是完全對不上。可是，鑑於太太提到過『大衛』這個名字，大家又都知道上校對他妻子的感情，這個假設就顯得有點兒靠不住。更何況，後來還有另一個男人闖進房間，隨即引發慘劇，這個事件當然不可能跟以前的糾葛扯上甚麼關係。找出正確的方向並不是一件容易的事情，不過，總體上我還是認為，上校和莫里森小姐之間並沒有甚麼故事。與此同時，我更加確信，這位年輕小姐掌握着一些線索，可以讓

咱們知道，究竟是甚麼東西讓巴克利太太對自己的丈夫產生了憎恨。於是乎，我採取了一個顯而易見的步驟，上門去拜訪了莫里森小姐，一邊跟她挑明，我完全肯定她知道一些相關的事實，一邊又言之鑿鑿地告訴她，如果事情得不到澄清的話，她的朋友，也就是巴克利太太，很可能會因一項極其嚴重的罪名而遭到審訊。

「莫里森小姐是個瘦小的姑娘，身形纖薄如同紙片，長着怯生生的眼睛和金色的頭髮，同時我也發現，她一點兒也不缺少精明和理性。聽我說完之後，她坐在那裏想了一會兒，然後就乾脆利落地轉過頭來，對我發表了一篇相當精彩的陳述。我這就把她的話簡要地複述一下，讓你也領教領教。

「『我已經向我的朋友作出了承諾，承諾我會對這件事情守口如瓶，既然作出了承諾，那就得信守諾言，』她說，『不過，既然我親愛的朋友面臨着如此嚴重的一項指控，可憐的她又病倒在床，沒辦法替自己申辯，那麼，如果確實能對她有所幫助的話，打破承諾也不失為一種權宜之計。好了，我這就把週一晚上的事情原原本本地告訴您。

「『大概是在八點三刻的時候，我倆從瓦特街救濟會往回走。回家時必須穿過哈德森街，那是一條非常僻靜的大路，路上只有一盞街燈，街燈在路的左手邊。我倆走近街燈的時候，迎面走來了一個男的，背駝得非常厲害，肩上扛着一件東西，好像是一隻箱子。他似乎是有甚麼殘疾，因為他腦袋耷拉得很低，走路的時候膝蓋打彎。我倆

走到了街燈的光暈下面，剛好就從他的身邊經過。他抬起頭來看了看我倆，跟着就停住腳步，發出了一聲可怕的尖叫，「天哪，這不是南希嗎！」聽了這話，巴克利太太的臉一下子變得跟死人一樣慘白，要不是那個長相恐怖的傢伙伸手扶住她的話，她肯定會當場跌倒。我剛想叫警察，她卻非常客氣地跟那個傢伙說起話來，讓我大吃一驚。

「『「前面這三十年，我一直都以為你已經死了呢，亨利，」她顫着嗓子說。

「『「我確實是死了，」那人說，說話的腔調可怕極了。他的臉非常黑、非常嚇人，眼睛裏的精光讓我做了不少噩夢。他的頭髮和連鬢鬍子已經斑白，整張臉溝壑縱橫，皺得像一隻乾癟的蘋果。

「『「你自個兒往前走走吧，親愛的，」巴克利太太說，「我想跟這個男的說幾句話。沒甚麼好擔心的。」她竭力想保持平靜的語氣，臉色卻依然一片煞白，幾乎沒法把字句從顫抖的嘴唇之間擠出來。

「『我按她說的做了，他倆在那裏聊了幾分鐘。這之後，她順着街道走了過來，眼睛裏噴着怒火，那個慘不忍睹的殘廢則站在燈柱旁邊，揮舞着緊握的雙拳，就跟氣瘋了似的。路上她再沒有說過一句話，走到我家門口的時候，她才拉住我的手，懇求我不要把這件事情告訴任何人。

「『「那是我的一個老相識，現在走了背運，」她這麼跟我說。我答應她一個字兒也不說之後，她親了親我，打那以後，我再也沒有看見過她。好了，我已經把所有的

事情告訴了您，之前我沒有跟警方說，是因為我沒有認識到我親愛的朋友所面臨的危險。現在我已經明白，事情如果真相大白的話，只會對她有好處。』

「這就是莫里森小姐的陳述，華生。你可以想像，對我來說，這番陳述不啻是暗夜之中的一線曙光。曾經七零八落的種種事實一下子找到了自己的位置，而我也對整件事情的來龍去脈有了一種模模糊糊的預判。接下來，合理的步驟顯然是找到這個讓巴克利太太如此震動的男人。只要他還在阿爾德碩特，這事情就不會特別難辦，因為那個地方本來就沒有多少平民，有殘疾的人又非常容易引起人們的注意。我花了一天的時間來辦這件事情，到傍晚就找到了他的下落。我說的『傍晚』就是今天傍晚，華生。這個人名叫亨利‧伍德，五天之前才來到阿爾德碩特，寄住的公寓就在他和那兩位女士相遇的那條街上。當時我扮成一名選民登記人員，跟他的女房東聊了一通非常有趣的家長裏短。原來，此人是一個變戲法的江湖藝人，每到天黑就會把那些軍人俱樂部挨個兒地轉一遍，給士兵們提供一點兒娛樂。他隨身帶着一隻動物，就裝在莫里森小姐所說的那個箱子裏，那隻動物似乎讓女房東很是擔驚受怕，因為她從來沒見過那種樣子的動物。按她的說法，那隻動物是他表演戲法的一件道具。女房東知道的情況就這麼多，此外她還告訴我，這個人身體已經扭曲得不成樣子，能活在世上真算是個奇跡，他經常都會用一種古怪的腔調說話，頭兩天晚上呢，她還聽見他在自個兒的臥室裏呻吟抽泣。從租金方面來說，他倒是沒耍甚麼花樣，只不過，他

交的押金裏面有一枚硬幣，看着像是假造的弗羅林*。她把那枚硬幣拿給我看了看，你知道嗎，華生，那是一枚印度的盧比†。

「好了，親愛的伙計，現在你想必已經完全明白，眼下的形勢是甚麼樣，我又為甚麼要來找你。顯而易見，兩位女士離去之後，此人就遠遠地跟着她們，後來又透過玻璃門看到了夫妻倆吵架的情形，於是便衝了進去，與此同時，他裝在箱子裏的那隻動物趁機溜了出來。這些事情全都可以說是板上釘釘。只不過，那個房間裏後來又發生了甚麼事情，這世上就只有他一個人可以告訴咱們了。」

「你是打算去問他嗎？」

「那是當然，可我還需要一個見證。」

「你說的見證就是我吧？」

「如果你願意賞臉幫忙的話。他要是能把事情說清楚，自然是萬事大吉，要是他不肯說，咱們就沒有別的選擇，只能去申請逮捕令了。」

「可你怎麼知道，咱們趕回去的時候他還在那裏呢？」

「這你用不着擔心，我當然是有所準備。我安排了一個貝克街的小傢伙‡在那裏守着他，不管他去了哪裏，小傢伙都會像芒刺一樣扎在他的身上。咱們明天一定能在哈

---

* 弗羅林是曾經在英國短暫流通的一種銀幣，價值二先令。
† 盧比是印度通用貨幣的名稱，當時和今天都是如此。
‡ 全集他處屢有提及，福爾摩斯從街頭流浪兒當中招募了一支協助查案的「貝克街特遣隊」，這裏的「小傢伙」應該就是其中一員。

德森街找到他的，華生，還有啊，再不讓你上床睡覺的話，我自個兒也跟罪犯沒甚麼區別啦。」

第二天中午，我們到達了慘劇發生的地點。緊接着，我同伴就領着我趕往哈德森街。雖然他十分擅長隱藏自己的感受，可我還是一眼看出了他強自壓抑的興奮心情，而我自己也是心癢難耐，一半是因為冒險的刺激，一半是因為探究的樂趣。每一次跟着他調查案件的時候，我都會產生這樣的感覺。

「這就是哈德森街，」他開口說道。這時我們剛剛轉進一條短短的大路，路兩邊都是式樣簡樸的兩層磚房。「噢，你瞧，辛普森找我報告情況來了。」

「他老老實實地待在裏面呢，福爾摩斯先生，」一個矮小的街頭流浪兒一邊往我們這邊跑，一邊大聲報告。

「幹得好，辛普森！」福爾摩斯拍了拍他的腦袋。「咱們進去吧，華生。這就是那座房子。」他遞了張名片進去，說是有要事相訪，片刻之後，我倆就跟此行的訪問對象見上了面。天氣非常暖和，這人卻蜷縮在火爐旁邊，狹小的房間熱得跟個蒸籠似的。他坐在一把椅子上，整個人縮成了一團，模樣醜怪得無法形容。不過，等他轉過頭來的時候，我發現他的臉雖然黝黑憔悴，以前卻一定有過光彩照人的時候。這會兒，他用害了疸病似的黃眼睛疑神疑鬼地打量了我倆一番，既沒有說話，也沒有起身，只是用手指了指旁邊的兩把椅子。

「依我看，您就是剛從印度回來的亨利·伍德先生

吧，」福爾摩斯的口氣十分親切。「我找您是為了打聽一件小事，也就是巴克利上校的死因。」

「不相干的事情，我又能知道些甚麼呢？」

「您知道些甚麼，正是我想要確定的事情。您一定得知道，據我估計，這件事情如果澄清不了的話，您的一位老朋友，也就是巴克利太太，很可能會因涉嫌謀殺而受到審訊。」

聽了這話，這個人猛一激靈。

「我不認識你，」他大聲說道，「也不知道你是怎麼知道這些事情的，我只想問問你，你剛才說的這些話，你敢發誓都是真的嗎？」

「怎麼不敢，他們還沒有逮捕她，只不過是在等她清醒過來而已。」

「天哪！你自個兒也是警察嗎？」

「不是。」

「如此說來，這案子關你甚麼事呢？」

「維護正義，不必關己。」

「你只管相信我好了，她是無辜的。」

「如此說來，有罪的就是您嘍。」

「不，不是我。」

「那麼，到底是誰殺了詹姆斯·巴克利上校呢？」

「是開了眼的老天爺殺了他。不過，實話跟你說吧，如果我遂了自己的心願，親手把他的腦袋打開了花，那他也不過是剛好還清了欠我的債而已。那時他自知罪孽深重，當場一命嗚呼，假設情形並非如此，我多半也會用他

的鮮血來染紅我的衣服。你要我把這件事情講出來，那我就講給你聽好了，因為我捫心自問，並沒有甚麼見不得人的地方。

「事情是這樣的，先生。別看我現在脊背拱得像座駝峰，肋條也七扭八彎，曾幾何時，亨利・伍德下士可是第一百一十七步兵團最瀟灑的美男子哩。當時我們是在印度，駐紮的地點呢，咱們就管叫它『布赫提』好了。前兩天死掉的這個巴克利當時是一名中士，跟我在同一個連隊裏。那時候，全團公認的美人兒，唉，也是古往今來最漂亮的姑娘，就是那個護旗軍士的女兒，南希・德沃伊。兩個男的同時愛上了她，可她卻只愛其中一個，唉，你們看到我縮在火爐邊的這副淒慘模樣，又聽我說她愛我是因為我長得精神，恐怕會笑出來吧。

「可是，我雖然得到了她的心，她父親卻打定主意要把她嫁給巴克利。我是個沒規沒矩的渾小子，巴克利卻受過教育，而且已經被上頭選中，馬上就要成為軍官了。儘管如此，姑娘還是對我死心塌地。眼看我就要娶到她的時候，印度突然發生了兵變，一時間，那個國家裏所有的妖魔鬼怪全部都跑了出來。

「我們都被困在了布赫提，我們那個團，還有半個炮兵連和一個錫克士兵連，外加一大幫平民和婦女。我們周圍有一萬叛軍，他們無時不刻地窺伺着我們，活像是一群圍着老鼠籠子的獵狗。大概是在被圍之後的第二個星期，我們的水喝光了。能不能活下去，就得看我們能不能設

法跟內爾將軍 * 的縱隊取得聯繫，他的縱隊正在向內陸挺進。這是我們唯一的生路，因為我們不可能帶着那麼多婦女和兒童殺出重圍。這麼着，我主動申請出去求援，向內爾將軍通報我們的困境。上頭批准了我的請求，我就去找巴克利中士商量這件事情，因為他據說是比任何人都更了解周圍的地形。他幫我規劃了一條穿越叛軍封鎖的路線，當晚十點，我就出發去完成自己的任務。等待我拯救的有一千條性命，可是，當晚爬下城牆的時候，我心裏記掛的只有一個人。

「我順着一條乾涸的水道往前走，我們本來是指望它可以掩護我，不讓叛軍的崗哨發現。可是，剛剛摸過水道轉彎的地方，我就直接走進了六名叛軍的包圍，他們都貓在暗處等着我呢。轉眼之間，他們就把我打昏在地，捆上了我的手腳。不過，真正的傷處並不在我的腦袋上，而是在我的心裏，因為我醒來之後聽到了他們的談話。他們的話我並不能完全聽懂，可我聽懂的部分已經足夠讓我知道，我那個戰友，親手幫我規劃突圍路線的那個人，讓他的一名土著僕人通風報信，把我賣到了敵人手裏。

「好了，這一段的事情我不想再囉嗦了，反正你們已經知道，詹姆斯·巴克利能幹些甚麼樣的事情。我被俘之後的第二天，內爾將軍就解了布赫提的圍。可是，叛軍撤退的時候把我也給帶了去，打那以後，我就得熬上好

---

* 內爾將軍即詹姆斯·內爾 (James Neill，1810–1857)，英軍將領，在印度民族起義當中曾於 1857 年 9 月率軍解救被圍的印度北部城市勒克瑙，於破城之時陣亡；這裏的「布赫提」(Bhurtee) 如文中所示，只是伍德隨口謅的一個地名。

亞瑟·柯南·道爾｜福爾摩斯全集 III

多個漫長的年頭才能再看見白人了。他們折磨我，我設法逃跑，他們又把我抓回去，開始新一輪的折磨。你們自個兒也可以看見，他們把我折磨成了甚麼樣子。後來，一些叛軍帶着我逃到了尼泊爾，再後來又到了大吉嶺*往北的山區。那裏的山民殺死了拘禁我的那些叛軍，於是我又變成了山民的奴隸，一段時間之後才逃了出去。可我當時沒法往南逃，只好往北邊走，一直走到了阿富汗。我在阿富汗流浪了好些年，最後才回到旁遮普邦†，大部分時間都跟土著待在一起，靠着跟他們學來的戲法維持生計。我已經變成了一個人見人嫌的殘廢，幹嗎還要回英格蘭，幹嗎還要在過去的戰友面前丟人現眼呢？即便是復仇的願望也不能讓我改變主意。我寧願南希和那些老朋友認為哈里·伍德‡已經挺着脊梁死了，也不願意讓他們看見我拄着拐棍兒爬來爬去，像隻黑猩猩那樣活着。他們一直都以為我已經死了，我也巴不得他們這麼想。我聽說巴克利娶了南希，還聽說他在團裏節節高升，即便如此，我也不願意出來說話。

「可是，人一旦上了年紀，難免就會思念家鄉。多年以來，我總是會夢見英格蘭，夢見那些油綠油綠的田野和樹籬。到最後，我決定在臨死之前回來看看，於是就攢下一筆夠用的盤纏，來到了這個士兵駐扎的地方，因為我了

---

* 大吉嶺 (Darjeeling) 是印度東北部喜馬拉雅山區的一個鎮子，與尼泊爾相鄰。
† 這裏的旁遮普邦 (Punjab) 指當時英屬印度的一個大邦，涵蓋今天印巴兩國各自的旁遮普邦以及相鄰的一些區域。
‡ 哈里 (Harry) 是亨利 (Henry) 的暱稱。

解士兵的喜好，知道怎麼逗他們開心，這樣才能把日子對付下去。」

「您的故事真是太有意思了，」歇洛克·福爾摩斯說道。「我已經聽說了您碰見巴克利太太的事情，也知道你們認出了對方。我沒想錯的話，接着您就跟到了她的家門口，還透過玻璃門看到了她和她丈夫吵架。毫無疑問，當時她肯定是在數落他對您幹的好事。您一時控制不住自己的情緒，於是就跑過草坪，衝到了他倆身邊。」

「你說得對，先生。一看到我，他臉上就出現了一種我這輩子從來沒看見過的表情，緊接着，他仰天倒地，腦袋撞在了壁爐擋板上。不過，還沒倒下的時候，他已經是個死人了。我在他臉上看到了死亡，清楚得就跟火爐上方的那行字一樣。我出現在他的眼前，等於是把一顆子彈射進了他那顆罪孽深重的心。」

「然後呢？」

「然後南希就暈了過去，於是我從她手裏拿起了房門鑰匙，準備開門呼救。正要開門的時候，我忽然想到，更明智的做法是趕緊離開，別再去管這件事情，因為當時的情形可能會讓我惹上嫌疑，再者說，一旦我讓人抓到，我的秘密也就保不住了。情急之下，我順手把鑰匙塞進了自己的口袋，然後又在追趕特迪的過程當中落下了我的拐棍，因為特迪溜出箱子，跑到簾子上面去了。把它弄回箱子裏之後，我就以最快的速度跑掉了。」

「特迪是誰呢？」福爾摩斯問道。

這人把身子探到角落裏一個類似兔籠的木箱上方，提

起了箱子正面的擋板。眨眼工夫，一隻紅褐毛皮的可愛動物就從裏面鑽了出來。它的身子又細又軟，四條腿長得跟鼬鼠差不多，鼻子又長又尖，紅色的眼睛漂亮極了，比我以前見過的任何一種動物都要漂亮。

「原來是只貓鼬啊，」我叫道。

「嗯，有些人確實是這麼叫它們的，也有人管它們叫獴*，」這人說道。「我管它們叫做『蛇見愁』。還有啊，特迪可喜歡抓眼鏡蛇了。我這兒有一條拔了毒牙的眼鏡蛇，特迪每天晚上都要表演怎麼抓它，逗軍人俱樂部裏的那些傢伙開心。還有別的問題嗎，先生？」

「呃，如果巴克利太太惹上了大麻煩的話，我們還得回來找您。」

「果真是這樣的話，我會出面的。」

「話說回來，如果情形不是這樣，咱們就沒必要去揭上校的短了吧，不管他當初多麼歹毒，總歸也已經一命嗚呼了。再怎麼說，知道他三十年來一直在為自己的惡行承受良心的嚴厲譴責，您應該覺得滿意了吧。嘿，墨菲少校正在街對面走呢。再見，伍德。我得去問問少校，昨天以來有沒有甚麼新的情況。」

少校還沒走到拐角的地方，我倆就趕上了他。

---

* 華生使用的詞「mongoose」是獴科動物的統稱，獴科有 33 種動物，伍德使用的詞「ichneumon」則是指埃及獴 (*Herpestes ichneumon*)。獴是小型食肉動物，形似黃鼠狼，以昆蟲及小動物為食。多種獴都有抗擊毒蛇和學習簡單戲法的能力，比較符合文中描述的可能是產於南亞及東南亞的印度灰獴 (*Herpestes edwardsii*) 和爪哇獴 (*Herpestes javanicus*)。

「噢，福爾摩斯，」他說道，「前面這番折騰完全是白費工夫，你已經聽說了吧？」

「怎麼回事呢？」

「死因調查剛剛有了結果。醫生們找到了明白無誤的證據，上校是中風死的。你瞧，說來說去，這件案子其實非常簡單。」

「是啊，簡直是膚淺得不同尋常，」福爾摩斯笑道。「走吧，華生，依我看，阿爾德碩特已經用不着咱們了。」

「還有一個問題，」往車站去的路上，我說道。「既然做丈夫的名叫詹姆斯，另一個男的又叫亨利，『大衛』這個名字是從哪兒冒出來的呢？」

「親愛的華生啊，你總是樂此不疲地把我刻劃成一個理想的演繹專家，真是那樣的話，我當初就應該直接從這個名字推演出所有的事情，用不着進行任何調查。顯而易見，這個名字是一種譴責。」

「譴責？」

「是啊，因為大衛這個人偶爾也會偏離正道，你知道吧，有一次還走上了跟巴克利中士一樣的歧路。關於烏利亞和拔示巴的那段小故事，你應該還記得吧？要我說，我腦子裏的《聖經》知識恐怕已經有點兒生鏽了，不過呢，你應該可以在《撒母耳記》的上篇或者下篇當中找到這個故事。*」

---

* 大衛是傳說中以色列人的王，也是《聖經》當中著名的英雄人物。不過，根據《舊約·撒母耳記下》的記載，他曾經因為貪圖赫梯人烏利亞之妻拔示巴的美色，故意讓烏利亞到敵人的城下去送死，隨即娶拔示巴為妻，致使「耶和華甚不喜悅」。

住家病人

　　為了展現我朋友歇洛克‧福爾摩斯頭腦之中的一些不凡特質，我撰寫了一系列多少有點兒雜亂無章的回憶錄。約略瀏覽之下，我不由得驚異地發現，為了遴選完全符合我寫作初衷的案例，當初我遭遇了多麼巨大的困難。在一些案件當中，福爾摩斯雖然展示了一些分析演繹的高超技巧，證明了他獨有的那些調查方法的價值，案情本身卻要麼是極其瑣屑，要麼就十分平凡，以致我不得不承認，將它們呈現在讀者面前並非理所當然。另一類屢見不鮮的情況則是，他參與調查的案件雖然事關重大、情節跌宕，他本人在破案過程當中所起的作用卻相對有限，難免讓我這個為他作傳的人覺得心有未甘。撰寫歷史故事的人總是無法逃脫這種進退維谷的處境，例子便是題為「暗紅習作」的那件小案，以及我後來發表的一個案件，案情涉及「蘇格蘭之星號」三桅帆船失蹤的真相*。在我即將動筆敍寫的這件案子當中，我朋友扮演的角色興許算不上十分耀眼，然而，前前後後的案情實在是非同一般，以致我沒有勇氣將它徹底摒棄在這個系列之外。

---

*　這篇故事首次發表於 1893 年 8 月；作者此處的意思是，「暗紅習作」技巧高超卻案情瑣屑，「蘇格蘭之星號」案情重大卻與福爾摩斯關連不多，兩者剛好代表了選擇案例的兩難處境。

十月裏的一天，天氣悶熱，陰雨綿綿。我們的百葉窗簾只拉了一半，福爾摩斯蜷在沙發上，一遍又一遍地讀着早班郵差送來的一封信件。至於我嘛，溫度計上的讀數雖然達到了華氏九十度 *，我也並不覺得特別難受，因為我在印度當過兵，養成了怕冷不怕熱的脾性。不過，這天的報紙實在是非常無趣。議會已經休會，大家都出城度假去了，我自己也對新弗里斯特的綠蔭和南海的石灘† 充滿了嚮往。然而，空空如也的銀行賬戶迫使我不得不推遲自己的假期，與此同時，無論是田園還是海灘，都不能讓我的室友產生絲毫興趣。他喜歡的是待在五百萬人口的正中央，將自己的觸角伸展到他們當中，探尋關於未決罪案的每一個小小傳聞、每一縷蛛絲馬跡。他雖然擁有許多非凡的稟賦，其中卻並不包括欣賞自然美景的能力，他的生活只有一種調劑，那就是他偶爾會扔下城裏的惡棍不管，轉頭去追蹤他們那些身在鄉下的同行。

　　我發現福爾摩斯心無旁騖，沒工夫跟我說話，只好把索然無味的報紙扔到一邊，往椅子背上一靠，自個兒在那裏沉思默想。突然之間，我室友的聲音打斷了我的思緒。

　　「你想得沒錯，華生，」他說道。「用這種方式來解決爭端，確實是顯得非常荒謬。」

　　「應該說是荒謬至極！」我大喊一聲，跟着才突然意

---

* 華氏九十度大致相當於攝氏三十二度。
† 新弗里斯特 (New Forest) 是英格蘭南部的一大片綠地，今為國家公園，是亞瑟·柯南·道爾本人非常喜愛的地方；南海 (Southsea) 是英格蘭南端樸茨茅斯附近的一個海濱度假勝地，亞瑟·柯南·道爾曾在南海行醫。

識到，他剛才雖然是對我的看法表示贊同，贊同的卻是我內心深處的思緒。於是我坐直了身子，直勾勾地盯着他，腦子裏一片茫然。

「你這是唱的哪一齣，福爾摩斯？」我大聲說道。「這可真叫我完全沒法想像。」

看到我大惑不解的樣子，他笑得很是開心。

「你應該記得，」他說道，「沒多久之前，我給你念了一段愛倫·坡小說裏的文字，裏面說一個眼光敏銳的推理者成功地讀出了他同伴那些未曾形諸言語的思緒＊。當時你認為，這多半只是作家編出來的一個噱頭。於是我跟你說，我自己也經常這麼做，你還表示懷疑哩。」

「不對，我沒有表示懷疑！」

「你嘴裏也許是沒有表示，我親愛的華生，眉頭卻絕對是有所表示。所以呢，看到你扔下報紙，展開了一連串的思緒，我趕緊如獲至寶地用上了這個解讀你思緒的機會，最終還打斷了你的思緒，借此證明，我確實可以跟你同情共感。」

按我的感覺，他這番解釋遠遠夠不上清晰明瞭的標準。「在你念給我聽的那個例子當中，」我說道，「那個推理者的結論是根據觀察對象的動作得來的。如果我沒記錯的話，他的觀察對象絆在了一堆石頭上，然後又抬頭看

＊　埃德加·愛倫·坡 (Edgar Allan Poe, 1809–1849) 為美國小說家及詩人，以偵探小說和恐怖小說聞名。福爾摩斯在此提及的情節出自愛倫·坡的短篇小說《莫爾格街兇殺案》(The Murders in the Rue Morgue, 1841)，該小說歷來有「歷史上第一部推理小說」之稱，「眼光敏銳的推理者」是小說的主人公偵探杜平。

了看星星，如此等等。可是，剛才我一直踏踏實實地坐在自己的椅子上，能給你甚麼提示呢？」

「你說你沒給我提示，對你自己可不太公道啊。上天把表情賜給了人類，為的就是讓人類借此表達自己的心緒。就這個方面來說，你的表情可算是十分忠實的僕役。」

「你難道是說，我剛才的一連串思緒，你是通過我的表情讀出來的嗎？」

「通過你的表情，尤其是你的眼睛。你這一連串思緒是怎麼起的頭，興許你自個兒也想不起來了吧？」

「是啊，我確實想不起來。」

「那就讓我來告訴你好了。你先是扔下報紙，就是這個動作引起了我的注意。接下來，你一臉茫然地坐了半分鐘，然後就自然而然地把目光定在了你新近裝框的戈登將軍＊畫像上。這時候，你臉上的表情開始不停變化，於是我意識到，你的思維列車已經開動。不過，這趟列車並沒有開出去多遠，因為你的眼睛轉向了亨利・瓦德・比徹†的畫像，那張畫像沒有裝框，就那麼立在你那些書的頂上。再下來，你抬眼看了看牆，用意呢，當然是十分明顯。你當時想的是，如果給那張畫像裝上框，剛好就可以填補牆上的那塊空白，跟另一邊的戈登畫像形成對稱。」

＊　戈登將軍即查爾斯・戈登 (Charles Gordon, 1833–1885)，英軍將領，曾參與第二次鴉片戰爭及鎮壓太平天國的戰爭。

†　亨利・瓦德・比徹 (Henry Ward Beecher, 1813–1887) 是十九世紀中晚期美國著名的宗教活動家、社會改革家、廢奴主義者及演說家。南北戰爭時期，比徹積極支持北方政府，並曾到英國舉辦巡回演講，為北方政府爭取支持。《湯姆叔叔的小屋》的作者斯陀夫人 (Harriet Beecher Stowe, 1811–1896) 是比徹的姐姐。

「你可真是一步一步地跟上了我的思路！」我大叫一聲。

「到剛才為止，我不可能跟錯了方向。緊接著，你的思緒又回到了比徹身上。你死死地盯着他的畫像，似乎是打算通過長相來分析他的性格。然後呢，你雖然不再眯縫着眼睛，但卻還是在看那張畫像，臉上則浮現出了若有所思的表情，顯然是想到了比徹生平的種種事跡。我非常清楚，想到他生平的時候，你必然會想到，他曾在南北戰爭時期代表北方政府訪問我國，因為我記得，對於我國一些比較狂躁的民眾接待他的方式，你曾經表示強烈的憤慨。這事情既然讓你產生了如此激烈的反應，可想而知，一想到比徹，你免不了就會想到它。片刻之後，我發現你的眼睛慢慢地離開了比徹的畫像，於是就推測你的心思已經轉向了南北戰爭本身。再看到你嘴唇緊抿，眼睛閃閃發亮，雙手也握成了拳頭，我的推測就得到了證實，你的確是想到了那場你死我活的惡戰，想到了戰爭雙方的英雄氣概。可是，接下來，你的面容變得更加哀傷，腦袋也開始搖晃，因為你想到了戰爭的悲哀與恐怖，想到了虛擲沙場的千萬條生命。不知不覺之中，你把一隻手伸向自己身上的舊傷，唇邊露出一抹顫抖的苦笑，於是我知道，你已經不由自主地想到，用這種方式來解決國際 * 爭端，實在是一件非常荒謬的事情。到這個節骨眼兒上，我開口附和你的意見，承認這確實荒謬，

---

* 南北戰爭雖然是美國內戰，華生身上的傷卻來自英國和阿富汗之間的戰爭，參見《暗紅習作》。

然後就非常高興地發現，我所有的演繹都是正確無誤。」

「絕對是正確無誤！」我說道。「說老實話，即便是聽過了你的解釋，我的感覺仍然跟剛才一樣驚奇。」

「皮毛而已，親愛的華生，真的只是皮毛而已。要不是你前些日子表示過懷疑的話，我是不會拿這些事情來耗費你的精神的。好了，今天傍晚還有點兒涼風，咱們一起在倫敦城裏逛一逛，你覺得怎麼樣？」

我早就已經在我們這間小客廳裏待煩了，於是便欣然同意。我倆足足遊盪了三個鐘頭，看着萬花筒一般的生活潮水在艦隊街和斯特蘭街上起起落落、變幻不停。福爾摩斯還是跟往常一樣，言語之間處處流露着明察秋毫的觀察能力和精微奧妙的演繹本領，聽得我興致益然、如癡如醉。直到晚上十點，我們才回到了貝克街。一輛四輪馬車正在我們寓所的門口靜靜等候。

「嗯！馬車的主人是個醫生，據我估計，還是個全科醫生，」福爾摩斯說道。「他剛剛開業沒多久，業務卻非常紅火。他來是想找咱們諮詢，錯不了！幸虧咱們回來了！」

我已經對福爾摩斯的方法相當熟悉，這一次就跟上了他的思路，知道他這番快如閃電的演繹，是因為他看到了掛在車廂裏提燈之下的那個柳條籃子，看到了籃子裏那些醫療器械的品種和狀況。我們房間的窗子裏有燈光，說明這個深夜訪客確實是來找我們的。我跟着福爾摩斯走進了我們那個棲身之所，心裏暗自好奇，我這位同行夤夜上門，究竟有甚麼樣的緊急事情。

我倆進門的時候，一個面色蒼白的尖臉男人從壁爐旁邊的椅子上站了起來。他蓄着淡黃色的連鬢鬍子，年紀至多不過三十三四歲，只可惜形容憔悴、氣色欠佳，讓人一望而知，操勞的生活榨乾了他的精力、奪走了他的青春。他舉手投足緊張腼腆，說明他天性敏感。起身的時候，他用一隻手扶住了壁爐台，那隻手瘦小白皙，不太有醫家的特點，反倒是頗具藝術家的氣質。他的衣着莊重簡樸，禮服外套是黑的，褲子的顏色也很深，領帶上則好歹有那麼一抹亮色。

「晚上好，醫生，」福爾摩斯興高采烈地說道。「還好您只等了短短的幾分鐘時間，要不然我就該過意不去啦。」

「這麼說，您是跟我的車夫聊過嘍？」

「不是，是邊桌上那支蠟燭告訴我的。請您坐回原位，給我講講您找我有甚麼事情。」

「我名叫珀西·特里維廉，」我們的客人說道，「住在布魯克街 403 號。」

「那篇關於不明神經損傷的專論就是您寫的吧？」我問道。

聽到我提起他的著作，他蒼白的雙頰泛起了喜悅的紅暈。

「我很少聽人說起我這本書，還以為大家已經徹底把它給忘了呢，」他說道。「我的出版商跟我說，這本書的銷路差極了。按我看，您自個兒也是搞醫的吧。」

「我是個退役的軍醫。」

「我一直都對神經方面的疾病特別感興趣，原本是打算把它變成我唯一的專長，可是，剛起步的時候，你當然不能挑挑揀揀，只能是有甚麼就做甚麼。不過，歇洛克·福爾摩斯先生，這些都是題外話，而我也非常清楚，您的時間十分寶貴。事情是這樣的，最近這段時間，我的布魯克街寓所裏接連發生了不少怪事，今天晚上呢，局面更是發展到了難以收拾的地步，所以我才覺得，我一個小時都不能耽擱，只能立刻來尋求您的建議和幫助。」

歇洛克·福爾摩斯坐了下來，點上了自己的煙斗。「您要的兩樣東西我都很願意提供，」他說道。「麻煩您，把您的煩心事詳詳細細地講一遍吧。」

「我要講的事情，有那麼一兩個地方非常瑣碎，」特里維廉醫生說道，「說出來我都覺得有點兒不好意思。可是，這件事情實在是太讓人摸不着頭腦，最近又發展到了極其複雜的程度，所以我打算把所有的事實都講出來，由您來判斷，哪些事實是關鍵，哪些不是。」

「首先，我必須講講我的大學生涯。您知道吧，我是從倫敦大學＊畢業的，還有呢，如果我說我的教授們都認為我的學業大有前途，您可千萬別覺得我是在不顧事實自

＊ 這裏的「倫敦大學」英文是「London University」，準確說應該是「Universtiy of London」（中文也是「倫敦大學」）或者「University College London」（倫敦大學學院）。早在 1836 年，「London University」即已改名為「University College London」，因為它和下文中的國王學院 (King's College) 合併組成了「Universtiy of London」。《暗紅習作》當中提到華生從倫敦大學畢業，用的就是正確的名稱「Universtiy of London」。下文中的「國王學院醫院」(King's College Hospital) 附屬於國王學院，當時是該學院唯一的附屬醫院。

吹自擂。畢業之後，我在國王學院醫院謀得了一個小小的職位，繼續從事研究工作。當時我非常幸運，不但通過強直性暈厥的病理研究贏得了相當的關注，後來還獲得了布魯斯‧平克頓獎金和獎章，獲獎著作是一篇關於神經損傷的論文，也就是您這位朋友剛剛提起的那一篇。說句不算過份的話，那個時候，大家都覺得我的前途一片光明。

「可是，我面前就有那麼一塊巨大的絆腳石，那就是缺乏資金。您肯定能夠理解，當醫生的如果不甘平庸，那就必須把診所開在卡文迪許廣場*周圍的十幾條街上，那些地方的租金和裝潢費用都是天文數字。除了這筆初期投入之外，你還得打出幾年的生活費，僱來一輛看得過去的馬車，再配上拉車的馬。這些東西遠遠超出了我的能力範圍，所以我只能希望，如果我省吃儉用，興許可以在十年之內攢出掛牌行醫的資金。不過，突然有一天，我遇上了一件出乎意料的事情，由此看到了一個嶄新的前景。

「事情是這樣的，一位跟我素昧平生的先生跑來找我，名字叫做布萊星頓。一天早上，他走進我的房間，直截了當地跟我談起了生意。

「『我聽說有個名叫珀西‧特里維廉的醫生履歷非常好，最近還得了個大獎，應該就是你吧？』他說。

「我衝他鞠了一躬。

「『回答我的問話要直接一點兒，』他接着說道，『這

---

* 倫敦的卡文迪許廣場 (Cavendish Square) 周圍當時是醫生聚集的地方，《藍色石榴石》當中提到的「醫家聚集的維姆珀爾街和哈萊街」都在廣場附近，前文中的布魯克街 (Brook Street) 也離廣場不遠。

樣對你有好處。成功人士需要的聰明勁兒，你都已經具備了。不過，你的談吐應對怎麼樣？』

「聽了這麼一個唐突冒昧的問題，我不由得笑了起來。

「『我自己覺得還不錯，』我回答他。

「『你有沒有甚麼不良嗜好呢？應該不酗酒吧，對嗎？』

「『行了，先生！』我大聲説。

「『沒有就好！非常好！可我總歸得問一問。你既然有這麼好的條件，幹嗎不開個診所呢？』

「我聳了聳肩膀。

「『行啦，行啦！』他的口氣還是那麼火急火燎。『情況又是老一套，腦袋裏東西多，口袋裏東西少，對不對？我來出錢，你在布魯克街開個診所，怎麼樣？』

「我目瞪口呆地望着他。

「『噢，我這是為了我自己，可不是為了你，』他大聲説。『我不會跟你打甚麼埋伏，還有，這事情你如果覺得合適，對我來説也就非常合適。我有那麼幾千鎊閒錢，你明白吧，打算投在你的身上。』

「『可是，為甚麼呢？』我吸了一口涼氣。

「『不為甚麼，這跟其他的投資生意沒甚麼兩樣，同時又比大多數投資都要保險。』

「『那麼，我應該怎麼做呢？』

「『我這就告訴你。我負責租房子、搞裝修、請女僕，管理診所裏的所有事務。你甚麼也不用管，上診療室裏去坐着就行了。你的零用錢和日常開支都包在我的身上，然

後呢，你把四分之三的診療費交給我，剩下的四分之一自己留着。』

「福爾摩斯先生，這就是布萊星頓擺到我面前的那份古怪提議。我不想跟您絮叨中間那段討價還價的過程，總而言之，我在報喜節＊當天搬進了那座房子，開始掛牌行醫，條件幾乎跟他當初的提議一模一樣。他自己也搬來跟我一起住，名義上算是個住家病人。他似乎心臟不好，經常都要我替他檢查，還佔據了二樓最好的兩個房間，用它們來當他的起居室和臥室。他這個人脾性很怪，不喜歡跟人打交道，同時也很少出門。他的生活沒甚麼規律，就有一件事情規律得不能再規律。每天晚上，他都會在同一個時刻走進診療室，檢查一下賬目，然後就把我掙來的每一個幾尼分成兩個部分，留給我五先令三便士†，剩下的他都拿走，放進他房間裏的那個保險箱。

「我可以百分之百地肯定，他從來不曾為這項投資感到後悔，因為診所的業務從一開始就非常紅火。有了幾個療效很好的病例，再加上我以前在醫院裏積下的名聲，我很快就打響了招牌。幾年下來，我已經把他變成了一個富翁。

「福爾摩斯先生，我過去的經歷，還有我跟布萊星頓先生的關係，到這兒就算是講完了。還沒講的只有促

＊　報喜節是基督教節日，日期是每年的 3 月 25 日，為的是紀念天使加百列向聖母瑪利亞報告後者將生下耶穌的事情。1752 年之前，這個日子是英格蘭的新年，後來又是四個「季度日」之一，即季租滿期的日子。

†　如前文注釋所說，1 幾尼等於 1.05 英鎊，1/4 幾尼剛好是 5 先令 3 便士。

使我連夜上門的那件事情，我這就告訴您。

「幾個星期之前，布萊星頓先生下樓來找我，看神情是非常焦慮。他跟我説起了某件竊案，還説那件案子就發生在西區*。我記得，當時他特別地大驚小怪，嚷嚷着要換上更加結實的門楗和窗閂，一天也不能等。接下來的一個星期，他還是保持着那種莫名其妙的恐慌狀態，不停地往窗子外面看，晚飯之前例行的短途散步也取消了。從他的舉止來看，我覺得他是在害怕甚麼東西或是甚麼人，而且是怕得要命。可是，等我問他怕甚麼的時候，他馬上大動肝火，所以我也不敢再問。時間慢慢過去，他的恐懼似乎也在慢慢消失。可是，他剛剛恢復常態，又出了一次新的意外，就是這次意外，讓他墮入了眼下這種淒淒惶惶的可憐境地。

「事情是這樣的，兩天之前，我收到了一封既無地址又無日期的信，我這就給您念一遍。

某俄國貴族現居英國，切盼借重珀西·特里維廉醫生之專業協助。此君罹患強直性暈厥已有多年，既知特里維廉醫生為此症權威，故擬於明晚六時一刻登門拜訪，祈請醫生屆時在家相候為便。

「這封信引起了我極大的興趣，因為強直性暈厥研究的首要難題就是病例太少。可想而知，小聽差在約定的時間把病人領進來的時候，我已經在診療室裏翹首以待了。

「來人已經上了年紀，身材瘦削，舉止莊重，並沒

---

*　西區 (West End) 是緊貼倫敦故城西側的一片區域，具體範圍因時代和使用語境不同而有差異。布魯克街在西區範圍之內。

有甚麼引人注目的地方，跟我想像當中的俄國貴族完全不同。反過來，他同伴的長相倒是讓我印象很深。那是個身材高大的小伙子，外表漂亮得出奇，臉龐黝黑粗獷，四肢和胸膛都如赫拉克勒斯 * 一般健美。他攙着老人的胳膊進了門，又把老人攙進了一把椅子，動作十分溫柔，跟他的外表很不相稱。

「『抱歉我跟了進來，醫生，』他說的是英語，但卻有點兒口齒不清。『這位是我父親，他的健康對我來說是最最要緊的事情。』

「他的孝心和關切之情讓我深受感動。『那麼，我給他診病的時候，您願意一直陪在這兒嗎？』我說。

「『絕對不行，』他大聲說，還做了個恐懼的手勢。『我不忍心看到我父親出現那種可怕的暈厥，對我來說，那是一種無法形容的痛苦。我完全確信，那樣的場面我壓根兒就承受不了，因為我自個兒的神經系統也是特別地敏感。您允許的話，您替我父親診病的時候，我還是在候診室裏等着好了。』

「小伙子這麼說，我當然表示同意，於是他就走了出去。接下來，我開始跟病人深入探討他的病情，還做了詳盡的筆記。病人的腦瓜算不上特別好使，回答問題的時候總是含糊不清，照我看，這是因為他不熟悉我們的語言。可是，我還坐在那裏埋頭寫筆記，他卻突然之間沒了反

---

* 赫拉克勒斯 (Hercules) 是古希臘神話中著名的英雄，以力大無窮聞名，完成十二件偉大功業之後成神。在《波希米亞醜聞》當中，波希米亞國王「胸膛和四肢都如赫拉克勒斯一般健美」。

應，不再回答任何問題。我扭過頭去，驚駭地發現他直挺挺地坐在椅子上，直愣愣地盯着我，僵硬的臉上沒有任何表情。看樣子，他那種神秘莫測的疾病又一次發作了。

「剛才我說了，我的第一反應是又同情又驚懼。不過，恐怕我必須承認，我的第二反應卻是一種專業上的欣幸之情。我記下了病人的脈搏和體溫，試了試他肌肉的僵硬程度，還檢查了一下他身體各個部位的反應。他的症狀我跟以前的經驗相當吻合，並沒有甚麼特別不正常的地方。以前我用亞硝酸戊酯吸入劑處理過同類的病患，效果非常不錯，眼下呢，似乎又是一個測試藥效的大好機會。藥瓶在樓下的實驗室裏，於是我丟了僵在椅子上的病人，跑到下面去拿藥。我費了點兒工夫才找到那瓶藥，這麼說吧，大概耽擱了五分鐘，然後就回到了診療室裏。可是，我發現房間裏空空如也，病人已經不知所蹤，您不妨設想一下，當時我心裏是多麼地驚訝。

「可想而知，我立刻跑進了候診室，但卻發現病人的兒子也不見了。大廳的門關着，只不過沒有上門閂。負責招呼病人的那個小聽差是新來的，腦瓜子一點兒也不靈活。他的職責是在樓下候着，聽到我敲診療室裏的鈴鐺就上來領病人出去。這會兒呢，他說他甚麼也沒聽見，整件事情依然是一個徹頭徹尾的謎。沒過多久，布萊星頓先生散完步回來了，可我並沒有跟他提起這件事情，原因在於，老實說，近來我已經養成了一種習慣，能不跟他說話就不跟他說話。

「這麼着，我以為那對俄國父子再也不會出現了，所

以呢，您可以想像一下，後來的事情讓我多麼地驚訝，因為今天傍晚，就在同一個時間，他倆又一次大搖大擺地走進了我的診療室，跟上次一模一樣。

「『醫生，昨天我不辭而別，真應該好好地給您賠個不是，』我的病人說。

「『說實話，昨天的事情確實讓我覺得非常驚訝，』我說。

「『呃，事情是這樣的，』他說，『每次從暈厥當中清醒過來的時候，我的腦子都是混混沌沌，完全不記得之前的事情。昨天我清醒過來，覺得眼前的房間非常陌生，剛好您又不在，於是我就昏頭昏腦地出了門，走到了大街上。』

「『我呢，』病人的兒子說，『看到父親從候診室的門口走過，自然以為病已經看完了。我們到家以後，我才知道事情的真相。』

「『好吧，』我笑着說，『這事情只是搞得我非常疑惑，其他倒也沒有甚麼。好了，先生，麻煩您到候診室去等着吧，我非常樂意把昨天那次突然結束的問診繼續下去。』

「我用了大概半個鐘頭的時間來跟老先生討論病情，然後就給他開了處方，看着他在兒子的攙扶之下走了出去。

「剛才我跟您說過，一般來說，布萊星頓先生每天都會在這個時間出去散步。病人剛走沒一會兒，他走進家門，上樓去了。片刻之後，我聽見他跑了下來。緊接着，

他衝進了我的診療室，看樣子是嚇得快要瘋了。

「『誰進過我的房間？』他大聲問我。

「『沒人進過，』我說。

「『你撒謊！』他大叫一聲。『上來看看！』

「念在他已經嚇成了接近瘋癲的狀態，我沒有理會他的出言不遜。我跟着他一起上了樓，他指了指淺色地毯上的幾個腳印。

「『你該不會說這些腳印是我的吧？』他大聲說。

「那些腳印確實比他的腳印大得多，顯然是不久之前才留下的。您也知道，今天下午下了場大雨，上門的只有我那個病人和他的兒子。如此說來，候診室裏的兒子一定是趁着我忙於診治他父親的時候，出於某種莫名其妙的理由跑到了樓上，還闖進了我那個住家病人的房間。房間裏的東西都在，而且沒有動過，可是，既然地毯上留着腳印，有人闖入就是件不容否認的事情。

「當然嘍，攤上了這樣的事情，誰都會覺得心神不寧，即便如此，布萊星頓先生的激烈反應仍然超過了我的估計。他竟然坐到一把扶手椅上，實實在在地哭了起來，儘管我多方勸解，他還是說不出甚麼連貫的話語。我來找您就是他的提議。當然，我立刻認識到他的提議非常合理，因為這個事件的確是非常離奇，哪怕他的表現實在是有點兒小題大做。如果您願意坐我的馬車一塊兒回去的話，至少可以幫我安撫安撫他的情緒，雖然我並不指望，您能把這件古怪的事情解釋清楚。」

歇洛克·福爾摩斯一直聚精會神地傾聽着這段冗長

的敍述，於是我知道，他已經對這件事情產生了強烈的興趣。他還是一如既往地面無表情，不過，每當醫生講到甚麼離奇細節的時候，他的眼睛就會眯縫得格外厲害、從他煙斗上裊裊升起的煙霧也會變得格外濃厚。我們的客人講完之後，他一句話也沒說，只是一躍而起，先是把我的帽子遞給我，接著又從桌上拿起他自己的帽子，然後就跟着特里維廉醫生往門外走。不到一刻鐘，我們已經到了布魯克街，在醫生寓所的門口下了馬車。醫生的寓所有着莊重樸實的外觀，正是西區診所的典型作派。一個身材矮小的聽差來給我們開了門，我們立刻走上了一段鋪有精美地毯的寬闊樓梯。

可是，緊接着就發生了一起奇異的變故，我們一下子僵在了原地。樓梯頂上的燈光突然熄滅，黑暗之中傳來了一個又尖又細的顫抖聲音。

「我手裏可是有槍的，」那聲音叫道。「你們再往前走我就開槍，説到做到。」

「您這可真是有點兒過份了，布萊星頓先生，」特里維廉醫生嚷了一聲。

「噢，醫生，是你啊，」那個聲音説道，長吁了一口氣。「可是，那兩位先生又是誰，會不會是冒牌貨呢？」

我們可以感覺到，有人在黑暗之中仔仔細細地打量我們。

「好了，好了，沒甚麼問題，」良久之後，那聲音終於説道。「你們上來吧，如果我的警戒措施讓你們心煩，請你們多多擔待。」

他一邊説，一邊重新點上了樓梯口的煤氣燈。出現在我們眼前的是一個奇形怪狀的男人，外表跟他的聲音一樣，體現着一種失魂落魄的精神狀態。此人十分肥胖，同時又顯然是比從前瘦了許多，以至於臉上的皮膚耷拉下來，變成了兩個鬆鬆垮垮的口袋，跟尋血獵犬的雙頰相彷彿。他的膚色蒼白慘淡，稀稀拉拉的淡黃色頭髮似乎已經在強烈的恐懼之中聳了起來。他手裏握着一把手槍，我們往上走的時候，他把槍塞進了自己的口袋。

「晚上好，福爾摩斯先生，」他説道。「您這次過來，我實在是非常感激。從來都沒有誰比我更需要您的建議。據我看，發生在我房間裏的這起極度惡劣的闖入事件，特里維廉醫生已經跟您説了吧。」

「的確如此，」福爾摩斯説道。「布萊星頓先生，那兩個人是誰，為甚麼要來騷擾您呢？」

「呃，這個嘛，」住家病人惶恐不安地説道，「這個當然是很不好説。您這個問題叫我很難回答，福爾摩斯先生。」

「您的意思是您不知道，對嗎？」

「進來看看吧，各位，請你們賞臉進來看看。」

他把我們領進了他的臥室，房間很大，佈置也很舒適。

「瞧見了吧，」他一邊説，一邊指了指床頭的一個黑色的大箱子。「我這個人從來都不是特別富裕，福爾摩斯先生，這輩子就搞過這麼一次投資，特里維廉醫生可以幫我作證。可是，福爾摩斯先生，我從來都不相信那些開銀行的，一個也不信。咱們私下裏説啊，我僅有的一點兒積

蓄都在那個箱子裏，這樣您就明白了，看到有陌生人不請自來的時候，我心裏是甚麼滋味。」

福爾摩斯懷疑地看着布萊星頓，搖了搖頭。

「您要是想騙我的話，我可沒法幫您出甚麼主意，」他說道。

「可我已經全說了啊。」

福爾摩斯做了個不屑一顧的手勢，轉身說了一句，「晚安，特里維廉醫生。」

「您不能給我一點兒建議嗎？」布萊星頓嘶聲叫道。

「我給您的建議就是，先生，把實話說出來。」

一分鐘之後，我倆已經走在了回家的路上。我倆默不作聲地穿過了牛津街，又穿過了半條哈萊街，這時候，我同伴終於開了口。

「抱歉，華生，真不該拉你來跑這趟冤枉路，」他說道。「當然嘍，歸根結底，這確實是一件相當有趣的案子。」

「我甚麼也看不出來，」我如是坦白。

「呃，非常明顯的是，因為某種理由，有兩個人——興許更多，總之不會少於兩個——無論如何也要找到布萊星頓這個傢伙。我可以百分之百地肯定，第一次和第二次，那個年輕人都闖進了布萊星頓的房間，與此同時，他那個同伙則用一種別出心裁的伎倆拖住了醫生，免得他礙手礙腳。」

「那麼，強直性暈厥是怎麼回事呢？」

「一種欺騙性的摹仿而已，華生，只不過，我不好意

思跟咱們那位專業人士挑明這一點。這種病的症狀非常容易摹仿，我自己也這麼幹過。」

「還有呢？」

「純粹是因為巧合，布萊星頓兩次都沒在家裏。他們之所以要挑這麼個時間上門求診，顯然是為了確保候診室裏沒有其他病人。不巧的是，布萊星頓剛好要在這個時間出去散步。由此看來，他們似乎不太了解布萊星頓的日常習慣。當然，如果他們的目的只是求財，那他們至少也會在房間裏搜尋一番。除此之外，如果一個人擔心的是自己的性命，那我是可以從他的眼睛裏看出來的。這傢伙結下了這麼兩個殺氣騰騰的仇家，自己卻不知道，實在是一件無法想像的事情。於是我斷定，他確實知道那些人的身份，只是因為他自身的某種考慮才不願意說出來。很有可能，到了明天，他就會變得更加樂於交流。」

「還有一種可能性，」我提醒他，「這種可能性無疑是小之又小，終歸也不能完全抹殺，對吧？有沒有可能，闖進布萊星頓房間欲行不軌的是特里維廉醫生自己，俄國強直症患者和患者的兒子都是他編出來的故事呢？」

借着煤氣路燈的光線，我看到福爾摩斯的臉上露出了笑容，顯然是覺得我這個獨具匠心的設想非常有趣。

「親愛的伙計，」他說道，「剛開始的時候，我也有過你這種想法，不過，我很快就驗證了醫生的說辭。樓梯的地毯上就有那個年輕人的腳印，所以我根本沒有要求檢查房間裏的腳印。如果我告訴你，他的鞋子是方頭的，不是布萊星頓穿的那種尖頭鞋子，同時又比醫生的鞋子足足

長了一又三分之一英寸，你應該可以確信他跟他倆不一樣了吧。不過，咱們今天不妨到此為止，明天早上，布魯克街肯定會有新的消息，沒有的話，我倒要大吃一驚了。」

歇洛克·福爾摩斯的預言很快就變成了現實，兌現的方式也十分驚人。第二天早上七點半，借着白晝的第一縷微光，我看到他站在我的床邊，身上還穿着睡袍。

「外面有輛四輪馬車在等咱們，華生，」他說道。

「是嗎，甚麼事情呢？」

「布魯克街的事情。」

「有新的消息了嗎？」

「有一條悲慘的消息，具體情況還不清楚，」他一邊說，一邊拉起了百葉簾。「瞧，這張紙是從記事本上扯下來的，上面用鉛筆寫着『看在上帝份上，趕快過來吧。珀·特』，字跡十分潦草。寫這張便條的時候，咱們這位醫生朋友已經一籌莫展了啊。快點兒吧，親愛的伙計，他可是在緊急求援哩。」

約摸一刻鐘之後，我倆再次來到了醫生的寓所。他跑出來迎接我倆，臉上寫滿了恐怖。

「噢，事情糟糕極了！」他喊道，雙手捂住了自己的太陽穴。

「到底是怎麼回事呢？」

「布萊星頓自殺了！」

福爾摩斯吹了聲口哨。

「真的，他昨天夜裏上了吊。」

說話間，我們已經進了屋，醫生把我倆領進了一個房間，顯然是他的候診室。

「我真不知道自個兒在幹甚麼，」他叫道。「警察已經在樓上了。這事情真把我嚇掉了魂。」

「這事情您是甚麼時候發現的呢？」

「按他的吩咐，每天一大早，女僕就得給他端杯茶去。今天早晨七點左右，女僕照例去送茶，一進去就看見這個倒霉鬼吊在屋子中央。他的房間裏有個鉤子，原本是用來掛那盞沉重的吊燈的。他拿他昨天領咱們看的那個箱子墊腳，又把繩子綁在鉤子上，然後就從箱子頂上跳了下去。」

福爾摩斯站在那裏沉思了一小會兒。

「您允許的話，」他終於開了口，「我打算到樓上去看看。」

我倆一起上了樓，醫生跟在我倆後面。

我倆踏進了臥室的房門，映入眼簾的是一幅可怕的景象。前面我已經形容過布萊星頓那副鬆鬆垮垮的模樣，眼下他在鉤子下方擺來擺去，鬆鬆垮垮的模樣便愈發怵目驚心，簡直已經不像個人了。他的脖子被繩子拽得老長，如同一截拔了毛的雞脖子，相形之下，身體的其餘部分就顯得格外肥胖、格外不可思議。他身上只有一件長長的睡袍，腫脹的腳踝和醜陋的腳板赫然伸在睡袍下面。站在他旁邊的是一名長相精明的督察，正在往一個記事本上寫東西。

「好啊，福爾摩斯先生，」我朋友進去的時候，他熱

情地打了個招呼，「見到您可真高興。」

「早上好，蘭納，」福爾摩斯回答道，「要我說，你應該不會覺得我多管閒事吧。這件事之前的種種因由，你都聽說了嗎？」

「是的，我聽說了一部分。」

「你有甚麼結論了嗎？」

「按我自己的推測，這個人是恐懼得喪失了理智。您瞧，這張床顯然是有人睡過，上面有他的身體壓出來的痕跡，痕跡還相當深。您知道吧，清晨五點左右是最常見的自殺時間，他大概也是在這個時間把自個兒吊上去的。看樣子，自殺之前，他曾經翻來覆去地考慮了很長時間。」

「根據他肌肉的僵硬程度來看，我認為他大概是在三個小時之前死的，」我說道。

「房間裏有甚麼值得注意的東西嗎？」福爾摩斯問道。

「洗手池旁邊有一把起子和幾個螺釘。還有，夜裏他似乎抽了很多煙。喏，這是我從壁爐裏找出來的四個雪茄煙蒂。」

「嗯！」福爾摩斯說道，「你找到他的雪茄煙嘴了嗎？」

「沒有，我沒看見甚麼煙嘴。」

「那麼，他的煙盒呢？」

「找到了，在他外套的口袋裏。」

福爾摩斯打開煙盒，聞了聞剩在裏面的一支雪茄。

「嗯，這一支來自哈瓦那，壁爐裏的這些卻是一個特殊的品種，是荷蘭人從他們的東印度殖民地販來的。你知

道吧，這種雪茄通常是用稻草包裝的，而且比其他牌子的雪茄都要細一點兒。」他拿起那四個煙蒂，掏出自己的小放大鏡，仔仔細細地看了起來。

「其中兩支是插在煙嘴裏抽的，另外兩支則沒用煙嘴，」他說道。「有兩支雪茄的端頭是用一把不太鋒利的刀子切掉的，另外兩支的端頭則是用嘴咬掉的，用嘴咬的人牙口還非常好。這可不是甚麼自殺，蘭納先生，而是一起精心策劃的殘忍謀殺。」

「不可能！」督察嚷了一聲。

「為甚麼不可能？」

「吊死他要費許多手腳，誰會用這麼笨的方法來實施謀殺呢？」

「這正是我們必須查明的問題。」

「他們是怎麼進來的呢？」

「從前門進來的。」

「早上起來的時候，前門是閂着的啊。」

「那也是在他們走了之後才閂上的。」

「您怎麼知道呢？」

「因為我看到了他們留下的痕跡。麻煩你稍等片刻，我應該可以給你一些更詳細的情況。」

他走到門口，轉了轉插在門上的鑰匙，用他那種有條不紊的方式把鎖檢查了一遍。接下來，他拔出鑰匙，把鑰匙也檢查了一遍。再下來，他依次檢查了床、地毯、椅子、壁爐台、屍體和繩索，最後才宣佈他已經大功告成，又在我和督察的協助之下割斷繩索，把那個淒淒慘慘的傢伙放

了下來，讓他風風光光地躺到了一張床單下面。

「這根繩索有甚麼來頭嗎？」他問了一句。

「是從這上面割下來的，」特里維廉醫生一邊說，一邊把一大捆繩索從床底下拖了出來。「他怕失火怕到了偏執的程度，所以就總是把這捆繩索擺在身邊，萬一樓梯起火，他就可以從窗子爬下去。」

「這東西一定替那幫傢伙省了不少的麻煩，」福爾摩斯若有所思地說道。「沒錯，事情的經過已經十分清楚，事情的起因嘛，不出意外的話，下午我也能告訴你們。這張布萊星頓的相片是我在壁爐台上找到的，我得把它拿走，因為它可能會對我的調查有所幫助。」

「可您甚麼也沒告訴我們啊！」醫生叫道。

「哦，之前發生的一系列事件已經是毫無疑問，」福爾摩斯說道。「他們一共有三個人，一個小伙子、一個老頭，另一個是甚麼來歷我還不清楚。不用說，前兩個就是假扮那對俄國貴族父子的人，咱們可以清楚地描述他倆的長相。放他們三個進來的則是這座房子裏的一個內應。容我斗膽給你提個建議，督察，趕緊逮捕那個小聽差。我沒記錯的話，醫生，那個小聽差剛來你們這裏沒多久吧。」

「那個小無賴不知道到哪裏去了，」特里維廉醫生說道，「女僕和廚師剛剛還在找他呢。」

福爾摩斯聳了聳肩膀。

「他在這齣戲裏扮演的角色可不能說是無足輕重，」他說道。「進來之後，那三個人踮着腳尖上了樓梯，老的打頭，小伙子第二，來歷不明的那個傢伙斷後——」

「親愛的福爾摩斯！」我不由得失聲大叫。

「噢，從腳印重疊的情況來看，這一點可以說是毫無疑問，何況我還有個優勢，因為我昨天夜裏就辨認過其中二人的腳印。接下來，他們走到了布萊星頓先生的房間門口，發現門是鎖着的，但卻還是用一根鐵絲撬動了插在門裏面的鑰匙。即便不用放大鏡，你們也可以看到這把鑰匙的榫槽上有一些劃痕，顯然是他們用鐵絲刮出來的。

「進房間之後，他們的第一個步驟一定是把布萊星頓先生的嘴巴塞上。當時他要麼是正在睡覺，要麼就是嚇癱了，所以沒能叫出聲來。這些牆壁都很厚實，即便他有機會發出那麼一兩聲尖叫，大家也完全可能聽不見。

「在我看來，控制住布萊星頓之後，他們顯然是搞了個討論會之類的名堂，會議的性質興許跟法庭審判相似。會議一定是持續了一段時間，這些雪茄就是會上抽的。老的坐在那把藤椅上，用煙嘴抽雪茄的就是他。小伙子坐在五斗櫥那邊，還就着五斗櫥來磕煙灰。第三個人則在房間裏來回踱步。據我估計，布萊星頓當時應該是直挺挺地坐在床上，只不過，這一點我並不能完全肯定。

「這麼着，會開完之後，他們就抓起布萊星頓，把他吊了起來。這件事情顯然經過精心的準備，所以我認為，來的時候他們一定攜帶了滑輪之類的裝置，以便組裝一個臨時的絞架。據我估計，那把起子和那些螺釘就是用來安裝滑輪的。不過，看到那個鉤子之後，他們自然就省掉了這番手腳。活計幹完之後，他們揚長而去，他們一走，那個內應就閂上了房門。」

根據自己的演繹，福爾摩斯勾勒出了這起夜間罪案的大致經過，我們都聽得興致益然。他用作演繹基礎的那些跡象實在是太過朦朧微細，即便他已經將它們一一指明，我們還是很難跟上他的思路。緊接著，督察急匆匆地跑去調查那個小聽差的下落，我和福爾摩斯則趕回貝克街去吃早餐。

　　「三點鐘之前我就會回來，」我倆吃完早餐之後，他對我說。「到時候，督察和醫生也會上這兒來找我，而我希望，回來之前，我已經消滅了這件案子裏殘留的所有疑點。」

　　兩位客人如約登門，我朋友卻到三點三刻才再次露面。不過，從他進門時的表情來看，他的事情辦得非常順利。

　　「有甚麼消息嗎，督察？」

　　「我們已經找到了那個小傢伙，先生。」

　　「好極了，我也已經找到了那些兇犯。」

　　「你已經找到了他們！」我們三個異口同聲地叫道。

　　「呃，最低限度，我已經找到了他們的身份。不出我的預料，這個所謂的布萊星頓果然是你們警方的老熟人，殺死他的那三個傢伙也是。那三個傢伙分別名叫比德爾、海沃德和莫法特。」

　　「原來是搶劫沃星頓銀行的那幫匪徒啊，」督察叫道。

　　「一點兒不錯，」福爾摩斯説道。

　　「如此説來，布萊星頓肯定就是薩頓。」

　　「確確實實，」福爾摩斯説道。

「咳，這一來，案情就跟水晶一樣清晰透徹了，」督察說道。

可是，我和特里維廉卻在那裏面面相覷，一點兒也摸不着頭腦。

「搶劫沃星頓銀行的那件大案，你們倆肯定還記得吧，」福爾摩斯說道。「作案的一共有五名匪徒，除了前面這四個之外，還有一個名叫卡特萊特的傢伙。他們殺死了銀行看門人托賓，搶走了七千鎊巨款，這是一八七五年的事情。五名匪徒都被捉拿歸案，指控他們的證據卻一點兒也不充分。這個布萊星頓或者薩頓本來是他們當中的首惡，此時卻搖身變成了警方的證人。根據他提供的證詞，卡特萊特上了絞架，另外三個也每人攤上了十五年的徒刑。沒多久之前，他們提前幾年獲得了釋放。可想而知，他們下定決心要找出叛徒的下落，為死去的同伙報仇雪恨。前兩次上門的時候，他們都沒能如願以償，第三次呢，你們都瞧見了，他們達到了目的。還有甚麼需要我解釋的地方嗎，特里維廉醫生？」

「我覺得，您已經把一切都解釋得非常清楚了，」醫生說道。「毫無疑問，那一天他顯得如此焦慮，肯定是因為他從報上看到了那三個人提前獲釋的消息。」

「一點兒不錯。當時他跟您說甚麼竊案的事情，不過是一種障眼法而已。」

「可是，他幹嗎不把這些事情告訴您呢？」

「這個嘛，親愛的先生，他知道他那些老同黨心狠手辣，所以才想對所有的人隱瞞自己的身份，能瞞一天是一

天。他那個秘密並不光彩，他也就沒有講出來的勇氣。可是，不管他這個人有多麼卑鄙，終歸還是在英國法律的保護之下，而我也絕不懷疑，督察，你一定會讓我們看到，法律的盾牌雖然沒能保住他的性命，正義的利劍卻依然會為他討回公道。」

關於布魯克街的那位醫生，還有他那個住家病人，種種奇事到這裏就已經全部講完。那天晚上之後，警方再也沒能找到那三個兇手的任何蹤跡。蘇格蘭場* 由此推測，他們後來都成了「諾拉‧克雷納號」汽輪† 的乘客。幾年之前，那艘時乖運塞的輪船在葡萄牙波爾圖北邊若干里格‡ 的海上失了事，船上的人無一生還。由於證據不足，對那個小聽差的指控無疾而終，另一方面，所謂的「布魯克街謎案」至今也還沒有得到詳盡的公開報道。

---

* 蘇格蘭場 (Scotland Yard) 是倫敦警察廳的代稱，按照蘇格蘭場官網的說法，這是因為它原來的辦公地點有一道開在「大蘇格蘭場街」(Great Scotland Yard street) 的後門。

† 英國作家羅伯特‧路易斯‧史蒂文森 (Robert Louis Stevenson, 1850–1894) 與繼子、美國作家勞埃德‧奧斯本 (Lloyd Osbourne, 1868–1947) 合著的小說《沉船打撈者》(*The Wrecker*, 1892) 當中也提到過一艘名為「諾拉‧克雷納號」(*Norah Creina*) 的船。

‡ 1 里格等於 3 英里，約等於 4.8 公里。

希臘譯員

我與歇洛克·福爾摩斯先生相知多年、親密無間，但卻從未聽他講起自己的家人，也很少聽他談及自己的早年生活。他閉口不談這些事情，致使我更加覺得他不近人情。有些時候，我甚至會認為他是個遺世獨立的怪物，光有腦袋沒有心肝，情感方面存在嚴重的缺陷，跟他出類拔萃的智力一樣顯而易見。他厭惡女人，也不喜歡結交新的朋友，這兩點都是他感情淡漠的典型表現，不過，最突出的一點還是他對自己的家人絕口不提。到後來，我漸漸開始相信他是個孤兒，所有的親人皆已故去，可是，有那麼一天，他突然跟我說起了他的兄弟，實在讓我驚詫莫名。

那是夏日裏的一個黃昏，我倆喝完了下午茶，於是就開始有一搭沒一搭地閒聊，話題天南地北，從高爾夫俱樂部聊到黃赤交角變化的原因，最後還聊到了返祖現象和遺傳天性，討論的要點則是，一個人擁有某種特殊的稟賦，有多少是來自祖先的遺傳，又有多少是來自本人所受的早期訓練。

「拿你自己來說吧，」我說道，「從你告訴我的那些情況來看，你的觀察能力，還有你獨特的演繹本領，顯然都是來自你本人所受的系統訓練。」

「從某種程度上說，你這話講得不錯，」他若有所思

地回答道。「我祖上都是鄉紳，他們的生活似乎也跟其他鄉紳沒甚麼顯著的區別。不過，話又說回來，我這種天性應該是血脈之中固有的東西，興許是從我祖母那裏繼承來的，她是法國藝術家弗爾內 * 的妹妹。血液當中有了藝術的氣質，完全可能會以最為古怪的方式體現出來。」

「可是，你怎麼知道這是遺傳呢？」

「因為就這個方面來說，我兄弟邁克羅夫特的天賦比我還要好。」

這話聽着可真是新鮮。倘若英格蘭範圍之內還有一個演繹本領如此特出的人，警方和公眾怎麼可能對這個人一無所知呢？我把這個問題提了出來，同時暗示，他之所以說他兄弟比他強，只不過是因為謙虛而已。聽了我的話，福爾摩斯笑了起來。

「親愛的華生，」他說道，「有些人覺得謙虛是一種美德，這我可不敢苟同。對於注重邏輯的人來說，所有的事情都應該有甚麼說甚麼，自我貶抑同樣是罔顧事實，跟自吹自擂沒甚麼區別。所以呢，我既然說邁克羅夫特的觀察力比我強，那你就只能認為，這是一個毫無虛飾、不折不扣的事實。」

「他比你小嗎？」

「比我大七歲。」

---

* 這篇故事首次發表於 1893 年 9 月；法國有過三個姓弗爾內的畫家，約瑟夫‧弗爾內 (Joseph Vernet , 1714–1789)，他的兒子卡爾‧弗爾內 (Carle Vernet , 1758–1836) 以及孫子賀拉斯‧弗爾內 (Horace Vernet, 1789–1863)，後者聲名最著，從時間上說也最有可能是福爾摩斯的舅公。

「那他為甚麼沒有名氣呢？」

「噢，在他自個兒的那個圈子裏面，他的名氣大得很哩。」

「那麼，他都在甚麼圈了裏活動呢？」

「呃，這麼說吧，第歐根尼＊俱樂部就是他經常活動的場所之一。」

我從來都沒聽說過這麼個組織，臉上也一定是露出了聞所未聞的表情，因為歇洛克‧福爾摩斯把他的懷錶掏了出來。

「第歐根尼俱樂部是全倫敦最古怪的一家俱樂部，邁克羅夫特則是全倫敦最古怪的人之一。從下午四點三刻到晚上七點四十，他總是在俱樂部裏待着。眼下是六點鐘，今晚的天氣也好極了，如果你願意出去走走的話，我倒是非常樂意向你介紹這兩樣古怪東西。」

五分鐘之後，我倆已經上了街，朝着攝政圓環†的方向走去。

「你一定會奇怪，」我同伴說道，「邁克羅夫特為甚麼沒用他的本領來偵破案件。我來告訴你好了，這是因為他做不到。」

「可你剛才不是說——」

「我剛才只是說，他觀察和演繹的本領比我強。如果

＊　第歐根尼 (Diogenes, 前 404？–323) 是特立獨行的古希臘哲學家，犬儒學派創始人之一，文中的虛構俱樂部得名於此。不過，第歐根尼學派提倡簡樸生活，似乎與倫敦上流俱樂部的奢華作派有所牴牾。

†　攝政圓環 (Regent's Circus) 為牛津圓環 (Oxford Circus) 和皮卡迪利圓環 (Piccadilly Circus) 的舊名，兩個圓環都在貝克街的東南方向。

偵探藝術從頭到尾都只需要坐在扶手椅上進行推理的話，我哥哥一定會成為有史以來最了不起的罪案探員。可是，他既沒有這樣的志向，也沒有這樣的精力。哪怕是讓他去檢驗一下自己的結論，他都會覺得麻煩，所以他寧肯讓人家認為他錯了，也不願意費神去證明他是對的。我一次又一次地帶着問題去找他，而他給我的解答每一次都會得到事實的驗證。儘管如此，要讓他完成那些實際的工作，把案子辦到可以提交給法官或者陪審團的程度，那他就完全無能為力了。」

「如此說來，他做的不是你這一行嘍？」

「完全不相干。偵探工作是我的飯碗，對他來說卻只是一種純粹的業餘愛好。他在數字方面天賦驚人，工作則是替一些政府部門審計賬目。他住在樸爾莫爾大街，轉個彎就到白廳*。年復一年，他天天早上步行上班，晚上又步行回家，此外就不會進行任何身體鍛煉，也不會去其他任何地方，唯一的例外便是第歐根尼俱樂部，俱樂部就在他家對面。」

「我沒聽說過這家俱樂部。」

「多半是沒聽說過。你知道吧，倫敦有許多人都不樂意跟自己的同類打交道，有些是因為腼腆，也有些是因為生性孤僻。另一方面，他們倒是不討厭舒適的座椅和最新的報刊。第歐根尼俱樂部的開辦宗旨就是為這樣的人提

---

* 白廳 (Whitehall) 是倫敦市中心的一條路，與樸爾莫爾大街在特拉法爾加廣場交會。「白廳」這個詞可以借指英國的中央政府，因為這條路兩邊有許多英國政府的辦公建築。

供方便，如今已經把本城最不喜歡社交、最不可能加入俱樂部的一批人招了進去。俱樂部禁止任何會員對任何其他會員產生哪怕是一絲一毫的興趣。除非是在『陌生人搭訕室』裏面，任何情形之下都不可以交談，如果犯規三次，又被人告到俱樂部理事會去的話，說話的人就可能會遭受褫奪會籍的處罰。我哥哥是這家俱樂部的創始人之一，我自己也覺得它是個清靜安神的好去處。」

說話間，我倆已經從聖詹姆斯街轉進了樸爾莫爾大街。走到卡爾頓俱樂部 * 附近的時候，歇洛克·福爾摩斯停在了一道門的跟前，先是叮囑我不要說話，然後才領着我進了大廳。透過大廳的玻璃隔板，我瞥見了一個寬敞奢華的房間，房間裏有一大幫正在讀報紙的人，每個人都獨自佔據着一個小小的角落。福爾摩斯帶着我走進了一個對着樸爾莫爾大街的小房間，讓我在那裏等了一小會兒，然後就跟另一個人一起回到了房間裏。一望而知，這個人不會是別人，必定是他的哥哥。

邁克羅夫特·福爾摩斯的塊頭比弟弟大得多，身材也要粗壯得多。他的身體只能說是非常肥胖，另一方面，他的臉雖然十分寬大，但卻跟他弟弟的臉一樣，帶着一種非常引人注目的機敏神情。他眼睛的顏色相當特別，是一種水汪汪的淡灰色，眼神則始終顯得迢遙渺遠、若有所思。這樣的眼神，我只在他弟弟將腦力用到極限的時候才看見過。

---

* 卡爾頓俱樂部 (Carlton) 是當時倫敦一家著名的俱樂部，歷來是英國保守黨的聚會地點，自 1835 年迄今一直位於樸爾莫爾大街。

「很高興見到您，先生，」他一邊說，一邊伸出了一隻跟海豹的鰭足一樣寬大肥厚的手掌。「自打您開始幫歇洛克作傳之後，我到哪兒都能聽到他的名字。對了，歇洛克，我還以為你上週會來找我諮詢那個領主宅邸案呢。要我說，你應該有點兒力不從心了吧。」

「沒那回事，那個案子我已經解決了，」我朋友笑道。

「當然嘍，肯定是亞當斯幹的吧。」

「沒錯，是亞當斯幹的。」

「我從一開始就斷定是他幹的。」他倆在俱樂部的弧形凸肚窗跟前坐了下來。「要研究人類的行為，這裏就是一個絕好的位置，」邁克羅夫特說道。「瞧瞧這個品種齊全的大雜燴！瞧瞧那兩個正在往咱們這邊走的人，他倆就是不錯的研究樣本。」

「你說的是那個台球記分員，還有他旁邊的那個人，對嗎？」

「沒錯，旁邊的那個人你怎麼看呢？」

那兩個人在窗子對面的街道上停了下來，其中一個的馬甲口袋上沾着殼粉 *，我只能看出這麼一個跟台球有關的跡象。另一個則身材矮小，膚色黝黑，帽子掀到了後腦勺上，胳膊底下夾着幾個包裹。

「據我看，他以前當過兵，」歇洛克說道。

「剛剛退伍，」當哥哥的如是指出。

「在印度服過役，錯不了。」

---

* 殼粉 (chalk) 是台球行話，指的是用來塗抹球杆前端防止打滑的滑石粉，「殼」讀如「撬」，大概是音義兼取的一種譯法。

「而且是一名軍士。」

「屬於皇家炮兵部隊，我估計，」歇洛克說道。

「還是個鰥夫。」

「可他有孩子。」

「你得說是孩子們，親愛的小伙計，得說是孩子們才對*。」

「打住吧，」我笑着說道，「這可真有點兒太誇張了。」

「毫無疑問，」福爾摩斯回答道，「根據這個人的作派、發號施令的神情和太陽曬黑的皮膚，你很容易就可以看出來，他是個軍人，地位比普通士兵高，而且剛從印度回來沒多久。」

「之所以說他剛剛才退伍，是因為他腳上還穿着那種所謂的『給養靴』，」邁克羅夫特補充道。

「他走路的步子不像騎兵那麼大，可他當兵的時候卻

---

* 亞瑟‧柯南‧道爾在自傳《回憶與冒險》(*Memories and Adventures,* 1924) 當中記錄了自己的大學老師、愛丁堡大學醫學院教師約瑟夫‧貝爾 (Joseph Bell, 1837–1911) 與一名患者之間的如下對話：
（貝爾）呃，伙計，你當過兵吧？（患者）是的，先生。（貝爾）退伍不久？（患者）是的，先生。（貝爾）以前屬於蘇格蘭高地團？（患者）是的，先生。（貝爾）身份是軍士？（患者）是的，先生。（貝爾）駐扎在巴巴多斯？（患者）是的，先生。
這之後，貝爾對學生們解釋道：「你們瞧，先生們，這個人舉止彬彬有禮，進來卻沒有脫掉帽子。軍人確實沒有脫帽的習慣，然而，如果他已經退伍多時的話，肯定得學會平民的作派。他多少有點兒發號施令的氣派，同時又顯然是個蘇格蘭人。至於巴巴多斯嘛，他得的是象皮病，這種病是西印度群島的土產，可不是英國貨。」
巴巴多斯 (Barbados) 是西印度群島當中的一個島國，於十七世紀二十年代成為英國殖民地，1966 年獨立。

總是歪戴着帽子，證據是他額頭上有一邊的膚色比較淺。再加上他的體重夠不上工兵的標準，因此他必然是一名炮兵。*」

「然後呢，他一身喪服，當然表明他剛剛失去了某個非常親近的人。他既然自個兒上街購物，去世的人多半是他的妻子。您還可以看出，他買了一些給孩子用的東西。其中一件是撥浪鼓，説明他有個孩子年紀十分幼小。從這點來看，他妻子很可能是死在了產床上。與此同時，他胳膊底下夾着一本連環畫，也就是説，另外還有一個孩子需要他的關心。」

現在我終於明白，我朋友為甚麼説他哥哥的本領比他都要高出一籌。這時他瞥了我一眼，臉上露出了笑容。接下來，邁克羅夫特從一個玳瑁鼻煙壺裏挖了一撮鼻煙，又用一塊碩大的紅色絲綢手帕擦去了掉到前襟上的粉末。

「對了，歇洛克，」他説道，「我手頭有一件特別合你口味的事情、一個非常離奇的問題，你不妨拿去研究一下。我實在沒有精力辦這件事情，只是零零碎碎地思考了一下，不過，它的確讓我得到了一些思維的樂趣。你要是願意聽聽案情的話——」

「親愛的邁克羅夫特，我非常樂意聽。」

當哥哥的在自己的記事本上草草地寫了張便條，然後就拉響喚人的鈴鐺，把便條交給了服務生。

---

* 這段推理的依據可能是，維多利亞時代英國的騎兵、工兵和炮兵都有一種名為「pillbox hat」（直譯為「藥盒帽」）的圓形平頂無簷帽，帽子的正面邊緣有一定的傾斜度。

「我剛才是叫服務生去請米拉斯先生過來，」他說道。「米拉斯先生住我樓上，跟我多少算是認識，所以就把他的難題交給了我。據我所知，米拉斯先生原籍希臘，擁有十分出眾的語言能力。他維持生計的方法一是在法庭上當譯員，再就是給諾森伯蘭大街各家酒店的住客當導游，客戶都是些闊綽的東方人*。依我看，他那段十分離奇的經歷，還是讓他自個兒來講好了。」

幾分鐘之後，一個矮小健壯的男人來到了我們中間。橄欖色的臉龐和墨黑的頭髮表明他出身南歐，可他的口音卻與教育良好的英格蘭人毫無二致。他熱切地跟歇洛克·福爾摩斯握了握手，聽說這位探案專家對他的故事很感興趣，他黑色的眼睛裏閃出了喜悅的光芒。

「按我看，警察肯定沒把我的故事當真。真的，我不指望他們相信我，」他唉聲嘆氣地說道。「他們覺得我說的事情不可能是真的，就因為他們從來沒聽過這樣的事情。可我必須得知道，我那個臉上貼滿橡皮膏的可憐伙計究竟怎麼樣了，要不然，我心裏是得不到安寧的。」

「我一定洗耳恭聽，」歇洛克·福爾摩斯說道。

「眼下是週三傍晚，」米拉斯先生說道。「好了，這麼一算，我要說的這些事情都發生在週一晚上，您知道吧，離現在只有兩天。我這位鄰居多半已經跟您說了，我是一名譯員。我能夠翻譯所有的語言，或者說是幾乎所有的語言，可我生下來就是個希臘人，又擁有一個希臘姓

---

* 對於西歐人來說，希臘、土耳其等國也在「東方諸國」的範圍之內。

氏，所以呢，我的工作主要還是跟希臘語有關。多年以來，我一直是倫敦首屈一指的希臘譯員，各家酒店都對我的名字非常熟悉。

「我經常都得為那些遇上麻煩的外國人或者是深夜到達的旅客服務，所以呢，在異乎尋常的時間奉命出門，對我來說並不是甚麼特別稀奇的事情。這麼着，週一晚上有人上門，我也沒覺得特別驚訝。來的是一個名叫拉蒂默的小伙子，穿得非常時髦。他請我跟他一起坐上一輛等在門口的出租馬車，說的是有個希臘朋友來找他談生意，可他除了英語甚麼也不會說，所以就必須請一個翻譯。他還說，他的房子在肯辛頓街區，離我家多少有段路程。當時他顯得非常着急，我們剛剛走上大街，他就迫不及待地把我推進了出租馬車。

「說是說出租馬車，可我很快就產生了懷疑，覺得我坐的可能是一輛私家專用的大馬車。它顯然要比那種給倫敦丟臉的普通四輪出租馬車寬敞一些，裏面的裝潢雖然有些磨損，用料卻非常考究。拉蒂默先生坐到了我的對面，馬車穿過查林十字車站所在的路口，駛入了沙夫茨伯里大街。轉進牛津街的時候，我大着膽子發表了一點兒意見，說這樣去肯辛頓是會繞遠的，可我的話還沒有說完，就被我同伴的古怪舉動嚇了回去。

「他先是從口袋裏掏出一根非常嚇人的灌鉛短棍，前前後後揮舞了幾次，似乎是為了測試它的分量和威力。接下來，他一言不發地把短棍擱在了他身邊的座位上。再下來，他拉上了車廂兩邊的窗子，而我驚駭萬分地發現，窗

子上都糊了紙，讓我沒法看到外面的情況。

「『抱歉擋住了您的視線，米拉斯先生，』他這麼説。『實際上，我確實不希望您看到我們要去甚麼地方。要是您能沿路找回那裏的話，對我來説可能是件不太方便的事情。』

「您可以想像，他的話簡直是把我給嚇傻了。我同伴是個身強力壯、肩膀寬闊的小伙子，即便他沒有那件武器，我跟他較量也只能説是以卵擊石。

「『您這麼做真的是太出格了，拉蒂默先生，』我結結巴巴地説。『要知道，您現在的行為是完全不符合法律的。』

「『毫無疑問，這確實有點兒不太禮貌，』他説，『不過，我們會補償您的。同時我必須警告您，米拉斯先生，今晚任何時候，如果您打算報警，或者是做甚麼損害我利益的事情，事態就會變得非常嚴重。請您務必牢記，沒有人知道您的下落，您還得記住，不管是在這輛馬車上，還是在我的屋子裏，您都是在我的掌握之中。』

「他這些話説得輕描淡寫，同時又粗礪刺耳，給人一種兇神惡煞的感覺。我默默地坐在那裏，想不出他為甚麼要用這麼一種不同尋常的方式來綁架我。然而，不管他為的是甚麼，事實總歸是明擺在那裏，反抗不會有任何用處，我只能聽天由命。

「我們坐了將近兩個小時的馬車，而我完全不知道前行的方向。車輪下面時而是轔轔作響的石子路，時而是平坦無聲的柏油路，除了聲音的變化之外，再沒有任何

東西能讓我知道自己身在何地，一丁點兒線索都沒有。兩邊窗子上的紙完全不透光，前方的玻璃嵌板也讓一道藍色的簾子給擋上了。我們從樸爾莫爾大街出發的時間是七點一刻，等我們最終停下來的時候，我錶上的時間是八點五十。這時候，我的同伴打開車窗，我瞥見了一道低矮的拱門，拱門上方點着一盞提燈。他催促我走下馬車，拱門陡然開啟。轉眼之間，我已經到了屋裏，進去之前只是依稀覺得兩邊都有草坪和樹木，可我根本無從分辨，屋外究竟是私家庭園，還是貨真價實的鄉間原野。

「屋裏點着一盞彩色燈罩的煤氣燈，燈光調得很暗，我只能看出廳堂相當寬敞，牆上掛了一些畫，別的就甚麼也看不見了。借着昏暗的光線，我勉強看清給我們開門的是一個身材矮小、形容委瑣、脊背佝僂的中年男人。他轉過頭來的時候，我看見了一點閃光，這才發現他戴了一副眼鏡。

「『這位就是米拉斯先生嗎，哈羅德？』他問我的同伴。

「『是的。』

「『幹得好，幹得好！聽我説，我們沒有甚麼惡意，米拉斯先生，只不過，少了您我們就辦不成事。您如果對得起我們，我們也不會讓您吃虧，可您要是想要甚麼花樣的話，那就願上帝保佑您！』他説話一驚一乍，中間還夾雜着吃吃的笑聲，可是，不知道為甚麼，他帶給我的恐懼比另外那個人還要大。

「『你們想讓我幹甚麼呢？』我問他。

「『有位希臘紳士在我們這兒作客，您只需要幫我

們問他幾個問題，再把他的回答告訴我們，這樣就行了。不過，您只能按我們的指示說話，不能說甚麼別的，要不然——』說到這裏，他又神經兮兮地乾笑了幾聲——『您還不如別生到這世上來呢。』

「他一邊說，一邊打開一道門，領着我走進了一個房間。房間似乎是佈置得十分精美，同時又跟廳堂一樣，只點了一盞半明半暗的提燈。房間的面積顯然不小，我進去的時候雙腳直往下陷，說明地毯非常考究。我模模糊糊地看到房間裏有幾把天鵝絨面的椅子，一座高高的漢白玉壁爐台，有一側還擺着一套好像是日本盔甲的東西。提燈的正下方有一把椅子，年長的那個傢伙示意我坐進去。年輕的那個本來已經去了別處，這會兒又突然從另一道門走了進來，還領來了另外一位先生。那位先生穿的似乎是一件鬆鬆垮垮的睡袍，慢慢地朝我們走了過來。等他走進提燈的昏暗光暈之後，我看得清楚了一些，一下子被他的外表嚇得不寒而慄。他臉色跟死人一樣慘白，身子也消瘦得嚇人，凸出的眼睛倒是炯炯有神，表明他的意志並不像身體那麼衰弱。不過，真正讓我驚駭的還不是他身體羸弱的種種徵兆，而是他臉上的詭異光景，因為他臉上橫七豎八地貼滿了橡皮膏，嘴巴也被一大塊橡皮膏封得嚴嚴實實。

「『你把寫字板拿來了嗎，哈羅德？』年長的傢伙大聲問了一句。與此同時，那位奇異人物頹然倒進一把椅子，並不是安安穩穩地坐了下去。

「『他的手鬆開了嗎？很好，把鉛筆給他。米拉斯先生，您現在就開始問問題，他會把回答寫在寫字板上。首

先，您問問他，他有沒有做好簽署文件的準備。』

「那個人的眼睛裏噴出了怒火。

「『休想！』他在寫字板上寫了一句，用的是希臘文。

「『無論如何也不行嗎？』我按那個暴徒的指示提出了問題。

「『除非我親眼看見了她的婚禮，主持婚禮的還得是我認識的希臘神父。』

「暴徒又發出了那種惡毒的乾笑。

「『那麼，你知道你的下場會怎麼樣嗎？』

「『怎麼樣我都無所謂。』

「就這樣，我倆一個說、一個寫，開始了一場怪異的對答，上面這些就是其中的幾個例子。暴徒一次又一次地讓我逼問，問他到底肯不肯妥協、肯不肯簽署那些文件，他也一次又一次地給出了同一個憤怒的回答。不過，我很快就有了一個叫人高興的主意，開始在每個問題後面加上我自己的隻言片語。剛開始，我加的都是些無關痛癢的話，目的是檢驗那兩個傢伙聽不聽得出來。發現他倆毫無反應之後，我就玩起了一種更加危險的遊戲。於是乎，我和那個人的對話就變成了下面這種形式：

「『你這麼固執是不會有任何好處的。**你是誰？**』

「『我無所謂。**我是個剛到倫敦的外鄉人。**』

「『你的厄運可是你自個兒招的。**你到這裏多久了呢？**』

「『愛怎麼着就怎麼着吧。三個星期。』

「『那些產業永遠也到不了你手裏的。**你怎麼病成這個樣子？**』

「『那也不能到惡棍的手裏。**他們不給我飯吃。**』

「『簽完文件，你就自由了。**這是座甚麼房子？**』

「『我永遠也不會簽的。**我不知道。**』

「『你這樣對她沒有任何好處。**你叫甚麼名字？**』

「『讓她來跟我說吧。**克拉提得斯。**』

「『簽完文件之後，你就可以見到她了。**你是從哪裏來的？**』

「『那我寧願不見她。**雅典。**』

「只需要再給我五分鐘，福爾摩斯先生，我就能當着那兩個傢伙的面一點一點地摳出全部的真相。實際上，只要能問出下一個問題，我多半就可以搞清楚這件事情。可是，就在這個瞬間，房門開了，一個女人走了進來。我看不清她的模樣，只瞧見她身材高挑，儀態優雅，一頭黑髮，身上穿着一件寬大的白袍。

「『哈羅德，』她的英語說得不怎麼流利。『我沒法在這兒待下去了。這裏太僻靜了，只有——噢，天哪，這不是保羅嗎！』

「最後這幾句她用的是希臘語，與此同時，那個人使出一股抽風似的蠻勁兒，一把扯掉嘴上的橡皮膏，一邊尖叫『蘇菲！蘇菲！』一邊衝到了那個女人的懷裏。可是，他倆的擁抱只持續了短短的一個瞬間，因為年輕的暴徒立刻抓住那個女人，把她推到了房間外面，年長的那個則輕而易舉地制服了羸弱消瘦的受害人，從另一道門把他拖了出去。接下來的一個片刻，房間裏只剩了我一個人，於是我一躍而起，心裏有一個模模糊糊的念頭，覺得自己可以

通過某種方法找出線索，確定這座房子究竟是甚麼模樣。不過，幸虧我還沒來得及採取甚麼行動，因為我抬頭一看，發現年長的那個傢伙已經站在了門口，眼睛死死地盯在我身上。

「『您的任務完成了，米拉斯先生，』他說。『您應該明白，我們給了您莫大的信任，讓您知道了一些非常私密的事情。本來我們是不會麻煩您的，只可惜，我們那個會說希臘語的朋友先是發起了這次洽談，跟着又有事回東邊兒去了，所以我們才不得不找人接替他的位置，然後又非常幸運地聽說了您的本事。』

「我衝他鞠了一躬。

「『喏，這兒有五個金鎊，』他一邊說，一邊朝我走了過來，『按我看，用作謝儀也不算菲薄了吧。不過，您得記住，』他補充了一句，伸出手來輕輕地點着我的胸膛，乾笑了幾聲，『您要是把這件事情告訴了別人，記住，我說的是任何一個人，那樣的話，願上帝憐憫您的靈魂吧！』

「我實在形容不出，這個長相可鄙的傢伙讓我產生了多麼強烈的厭惡和恐懼。當時我把他的長相看得清楚了一些，因為燈光照在了他的身上。他的臉瘦骨嶙峋、色如黃蠟，長着一小撮又細又稀的山羊鬍子。說話的時候，他把臉伸了過來，嘴唇和眼皮都在不停地抽搐，活像是得了聖維特斯舞蹈病。我禁不住覺得，他那種斷斷續續的詭異乾笑多半也是某種神經疾病的症狀。不過，他臉上最可怕的地方還是他的眼睛，他的眼睛是鋼灰色的，兩道寒光從眼

底投射出來，訴說着窮兇極惡的歹毒與殘忍。

「『您要是說出去的話，我們肯定會知道的，』他說。『我們有我們自個兒的一些情報來源。好了，馬車在外面等您，我朋友會送您上路的。』

「他們催着我穿過廳堂上了馬車，我又一次匆匆瞥見了屋外的景象，瞥見了一些樹木和一座花園。拉蒂默先生緊跟着我上了車，一言不發地坐到了我的對面。車窗又一次關了起來，我們又一次在沉默之中經歷了一段漫長無盡的旅程。直到午夜剛過的時候，馬車才終於停了下來。

「『您就在這兒下去吧，米拉斯先生，』我同伴說。『很抱歉，我把您放在了離家這麼遠的地方，只可惜我並沒有別的選擇。您要是打算跟蹤這輛馬車的話，只能是自討苦吃。』

「說話間，他打開了車門。我剛剛跳下馬車，車夫就揮鞭打馬，馬車轔轔地駛向了遠方。我驚駭不已地四下張望，發現自己置身於一片長滿灌木的公地*，周圍是一叢又一叢黑壓壓的荊豆。遠處橫亘着一排房子，高處的窗戶裏還有稀稀落落的燈光。我轉頭望向另外一邊，看見了幾盞鐵路上用的紅色信號燈。

「載我來的馬車已經不見蹤影，我呆呆地站在那裏東看西看，琢磨着自己究竟是在甚麼地方。就在這時，我看到有人從暗處走了過來。那人一直走到了我的面前，原來是鐵路上的一名搬運工。

＊　公地是指由某個地方的村鎮居民共用或共同擁有的一片土地，通常位於某一片區域的中央。

「『您能告訴我這是甚麼地方嗎？』我問他。

「『旺茲沃思公地*，』他說。

「『這裏有去倫敦的火車嗎？』

「『從這兒走上大概一英里的路，你就可以到克拉彭樞紐站，』他告訴我，『剛好趕得上去維多利亞車站的末班車。』

「好了，我這番奇遇就算是到了盡頭，福爾摩斯先生。我不知道我去的是甚麼地方，也不知道跟我說話的人是誰，知道的只有我剛才告訴您的這些事情。可我確實知道那裏有一樁罪惡的勾當，也很想盡量幫助那個不幸的人。第二天早上，我就把所有的事情告訴了邁克羅夫特・福爾摩斯先生，跟着還去報了警。」

聽完這個離奇的故事之後，大家默不作聲地坐了一小會兒。接下來，歇洛克把目光投向了他的哥哥。

「你的措施呢？」他問道。

邁克羅夫特立刻拿起了擺在邊桌上的那張《每日新聞報》。

茲懸賞徵求希臘紳士保羅・克拉提得斯之下落，該先生自雅典來此，不通英語。事主亦願以同等獎賞徵求某希臘女士之相關情況，該女士名為蘇菲。回覆請致 X2473 號信箱。

「所有的日報都登了這份啟事。沒有回音。」

「希臘公使館怎麼說呢？」

---

* 　旺茲沃思公地 (Wandsworth Common) 是倫敦南部的一大片公地，離鐵路線很近。

「我打聽過了，他們甚麼也不知道。」

「那麼，你給雅典的警方首腦發電報了嗎？」

「我們家所有人的精力都讓歇洛克一個人給佔去了，」邁克羅夫特轉頭對我說了一句。「好啦，你儘管把這件案子拿去好了，有甚麼好消息的話，跟我說一聲。」

「沒問題，」我朋友一邊回答，一邊從椅子上站了起來，「我會通知你的，還會通知米拉斯先生。還有啊，米拉斯先生，我要是您的話，一定會加加小心，因為他們肯定看到了這些啟事，知道您洩露了他們的秘密。」

我倆一塊兒走路回家，經過電報局的時候，福爾摩斯進去發了幾封電報。

「瞧見了吧，華生，」他說道，「咱們這個傍晚可沒有白費。我經手的一些特別有趣的案子，就是通過這種方式從邁克羅夫特那裏轉來的。咱們剛剛聽到的案子雖然只有一種說得通的解釋，但卻依然帶有一些不同一般的特徵。」

「你已經有破案的把握了嗎？」

「呃，咱們已經掌握了這麼多情況，查不出剩下的情況才是怪事。聽了他剛才講的那些事實，你自己肯定也想出了某種解釋吧。」

「解釋倒有一個，只不過不太清楚。」

「那麼，你的解釋是甚麼呢？」

「依我看，這個希臘姑娘顯然是被那個名叫哈羅德·拉蒂默的英國小伙子拐來的。」

「從哪兒拐來的呢？」

「興許是雅典吧。」

歇洛克·福爾摩斯搖了搖頭。「這個小伙子一句希臘語也不會説啊，姑娘的英語倒還相當不錯。由此可見，姑娘已經在英國待了一段時間，小伙子卻沒有去過希臘。」

「這麼説的話，咱們可以假定姑娘是來英國作客，後來呢，那個哈羅德説服了她，讓她跟自己一塊兒遠走高飛。」

「這倒是很有可能。」

「接下來，姑娘的哥哥——之所以這麼説，是因為我覺得他倆只能是這種關係——從希臘趕來干預，但卻糊里糊塗地落入了小伙子和他那個年長同伙的掌握。他們抓住了姑娘的哥哥，用暴力威脅他簽署某些文件、把姑娘的財產移交給他們，因為他多半是那些財產的託管人。姑娘的哥哥拒絕簽字。為了逼他就範，他們必須找來一名翻譯，於是就選上了米拉斯先生，之前還用過其他某個翻譯。他們並沒有把哥哥到來的事情告訴姑娘，姑娘僅僅是在意外之中發現了這件事情。」

「棒極了，華生！」福爾摩斯讚嘆道。「我完全相信，你的解釋已經跟真相非常接近。你瞧，咱們已經勝券在握，唯一需要擔心的事情只是他們狗急跳牆，突然採取甚麼暴力行動。只要他們不急着動手，咱們就一定能逮到他們。」

「可是，咱們怎樣才能找到那座房子呢？」

「呃，如果咱們所料不差的話，姑娘的名字必然是蘇菲·克拉提得斯，至少是曾經用過這個名字，這樣一來，追蹤她就不會有甚麼難度。咱們得把主要的希望寄託在她身上，因為對這裏的人來説，她哥哥當然是個徹頭徹尾的

陌生人。顯而易見，這個哈羅德已經跟姑娘糾纏了一段時間，至少也得有幾個星期，因為連她身在希臘的哥哥都聽說了這件事情，而且趕了過來。如果他們在這段時間裏一直都沒換地方的話，邁克羅夫特的啟事多半是可以收到回音的。」

說話間，我倆已經走到了貝克街的寓所。福爾摩斯領頭走上樓梯，打開房門的時候卻大吃一驚，猛地打了個激靈。我隔着他的肩膀看了看，一下子也是吃驚不小。原來，他哥哥邁克羅夫特正在房裏的扶手椅上抽煙呢。

「快進來，歇洛克！快進來，先生，」看到我倆的驚異表情，他笑了起來，樂呵呵地說道。「你想不到我能有這麼好的精神吧，對嗎，歇洛克？可是，不知道為甚麼，這件案子還挺讓我着迷的呢。」

「你怎麼過來的？」

「我坐的是一輛雙輪雙座馬車，半道上還看見你們倆了呢。」

「有甚麼新的情況嗎？」

「我的啟事有回音了。」

「啊！」

「真的，你們剛走沒幾分鐘，我就收到了回音。」

「甚麼內容呢？」

邁克羅夫特·福爾摩斯掏出了一張紙。

「喏，就是這個，」他說道，「寫信的是一個身體虛弱的中年男人，用的是普通水筆和米色的王裁紙 *。

---

* 「普通水筆」原文為「J pen」，是維多利亞時代的英國常見的一

敬啟者：

　　頃見今日貴啟，專此告知，貴啟所詢之年輕女士，鄙人知之甚悉。足下若能屈駕寒舍，鄙人當可略述此女痛史之一二詳情。此女現居貝克納姆＊之邁透斯宅邸。

　　此啟，

J. 達文波特

　　「他這封信是從南布萊克斯頓†寫來的，」邁克羅夫特・福爾摩斯說道。「歇洛克，按你看，咱們要不要立刻去他那裏聽聽那些詳情呢？」

　　「親愛的邁克羅夫特，哥哥的性命可比妹妹的故事重要得多啊。要我說，咱們應該到蘇格蘭場去找格雷森督察，然後就立刻前往貝克納姆。咱們既然知道有個人正在受虐至死，自然是一個鐘頭也不能耽擱。」

　　「最好把米拉斯先生也接上，」我如是建議。「咱們沒準兒會需要翻譯的。」

　　「說得對，」歇洛克・福爾摩斯說道。「你叫小聽差去僱一輛四輪馬車，咱們馬上就走。」他一邊說，一邊打開了書桌的抽屜，我隨即看到，他把自己的左輪手槍塞進了口袋。「沒錯，」他如是回答我的眼神，「根據咱們聽到的情況，我不得不說，咱們要對付的是一伙十分危險的匪徒。」

　　將近天黑的時候，我們才趕到樸爾莫爾大街的米拉斯

種寬尖蘸水筆，「J」是刻在筆尖上的字母；王裁 (royal) 是英國的一種紙張規格，用於寫字紙的時候尺寸為 24 英寸乘 19 英寸。

＊　貝克納姆 (Beckenham) 是倫敦東南部的一個鎮子，當時屬於肯特郡。

†　布萊克斯頓 (Brixton) 是倫敦泰晤士河南邊蘭貝思區的一片區域。

先生寓所，隨即得知，剛剛有位先生來找過他，所以他已經走了。

「你知道他去哪兒了嗎？」邁克羅夫特・福爾摩斯問道。

「不知道，先生，」給我們開門的那個女人回答道，「我只知道，他跟那位先生一起坐馬車走了。」

「那位先生留下姓名了嗎？」

「沒有，先生。」

「他是不是一個身材高大、相貌英俊、皮膚黝黑的小伙子呢*？」

「不，不是，先生。他個子矮小，戴着眼鏡，臉龐瘦削，同時又顯得特別和氣，說話的時候一直都在笑。」

「快走！」歇洛克・福爾摩斯猛然喝道。「事情不妙啊，」我們趕往蘇格蘭場的路上，他如是指出。「那幫傢伙又把米拉斯給抓去了。有了前一個晚上的經歷，他們已經知道他手無縛雞之力。那個惡棍找上門來，肯定是轉眼之間就嚇得他乖乖就範。毫無疑問，他們需要他的專業服務，可是，使喚完了之後，他們多半會對他下毒手，因為照他們看，他的行為是一種出賣。」

我們的打算是坐火車去貝克納姆，本以為這樣就能搶在那個惡棍的馬車前面，至少也能跟他一樣快。可是，到

了蘇格蘭場之後，我們花了一個多小時的時間才找到格雷森督察，辦完入室搜查所需的各種法律手續。這麼着，我們一行四人九點三刻才趕到倫敦橋車站，十點半才踏上貝克納姆車站的月台。之後我們又坐着馬車跑了半英里路，這才趕到了邁透斯宅邸。眼前是一座黑黢黢的大房子，獨門獨院，跟大路之間隔着一點兒距離。我們打發走了馬車，沿着馬車道往裏面走。

「窗子都是黑的啊，」督察說道。「這房子似乎是座空屋嘛。」

「咱們的鳥兒剛剛飛走，鳥巢當然是空的嘍，」福爾摩斯說道。

「這你怎麼知道呢？」

「不到一個鐘頭之前，曾經有一輛行李沉重的馬車從這裏跑了出去。」

督察笑了起來。「我也看見了，門口的燈光下面的確有馬車的轍跡，可是，行李沉重是怎麼來的呢？」

「你看到的可能是同一輛馬車往裏走的轍跡，可是，往外走的轍跡要比那些轍跡深得多，所以呢，咱們可以百分之百地斷定，馬車上裝載的東西十分沉重。」

「這一次，你的確比我強了那麼一點點，」督察說道，聳了聳肩膀。「這道門可不太容易撞開，不過，要是沒人來應門的話，咱們也只好出此下策了。」

他又是把門環砸得山響，又是使勁兒地拉門鈴，裏面卻沒有任何反應。福爾摩斯已經悄悄地去了別處，幾分鐘之後才回到門口。

「我弄開了一扇窗子，」福爾摩斯說道。

「福爾摩斯先生，幸虧你跟警方站在了一起，沒有選擇跟我們作對，」看到我朋友撬開窗閂的巧妙手段，督察不由得嘆了一聲。「好啦，情形既然是這樣，咱們就直接進去，別等人家來請了吧。」

我們依次爬進了一個寬敞的房間，顯然就是米拉斯先生曾經來過的地方。督察已經點亮了他的提燈，所以我們看到了兩道門、一道簾帷、一盞提燈和一套日本盔甲，跟米拉斯說過的一模一樣*。桌子上擺着兩隻玻璃杯子和一個空了的白蘭地酒瓶，還有一些殘羹剩飯。

「甚麼聲音？」福爾摩斯突然問道。

大家都站在原地凝神細聽，我們頭上的某個地方傳來了低沉的呻吟。福爾摩斯衝到門口，跟着就進了大廳。剛才那種淒慘的聲音是從樓上來的。於是他衝上樓梯，督察和我緊緊地跟在後面，他哥哥邁克羅夫特也拖着肥碩的軀體，以盡可能快的速度跟了上來。

我們跑到三樓的樓梯口，迎面看見了三道房門，不祥的聲音來自中間的那一道，時而低沉得如同模糊的囈語，時而高亢得如同尖厲的哀鳴。門是鎖着的，鑰匙倒是插在了門外面。福爾摩斯用力推開房門，衝了進去，轉眼之間又跑了出來，一隻手捂着自己的喉嚨。

「裏面在燒炭呢，」他大聲說道。「咱們等一等，毒氣會散的。」

我們往門裏望了望，看到房間中央有一隻小小的三足

---

*　原文如此，不過，前文中米拉斯並沒有說到簾帷的事情。

銅爐，藍幽幽的爐火便是房間裏唯一的光源。爐火在地板上投下了慘淡詭異的光暈，房間深處的黑暗之中依稀有兩個蜷在牆邊的人影。一股可怕的毒氣通過敞開的房門湧了出來，嗆得我們咳嗽不止、無法呼吸。福爾摩斯衝到樓梯口去吸了點兒新鮮空氣，然後就又一次衝進房間，把窗子抬了上去，又把那隻銅爐扔進了窗外的花園。

「咱們馬上就可以進去了，」他衝了出來，氣喘吁吁地說道。「哪兒能找到蠟燭呢？不過，房間裏的空氣既然是這樣，咱們未必能劃着火柴。把提燈擱到門口，咱們去把他們弄出來，邁克羅夫特，快！」

我們衝進房間，把兩個中毒的人抬進了燈光明亮的廳堂。兩個人都已經失去知覺，嘴唇青紫，充血的臉龐高高腫起，眼睛也凸了出來。說實在的，他倆的面容都扭曲得非常厲害，要不是有黑色的絡腮鬍子和矮小健壯的身材作為參考，我們沒準兒都認不出其中之一就是那個希臘譯員，儘管短短幾個小時之前，我們剛剛跟他在第歐根尼俱樂部見過面。他的手腳都被牢牢地綁在了一起，一隻眼睛上還有一記重擊留下的痕跡。另一個身上也有同樣的綁縛，個子很高，瘦得只剩了一層皮，臉上胡亂貼着幾塊橡皮膏，形成了一種怪誕至極的圖樣。我們放下他的時候，他已經停止了呻吟。一瞥之下，我立刻明白，至少是對他來說，我們來得太遲了。萬幸的是，米拉斯先生還活着。借着阿摩尼亞和白蘭地的幫助 *，還不到一個鐘頭，我就

---

* 阿摩尼亞 (ammonia) 即氨水，具有強烈的刺激性氣味，今天的醫生依然會用它來喚醒暈厥的病人，這裏的阿摩尼亞也可能實指嗅鹽

欣慰地看到他睜開了眼睛，由此知道我已經拉住了他，讓他離開了那個所有道路交會的黑暗山谷。

米拉斯知道的情況非常簡單，跟我們的推測也沒有甚麼出入。這之前，他那個訪客一進門就從袖子裏抽出一根防身手杖 *，讓他實實在在地感受到了當場喪命的危險，就這麼再一次綁架了他。千真萬確，那個格格奸笑的惡棍在這位不幸的語言專家身上造成了催眠一般的效果，因為他一說到那個惡棍就禁不住雙手發抖、面無人色。那個惡棍迅速地把他帶到了貝克納姆，讓他充當第二次談判的翻譯。第二次的場面比第一次還要火爆，因為兩名英國歹徒向他們的囚徒發出了威脅，再不聽話的後果就是當場被殺。到最後，他們發現囚徒不懼怕任何威脅，於是就把他關了回去，轉頭申斥米拉斯，因為他們通過報上的啟事發現了他的叛賣行徑。再下來，他就被他們一棍打昏，醒來的時候，我們已經圍在了他的身邊。

以上就是發生在這位希臘譯員身上的奇案，案情之中至今都還有一些未得澄清的地方。跟那位回應啟事的先生談過之後，我們了解到這位不幸的姑娘出身希臘富家，這次來英國是為了拜訪一些朋友。她在這邊碰上了一個名為哈羅德・拉蒂默的小伙子，不但聽任他的擺佈，最後還答應跟他一起私奔。她那些朋友雖然非常驚駭，但卻只是

（smelling salts），嗅鹽的主要成份是碳酸銨，可以釋放氨氣，維多利亞時代的英國人經常用它來喚醒暈厥的婦女；白蘭地在維多利亞時代擁有滋補藥劑的地位。

* 防身手杖 (life-preserver) 英文字面與「救生用具」相同，是一種用於自衛的短手杖，通常比較沉重。

給她身在雅典的哥哥發了個通知，之後就不再過問這件事情。她哥哥聞訊趕到英國，一來就粗心大意地落入了拉蒂默和同伙的手掌。拉蒂默的同伙名叫威爾遜·肯普，以前就已經劣跡昭彰。那兩個傢伙發現她哥哥不懂英語，只能任由他們宰割，於是就把他關了起來，用酷刑和飢餓逼迫他簽署文件，以便奪取兄妹兩個的財產。他們沒讓姑娘知道，她哥哥就關在她自個兒所在的宅子裏，又在她哥哥臉上貼滿了橡皮膏，打的算盤是即便她無意之中看到了他，一時之間也認不出來。直到譯員上門的時候，她才第一次看到了遭人拘禁的哥哥。不過，憑借女性的直覺，她還是一眼識破了哥哥臉上的偽裝。然而，可憐的姑娘自己也不過是個囚徒，因為房子裏沒有別人，只有那個趕車的人和他的妻子，兩口子都是那兩個兇徒的爪牙。兩個兇徒發現自己的秘密已經暴露，囚徒又始終不肯屈服，於是就對抗命者和告密者施行了自覺理所應當的報復，又在我們趕到的幾個鐘頭之前逃離了那座連同傢具一起租來的房子，還把姑娘給帶了去。

幾個月之後，有人從布達佩斯寄給我們一則奇特的剪報，內容是兩名原籍英國的男性旅客遭遇了悲慘的結局，與他們同行的還有一名女子。剪報當中還說，兩個人都死於刀刺，匈牙利警方的推測是兩個人反目成仇，以致同歸於盡。不過，據我看來，福爾摩斯的意見似乎有所不同，因為他至今依然堅信不疑，要是有誰能找到這個希臘姑娘的話，多半就可以從她那裏知道，兄妹二人身上的冤仇，是通過怎樣的方式得到了報償。

海軍協定

　　我結婚之後的那個七月令人難忘，其間我有幸跟歇洛克·福爾摩斯一起偵辦了三起重大案件，由此得到了研究他工作方法的機會。在自己的筆記當中，我找到了前述三起案件的記錄，記錄的標題分別是「第二塊血跡案」、「海軍協定案」和「疲憊船長案」。不過，其中的第一件案子關涉極大，同時又牽連到本國的眾多望族，恐怕要到許多年之後才適合公之於眾。然而，在福爾摩斯經手的所有案件當中，再沒有哪件像它這樣，把他那些分析方法的價值體現得如此淋漓盡致，也沒有哪件像它這樣，給他的合作者留下了如此深刻的印象。關於這件案子，我至今都還保留着一份幾近逐字逐句的談話記錄，在那次談話當中，福爾摩斯對巴黎警方的杜布古先生和但澤 * 的著名專家弗里茨·馮·瓦爾鮑講明了案件真相，後面兩位都曾為案件當中的一些枝節問題枉費心力。可惜的是，也許要到下個世紀，公佈案情才不至於引發危機。有鑑於此，我決定暫且略過此案，轉而敍寫前述的第二件案子，該案也一度具有國運攸關的重要意義，同時又包含着一些值得注意的情節，與其他案件判然有別。

---

* 　這篇故事首次發表於 1893 年 10 月及 11 月，分兩次連載；但澤 (Dantzig) 即波蘭港口城市格但斯克 (Gdansk)，當時屬於德意志帝國。

學生時代，我曾經跟一個名叫珀西·菲爾普斯的傢伙十分要好，他年紀跟我差不多，但卻比我高兩級。他是個非常聰明的學生，包攬了學校裏的一切獎項，最後還拿到了一項獎學金，由此升入劍橋大學，繼續他輝煌的求學生涯。我還記得，他擁有極其深廣的人脈。早在成群結伙的孩提時代，大家就已經知道，他的舅舅是霍德赫斯特勳爵，那位了不起的保守黨政客。不過，這種格外扎眼的親戚關係並沒有讓他在校園裏得到任何好處。恰恰相反，我們都覺得他是個特別來勁的捉弄對象，經常攛得他在運動場上亂跑，還拿板球門柱去撞他的小腿。當然，等到步入社會之後，情形就完全不一樣了。後來我模模糊糊聽人說過，他憑借自己的能力和人脈在外交部謀得了一份美差。再後來，我漸漸把這個人忘得一乾二淨，收到下面這封信才把他想了起來：

沃金鎮*布萊爾布雷厄宅邸

親愛的華生：

毫無疑問，你一定還記得「小蝌蚪」菲爾普斯，你讀三年級的時候，我讀的是五年級。也沒準兒，你甚至已經聽人說了，我通過舅舅的關係在外交部弄了份不錯的差使，原本是風光體面、備受重用，最近卻趕上了一場突如其來的彌天大禍，前程頓時化為烏有。我不打算在信裏細説那次可怕的事件，那樣做沒有任何用處。當然，如果你答應了我的請求，我多半就不

---

* 沃金鎮 (Woking) 是英格蘭薩里郡西部的一個城鎮，東北距倫敦約 40 公里。

得不講給你聽。腦炎折磨了我整整九個星期，眼下我剛剛痊癒，身體依然十分虛弱。麻煩你帶你朋友福爾摩斯先生來看看我，你覺得可以嗎？有關當局明明白白地告訴我，這件案子已經山窮水盡，可我還是想聽聽福爾摩斯先生的意見。請你務必拉上他一起過來，而且越快越好。目前這種懸而未決的狀態，真是讓我如坐針氈、度日如年。你務必向他說明，之前我沒有向他求教，並不是因為我不景仰他的才幹，而是因為那次打擊讓我精神錯亂，一直都沒有調整過來。現在我雖然恢復了神智，但也不敢過多地考慮這件事情，怕的是舊病復發。你應該看得出來，我還是虛弱得不能提筆，連這封信都是別人按我的口述代寫的。麻煩你請他過來，千萬千萬。

你的老同學珀西·菲爾普斯

讀這封信的時候，我不禁深有觸動。為了請到福爾摩斯，他不惜在信裏再三懇求，實在讓我心生惻隱。這樣一來，即便事情非常棘手，我也會幫他去辦，更何況我非常清楚，福爾摩斯熱愛自己的行當，只要主顧樂於接受，他隨時都願意伸出援手。我妻子也贊成我的看法，認為我應當立刻通知福爾摩斯，不能有任何耽誤。這麼着，早餐之後還不到一個小時，我已經再一次回到了貝克街的舊寓。

福爾摩斯穿着睡袍坐在邊桌旁邊，正在聚精會神地做一項化學實驗。桌子上的本生燈* 噴着藍幽幽的火焰，架

---

*　本生燈 (Bunsen burner) 是一種煤氣燈，因德國化學家羅伯特·本生 (Robert Bunsen, 1811–1899) 而得名。

在火上的曲頸瓶已經燒得滾開，蒸餾出來的液滴正在通過冷凝管流進一個容積兩升的量具。我進門的時候，我朋友連頭都沒有抬，我意識到他這項實驗非常重要，於是就自個兒找了一把扶手椅，坐在旁邊靜靜等待。他拿起一支玻璃吸管，這個瓶子裏蘸一下，那個瓶子裏蘸一下，從每個瓶子裏吸了幾滴液體，混合成一種溶液，最後才把裝溶液的那支試管放在了桌子上。與此同時，他用右手拿起了一片石蕊試紙。

「你剛好趕在了節骨眼兒上，華生，」他說道。「如果試紙繼續呈現藍色，那就是萬事大吉，如果它變成紅色的話，有個傢伙的命就保不住了。」他把試紙伸進試管，試紙立刻呈現出一種渾濁的暗紅色。「嗯！果然如此！」他說道。「我得稍微失陪一下，華生。煙絲在波斯拖鞋裏面。」他走到書桌跟前，三下五除二地寫了幾封電報，然後就把電報交給了小聽差。接下來，他一頭扎進我對面的那把椅子，曲起雙膝，雙手抱住了細長的小腿。

「一宗稀鬆平常的謀殺案，」他說道。「依我看，還是你帶來的問題比較有趣。你一來就不愁沒有案子，華生。甚麼事情呢？」

我把信遞給了他，他全神貫注地讀了一遍。

「信裏的資料非常有限啊，不是嗎？」他說道，把信還給了我。

「幾乎是甚麼資料都沒有。」

「不過，筆跡倒是挺有意思的。」

「可這不是他自己的筆跡啊。」

「一點兒不錯,這是女人的筆跡。」

「肯定是男人的筆跡,」我大聲反駁。

「不對,寫字的是個女人,而且是個性格非凡的女人。你瞧,調查剛剛開始,咱們就知道了一件很有意思的事情,也就是說,咱們主顧的身邊有這麼一個人,品性好壞暫且不論,總歸是非常獨特。好了,這件案子已經勾起了我的興趣。你要是沒問題的話,咱們現在就去沃金鎮,看看這位大禍臨頭的外交官,再看看這位幫他代筆的女士。」

我倆運氣不錯,剛好趕上了滑鐵盧車站的早班火車。還差一點兒才到一個鐘頭,我倆就已經趕到了長滿杉樹和石南的沃金鎮。從車站步行幾分鐘就到了布萊爾布雷厄宅邸,那是一座孑孑獨立的大屋,屋子周圍是廣闊的庭園。遞上名片之後,有人把我倆領進一間陳設高雅的客廳。又過了幾分鐘,一個相當壯實的男人跑來招呼我們,態度十分殷勤。他應該已經年近四十,雙頰卻異常紅潤,眼神也異常歡快,讓人禁不住覺得,這個胖乎乎的傢伙依然是一個天真淘氣的大孩子。

「你們能來我真是太高興了,」他一邊說,一邊熱情洋溢地跟我倆握手。「整個早上,珀西都在打聽你們的消息。唉,這傢伙真可憐,哪根稻草都不肯放過!他父母叫我來招呼你們,因為這件事情讓他們覺得非常痛苦,連提都不能提。」

「詳情我們還不知道呢,」福爾摩斯說道。「據我看,您本人並不是他們家的成員吧。」

來人露出了驚訝的表情，跟着就低頭瞥了一眼，笑了起來。

「當然嘍，您這是看見了我鏈墜盒上的『J H』縮寫，」他說道。「有那麼一瞬間，我還以為您真的使出了甚麼了不得的高招呢。我名叫約瑟夫・哈里森*，珀西很快就要娶我妹妹安妮，再怎麼說，我馬上就是他的姻親了。我妹妹這會兒在他房裏，這兩個月以來，她一直在盡心盡力地照料他。要我說，咱們還是趕緊進去吧，因為我知道，他已經急得不行了。」

他領我倆進去的那個房間跟客廳在同一層，房裏的陳設兼具起居室和臥室的特徵，每個角落都擺着非常漂亮的鮮花。花園的馥鬱芬芳和夏日的清新空氣透進了敞開的窗子，窗子旁邊有一張沙發，沙發上躺着一個十分蒼白、十分憔悴的小伙子。小伙子身邊坐着一個女人，看見我們就站了起來。

「需要我迴避一下嗎，珀西？」她問道。

小伙子緊緊地抓住了她的手，不讓她離開。「你好嗎，華生？」小伙子懇切地說道。「你留了這麼一道小鬍子，我都快認不出來了，我敢說，要讓你把我認出來的話，你也不敢打包票吧。照我看，這位就是你那位著名的朋友，歇洛克・福爾摩斯先生，對吧？」

我簡單地介紹了幾句，我倆就一起坐了下來。那個壯實的中年人已經走出了房間，他妹妹卻還在，手也依然在病人的手裏。她看起來相當自負，身材略顯矮胖，膚色

---

* 這個名字的英文是「Joseph Harrison」，縮寫為「J H」。

卻是一種漂亮的橄欖色，眼睛又大又黑，帶有意大利人的特徵，墨黑的頭髮十分濃密。相較於她身上這些濃重的色彩，病人的蒼白臉龐就顯得愈發憔悴、愈發枯槁。

「我不想耽誤你們的時間，」病人說道，從沙發上支起了身子。「我這就切入正題，不再作甚麼鋪墊。我本來是個快快樂樂的成功男人，福爾摩斯先生，眼看着就要成家了。沒想到，可怕的禍事從天而降，打碎了我生活裏的所有希望。

「您可能已經聽華生說了，我本來在外交部上班，沒幹多久就已經升任要職，靠的是我舅舅霍德赫斯特勳爵的影響。當上這屆政府的外交大臣之後，我舅舅把幾件重要的事情交給了我，而我每次都圓滿地完成了任務，最終就讓他對我的才幹和機智產生了絕對的信任。

「將近十個星期之前，準確說就是五月二十三號，他把我叫進他的私人辦公室，先是誇獎了一番我的業績，然後就告訴我，他又有一件重要的任務，需要我幫他完成。

「『這份文件，』他一邊說，一邊從辦公桌的抽屜裏拿出了一卷灰色的紙，『是英意兩國之間一份秘密協定的原本。關於這份協定，我不得不告訴你，新聞界已經有了一些傳聞。至關重要的事情是，不能再有任何風聲走漏出去。法國和俄國的使館都對協定的內容非常感興趣，願意為它支付龐大的數目。要不是必須進行謄抄的話，我是絕不會讓它離開我的桌子的。你的辦公室裏有書桌吧？』

「『有的，先生。』

「『那你就拿上這份協定，把它鎖進你的書桌。按我

的意見，你可以在辦公室裏多留一會兒，等其他人都走了之後再開始抄這份文件，這樣就比較從容，不用擔心有人偷看。抄完之後，你就把原件和副本一起鎖進書桌，明天早上再親手交給我。』

「我拿起文件，然後──」

「容我打斷一下，」福爾摩斯說道。「談話的時候，只有你們兩個人在場嗎？」

「毫無疑問。」

「房間大嗎？」

「三十英尺見方。」

「你們是在房間中央嗎？」

「是的，幾乎是在中央。」

「聲音不大吧？」

「我舅舅的嗓門兒一向都特別低，我基本上沒有說話。」

「謝謝您，」福爾摩斯說道，閉上了眼睛，「麻煩您接着講吧。」

「我嚴格地遵守了舅舅的叮囑，一直在辦公室裏等着。到最後，其他職員都走了，只有一個名叫查爾斯·戈羅的職員還因為一些積欠的工作在那裏加班，於是我撇下他，自己到外面吃了頓飯。等我回去的時候，戈羅已經離開了辦公室。我很想早點兒完成任務，因為我知道約瑟夫──就是您剛才看見的哈里森先生──進了城，準備搭十一點鐘的火車去沃金，所以就想及早交差，好去趕同一班火車。

「我瀏覽了一下協定的內容,立刻看出它極其重要,我舅舅的話一點兒也不誇張。具體的細節不方便說,我只能說它明確了本國對三國同盟＊所持的立場,同時還預先指明,一旦地中海上的法國海軍軍力完全壓過了意大利海軍,本國政府將會採取怎樣的對策。協定當中涉及的通通都是海軍方面的問題,末尾則是兩國高層的簽名。我大致掃了一遍,然後就踏踏實實地投入了抄寫任務。

「協定很長,是用法文寫的,總共包括二十六個條款。我用上了自己最快的速度,到九點鐘的時候也只抄完了九個條款,看樣子,火車是怎麼也趕不上了。這時我覺得昏昏欲睡,腦子裏直犯迷糊,一方面是因為晚餐,一方面也是因為這一天的工作太過漫長。於是我想,來杯咖啡應該可以提提精神。樓梯腳的小屋裏有一個整夜值守的門房,平常總是會用他那盞酒精燈給加班的職員煮咖啡。這麼着,我拉響了鈴鐺,讓他上我這兒來。

「奇怪的是,鈴聲喚來的是一個上了年紀的女人,身材高大、長相粗鄙,身上繫着一條圍裙。她說她是門房的妻子,來這裏打雜的。聽了她的解釋,我就吩咐她去幫我煮咖啡。

「我又抄了兩個條款,感覺更加困倦,於是便站起身來,在房間裏來來回回走了一陣,舒展一下雙腿。咖啡一直沒有送來,我奇怪甚麼事情能耽擱這麼久,因此就打開

＊ 三國同盟 (Triple Alliance) 是奧匈帝國、德國和意大利於 1882 年結成的同盟,盟約的要求大致是三國要對遭受其他強國攻擊的同盟國提供支持。同盟於 1914 年一戰開始時解體。

房門，順着走廊往外走，想去看看到底是怎麼回事。我的辦公室只有一個出口，門外是一條燈光昏暗的筆直走廊。走廊盡頭是一段弧形的樓梯，門房的小屋就在樓梯腳下的過道裏。樓梯下到一半的地方有一個小小的平台，平台上分出了一條跟樓梯成直角的走廊，走廊的另一頭是一段狹窄的樓梯，樓梯腳下是一道側門。僕人們都從那道側門出入，從查理街 * 來上班的職員也會從那裏抄近路。喏，這就是那個地方的草圖。」

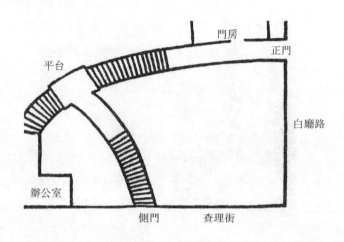

「謝謝您。不過我覺得，聽您說就已經很清楚了，」歇洛克·福爾摩斯說道。

---

* 查理街 (Charles Street) 通常的名字是「查理王街」(King Charles Street)，與首相官邸所在的唐寧街平行，與白廳路垂直相交，英國外交部的確在這條街上。

「這一點務必請您多加留意，這事情再重要不過了。接下來，我下了樓梯，走進廳堂，發現門房已經在他的小屋裏睡着了，水壺在酒精燈上滾滾沸騰，壺裏的水不停地往地板上濺。我挪開水壺，吹滅酒精燈，伸出一隻手，剛準備搖醒依然酣睡的門房，他頭頂上的一個鈴鐺卻突然響聲大作，於是他猛一激靈，醒了過來。

「『菲爾普斯先生，先生！』他驚慌失措地看着我。

「『我只是下來看看我的咖啡好了沒有。』

「『剛才我正在燒水，不小心睡了過去，先生。』他看了看我，然後又抬頭看了看那個震顫未停的鈴鐺，臉上的表情越來越驚駭。

「『您既然在這兒，先生，拉鈴的又是誰呢？』他問我。

「『鈴！』我大聲說。『這鈴是哪兒的？』

「『就是您上班那個房間的鈴啊。』

「我一下子覺得，有一隻冰涼的手攥住了我的心。如此說來，肯定是有人進了我的房間，可我那份至關重要的協定還在桌子上擺着呢。我發瘋似的跑上樓梯，跑進走廊。兩條走廊裏都沒有人，福爾摩斯先生。房間裏也沒有人。一切都跟我離開的時候一樣，就有一點不同，我受託保管的那份文件不在桌子上，叫人給拿走了。副本還在，原件卻不見了。」

福爾摩斯坐直了身子，開始搓起手來。看得出來，這件案子特別對他的胃口。「請講，接下來您是怎麼做的呢？」他咕噥了一句。

「我立刻意識到，竊賊一定是從側門上樓的。如果他走的是正門的話，我當然會跟他撞個正着。」

「您肯定他沒有一直躲在您的房間裏，也沒有躲在據您說燈光非常昏暗的那段走廊裏，對嗎？」

「絕對不可能。房間和走廊裏都沒有任何遮蔽，連只老鼠都藏不住。」

「謝謝您。請您接着講吧。」

「門房已經跟着我到了樓上，因為他看到我臉色慘白，立刻知道事情不妙。到這會兒，我倆趕緊衝過另一段走廊，又衝下通往查理街的那段陡峻樓梯。樓梯底部的側門關着，但卻沒有上鎖，我倆立刻推開門衝了出去。到現在我都記得非常清楚，那時候，附近的鐘剛好敲了三下，時間是九點三刻。」

「這一點十分重要，」福爾摩斯說道，在自己的襯衫袖口上做了個筆記 *。

「那天晚上天很黑，還下着暖烘烘的細雨。查理街上一個人也沒有，街道盡頭的白廳路上倒是車水馬龍，跟平常一樣。我倆就那麼光着腦袋在人行道上跑，最後才在遠端的街角找到了一名站崗的警察。

「『發生竊案了，』我氣喘吁吁地說。『有人從外交部偷走了一份至關重要的文件。有人從你這邊經過嗎？』

「『我剛在這兒站了一刻鐘，先生，』警察說，『只

---

* 這種做法在當時可能不算特別奇怪，同時代英國作家王爾德 (Oscar Wilde, 1854–1900) 的劇作《不可兒戲》(*The Importance of Being Earnest*, 1895) 當中也有這樣的情節。

有一個人從我這兒經過，一個女人，高個子，上了年紀，圍着一條佩斯利＊披肩。』

「『噢，你説的剛好是我妻子，』門房大聲説，『沒有別的人嗎？』

「『沒有。』

「『這麼説，竊賊一定是往另一個方向跑的，』門房扯着我的袖子，喊了一聲。

「這話並不能讓我完全相信，看到他這麼着急地想拉我走，我心裏覺得更是懷疑。

「『那個女人是往哪邊走的呢？』我大聲問了一句。

「『我不知道，先生。我確實看到她走了過去，可我沒理由盯着她啊。她的樣子倒是挺着急的。』

「『她過去多久了？』

「『噢，沒幾分鐘。』

「『不到五分鐘嗎？』

「『呃，應該不超過五分鐘。』

「『您這完全是在浪費時間，先生，眼下的每一分鐘都很關鍵，』門房嚷了起來，『您只管相信我，我那個老婆子跟這件事情一點兒關係都沒有，咱們趕快到街的那一頭去吧。好，您不去的話，我可要自個兒去了。』説完之後，他就開始朝另一個方向跑。

「可我立刻追了上去，一把揪住了他的袖子。

「『你住在甚麼地方？』我問他。

＊ 佩斯利 (Paisley) 是一種圖案抽象的羊毛織物，因產於蘇格蘭西南部的佩斯利而得名。

「『布萊克斯頓路常春藤巷 16 號，』他告訴我。『可是，菲爾普斯先生，您可別讓假象蒙住了眼睛啊。咱們還是到街的那一頭去吧，看看能不能打聽到甚麼情況。』

「按他說的辦也不會有甚麼損失，於是我們就和警察一起趕了過去，看到的卻只是滿街車輛、人來人往，個個都在火急火燎地找地方躲避這個陰雨綿綿的晚上，哪一個也不是閒人，哪一個也不能告訴我們，有誰曾經從那裏走過。

「接下來，我們回到外交部，把樓梯和走廊搜了一遍，甚麼發現也沒有。通往辦公室的走廊鋪的是一種米色的油布，如果有印跡就可以看得清清楚楚。我們仔仔細細地檢查了一遍，但卻沒找到任何腳印。」

「整個晚上都在下雨嗎？」

「七點鐘左右開始下的，之後就沒停。」

「可是，那個女人進屋的時候是九點左右，她的靴子上肯定沾了泥水，為甚麼沒留下腳印呢？」

「聽您這麼問我很高興，當時我也想到了這一點。那些打雜的女工有個習慣，會把靴子脫在門房的小屋裏，換上布做的拖鞋。」

「這樣我就明白了。如此說來，儘管當天晚上下着雨，屋裏卻沒有腳印，對吧？這一連串的情況顯然是非常重要。接下來你們是怎麼做的呢？」

「我們把房間也搜了一遍。房間裏沒有能容納暗門的地方，兩扇窗子離地面足足有三十英尺，都是從裏邊兒閂着的。地板上鋪了地毯，不可能會有甚麼活門，天花板

上刷着白灰，也沒有任何出奇之處。我可以拿我的性命發誓，不管我那份文件是誰偷的，偷的人都必然是從房門進去的。」

「壁爐是甚麼情況呢？」

「房間裏沒裝壁爐，有的只是一個火爐。從鈴線上掛下來的鈴繩緊靠我書桌的右側，要拉鈴就必須走到我書桌跟前。可是，罪犯幹嗎要拉鈴呢？這個問題真讓人想不明白。」

「這件事情的確不同尋常。再下來的步驟又是甚麼呢？據我估計，你們肯定是仔細檢查了一遍房間，看看闖入者有沒有留下甚麼痕跡，比如煙蒂、落下的手套、髮卡，或者是別的甚麼零碎，有沒有呢？」

「沒有您說的這類東西。」

「也沒有甚麼特殊的氣味嗎？」

「呃，當時我們沒想到要查這個。」

「噢，以這類案件來說，哪怕是一縷煙草味兒，沒準兒也可以幫大忙呢。」

「我自個兒從來都不抽煙，房間裏要是有煙味兒的話，我應該會注意到的。總而言之，我們眼前甚麼線索都沒有。確鑿無疑的事實只有一個，那就是門房的妻子，或者說坦基太太，急急忙忙地從這裏走了出去。門房只是說，他妻子通常都是在這個時候回家，此外就拿不出任何解釋。我和那名警察都認為，如果文件確實在那個女人手裏的話，最好的辦法就是趕快把她抓住，不讓她有時間脫手。

「到這個時候，警報已經傳到了蘇格蘭場，福布斯探員立刻趕了過來，勁頭十足地接下了這件案子。我們僱來一輛雙輪馬車，半小時之內就趕到了門房所說的那個地址。開門的是一個年輕的女人，原來是坦基太太的大女兒。她說她媽媽還沒到家，讓我們在前屋等一等。

「大概十分鐘之後，外面有人敲門，這時我們犯了個嚴重的錯誤，搞得我到現在都還在自責。我們沒有搶着去開門，居然由着那個姑娘自己去開。這麼着，我們先是聽她說了一句，『媽媽，屋裏有兩位先生等着見你呢』，緊接着就聽見，有人在過道裏噼里啪啦地跑了起來。福布斯一把推開房門，我倆一起追進了裏屋，也就是廚房，可那個女人已經搶先跑到了那裏，還惡狠狠地瞪着我倆。接下來，她突然認出了我，兇惡的表情立刻換成了徹徹底底的驚愕。

「『哎呀，這不是部裏的菲爾普斯先生嘛！』她嚷了一句。

「『說吧，說吧，你這麼忙不迭地逃跑，把我們當成誰了呢？』我同伴問她。

「『我以為你們是執達吏 * 呢，』她說，『我們跟一個小販鬧了點兒不愉快。』

「『你這話可沒有甚麼說服力，』福布斯說。『我們有理由懷疑你從外交部拿走了一份重要文件，然後又跑回這兒來處理贓物。你必須跟我們回蘇格蘭場去接受搜查。』

---

* 執達吏為法庭小吏，職責包括按法庭命令沒收及變賣負債者的財物以清償債務。

「她怎麼否認和抗議都沒有用，我倆叫來一輛四輪馬車，帶上她一起坐了進去。上車之前，我倆先把廚房檢查了一遍，重點是廚房裏的爐灶，為的是搞清楚她有沒有趁着獨自一人的那個瞬間把文件扔到火裏。不過，我倆並沒有找到任何灰燼或是紙屑。到了蘇格蘭場之後，我倆立刻把她交給了女搜查員。我萬分焦灼地等在那裏，終於等來了女搜查員的報告。然而，文件依然是無影無蹤。

「直到這個時候，我才算是徹底認清了自己的可怕處境。之前我一直在不停地忙活，沒工夫去想這件事情。之前我滿以為這份協定馬上就可以找回來，壓根兒就不敢去想，找不回來的後果會是甚麼。眼下既然無事可做，我也就有了空閒，可以好好掂量一下自己的處境。掂量來掂量去，結論就是我的處境可怕極了。華生也在這兒，他可以告訴您，學生時代的我就是個特別敏感、特別容易緊張的孩子。這是我的天性。我想到了我的舅舅，想到了他在內閣裏的那些同僚，又想到我給他、給我自己、給我身邊所有人帶來的恥辱。雖說這只是一次離奇的意外，而我不過是這次意外的受害者，那又能怎麼樣呢？外交利益面臨威脅的時候，意外並不能成為開脫罪責的借口。我算是完了，丟人現眼、無可救藥地完了。我不記得當時我都做了些甚麼，估計是出了一場不小的洋相。我只是模模糊糊地記得，一群警官圍在我的身旁，拼命地想要安撫我的情緒。其中一位還用馬車把我送到了滑鐵盧車站，看着我坐上了回沃金的火車。我完全相信，他本來是要全程護送我回家的，只不過，住在我家附近的菲瑞爾醫生剛好也在同

一班火車上，非常熱心地接下了照管我的職責。幸虧他這麼做了，因為我在車站就瘋狂地發作過一次，還沒走進家門，我已經實實在在地變成了一個語無倫次的瘋子。

「醫生拉鈴喚醒了我的家人，他們都看到了我瘋瘋癲癲的模樣，您可以想像，當時我家裏亂成了甚麼樣子。可憐的安妮和我母親難過得心都碎了。還在車站的時候，菲瑞爾醫生從那位探員嘴裏聽到了事情的大概，這會兒就跟他們複述了一遍。當然，他這番敍述只能起到雪上加霜的作用。大家一看就知道，我這個病一時半會兒好不了，這麼着，約瑟夫只好搬出了這間舒適的臥室，好讓他們把它改造成我的病房。我忍受着腦炎的折磨，在這兒躺了九個多星期，福爾摩斯先生，一會兒不省人事，一會兒胡言亂語。要不是有這位哈里森小姐的照料，再加上醫生的護理，我是不可能在這兒跟您説話的。白天我有她的照料，家裏還請了一名夜間看護，因為我瘋病發作的時候甚麼都幹得出來。我的腦子慢慢地清醒起來，只不過，恢復記憶僅僅是最近三天的事情。有時我甚至覺得，恢復不了可能更好。清醒之後，我幹的第一件事情就是給福布斯先生發電報，因為這件案子一直都是他在辦。他跑了來，毫不含糊地告訴我，能用的方法他們都用了，但卻連線索的影子都沒見着。他們從各個方面調查了門房夫婦，事情沒有任何進展。那之後，警方的懷疑對象又變成了年輕的戈羅，您應該還記得，戈羅就是當晚在辦公室里加班的那個職員。警方懷疑他，其實也只有兩點理由，一是他走得晚，再就是他擁有一個法國姓氏。可是，説實在的，他走的時

候我還沒開始抄呢。再者説，他家裏雖然有胡格諾教徒[*]的血統，感情傾向和生活習慣卻跟你我一樣，完全是英國式的。他們沒找到任何可以指控他的罪狀，於是就停止了調查。眼下我向您求助，福爾摩斯先生，最後的希望全都寄託在了您的身上。您要是幫不上我的話，我的名譽，還有我的職位，就不會再有任何指望了。」

　　講完這一大篇故事，病人已經筋疲力盡，於是就靠回了身後的軟墊上，他的看護趕緊給他倒了一杯提神的藥劑。福爾摩斯一言不發地坐在那裏，腦袋仰在椅子背上，連眼睛都是閉着的。這種架勢可能會讓陌生人覺得他無精打采，可我卻非常清楚，這恰恰可以説明，他正在進行緊張的思考，打醒了全副的精神。

　　「您的陳述清楚極了，」他終於開了口，「簡直沒給我留下甚麼提問的餘地。不過，我還是要問您一個至關重要的問題。接到這件特殊任務之後，您有沒有跟誰講過這件事情呢？」

　　「跟誰也沒講過。」

　　「比方説，跟這位哈里森小姐也沒講過嗎？」

　　「沒有。接到命令和執行命令之間雖然有一段空當，可我並沒有回沃金來啊。」

　　「在此期間，沒有哪個親戚朋友碰巧來看您嗎？」

　　「沒有。」

---

[*]　胡格諾教徒 (Huguenot) 是法國新教徒的舊稱，由於法國是以天主教為主的國家，胡格諾教徒曾經遭受迫害，許多教徒被迫移居英國之類的新教國家。

「您那些親戚朋友當中，有沒有誰了解您辦公室的情況呢？」

「嗯，有的，他們都參觀過我的辦公室。」

「當然嚕，前面這些問題都是多餘的，既然您已經説了，您沒跟任何人提過協定的事情。」

「我的確隻字未提。」

「您對那個門房有甚麼了解嗎？」

「我只知道他以前當過兵。」

「屬於哪個團呢？」

「嗯，這我倒聽人説過，是冷川近衛團＊。」

「謝謝您。毫無疑問，我還可以從福布斯那裏了解到一些細節。警方還是非常善於搜集事實的，話説回來，運用事實倒不一定是他們的強項。薔薇可真是惹人喜愛！」

他順着沙發走到了敞開的窗子跟前，拈起了一枝低垂的洋薔薇†，低頭欣賞它濃綠深紅的嬌豔色彩。眼前的情景向我揭示了他性格當中的全新一面，因為我還是頭一次看見，他對自然事物表現出了強烈的興趣。

「再沒有哪樣東西比宗教更需要演繹法，」他倚着窗板説道。「通過演繹專家的努力，宗教完全可以漸漸變成一門嚴謹的科學。在我看來，要想證明上帝的仁慈，花朵就是最為有力的證據。説實在的，其他的所有東西，不管

＊　這個團亦稱「皇家冷川近衛步兵團」，歷史十分悠久，至今依然存在；冷川 (Coldstream) 是蘇格蘭的一個小鎮。

†　洋薔薇 (moss–rose) 即百葉薔薇 (Rosa centifolia)，英文直譯為苔蘚薔薇，因形如苔草的花莖而得名。這種薔薇有許多變種，因清新甜美的香氣而廣受歡迎。

是我們的力量、我們的欲望，還是我們的食糧，全都不過是維持基本生存的材料。然而，這朵薔薇卻是一份額外的恩賜。它的芬芳和顏色令生命增輝添彩，但卻不是生命存在的條件。額外的恩賜只能出自仁慈的胸襟，所以我要再一次強調，因為花朵的存在，我們完全可以對生活充滿希望。」

福爾摩斯發表這篇宏論的時候，珀西‧菲爾普斯和他的看護一直驚愕不已地看着他，兩個人的臉上都寫滿了失望。接下來，福爾摩斯陷入了沉思，那枝洋薔薇依然停留在他的指間。幾分鐘之後，年輕的女士終於開了口，打斷了他的思緒。

「您覺得這件謎案有希望嗎，福爾摩斯先生？」她問話的聲音多少有點兒刺耳。

「噢，您問這件謎案啊！」他猛一激靈，回到了現實之中。「呃，不容否認，這的確是一件非常費解、非常複雜的案子，不過我可以答應你們，我會展開深入的調查，一有發現就告訴你們。」

「您看到甚麼線索了嗎？」

「你們已經給了我七條線索，當然，我必須先對這些線索進行檢驗，然後才能確定它們的價值。」

「您懷疑哪個人嗎？」

「我懷疑我自己。」

「甚麼！」

「懷疑我自己的結論下得有點兒太快。」

「那麼，您還是回倫敦去檢驗那些結論吧。」

「您的建議非常妙，哈里森小姐，」福爾摩斯一邊説，一邊直起身來。「依我看，華生，咱們的上策就是聽從這位小姐的建議。您可別產生甚麼不切實際的希望，菲爾普斯先生。這件事情亂着呢。」

「下一次見到您之前，我會急死的，」外交官大聲説道。

「不用急，明天我就會坐同一班火車過來。不過，十有八九，我帶來的不會是甚麼好消息。」

「願上帝保佑您，您答應過來就好，」我們的主顧叫道。「知道您正在採取措施，我心裏就有了新的希望。順便提一下，我收到了霍德赫斯特勳爵寫來的一封信。」

「哈！他説了些甚麼呢？」

「他的口氣比較冷淡，不過也算不上嚴厲。我敢説，僅僅是因為我病得厲害，他才嚴厲不起來。他反復強調，這件事情關涉極其重大，還補充説，我必須盡快恢復健康，設法補救自己的過失，在此之前，我的未來——當然，他説的『未來』就是革職——是沒有辦法挽回的。」

「嗯，這也算是通情達理、考慮周全了，」福爾摩斯説道。「走吧，華生，回城之後還得忙活一整天呢。」

約瑟夫·哈里森趕着馬車送我們去了車站，我倆很快就搭上了一列從樸茨茅斯開來的火車，飛速趕往倫敦。福爾摩斯一路都在沉思，幾乎沒有説話。火車駛過克拉彭樞紐站之後，他終於打破了沉默。

「沿這個方向的幾條線路進入倫敦，實在是一件非常

愜意的事情，因為鐵軌架在高處，你可以俯瞰眼前這樣的房子。」

我以為他是在開玩笑，因為窗外的景象只能說是污穢不堪。不過，他馬上就給出了進一步的解釋。

「你瞧，下面那片板瓦屋頂當中矗立着東一簇西一簇的大型建築，彷彿是鉛灰色海洋裏的一座座磚砌孤島。」

「你是說那些寄宿學校吧。」

「那些都是燈塔，我的伙計！都是照亮未來的明燈！每一座建築都好比一個豆莢，裏面都裝着千百粒充滿希望的小小種子，那些種子將會萌蘖抽芽，為我們鑄造一個更加理性、更加美好的英格蘭。要我說，菲爾普斯這傢伙應該不酗酒吧？」

「我覺得不會。」

「我覺得也不會，不過，咱們必須把所有的可能性都考慮周全。這個可憐的傢伙顯然是掉進了萬丈深淵，咱們還不知道能不能把他撈上來呢。你覺得哈里森小姐怎麼樣？」

「這姑娘是個厲害角色。」

「確實如此。不過，如果我沒搞錯的話，她應該是個好姑娘。她是諾森伯蘭*那邊一個鐵器製造商的女兒，就這麼一個哥哥，沒有其他的兄弟姐妹。去年冬天的旅行途中，菲爾普斯跟她訂了婚，她這次是來見菲爾普斯的家裏人，她哥哥的職責則是保駕護航。然後呢，打擊突然降臨，於是她就留下來照料自己的愛人。當哥哥的約瑟夫也一起

* 諾森伯蘭 (Northumberland) 是英格蘭最北邊的一個郡。

留了下來，因為他覺得這地方待着挺舒服。你瞧，我還是做了一點兒獨立調查的。不過，說到調查嘛，今天肯定是一個非常繁忙的日子。」

「我的診所──」我準備說點兒甚麼。

「哦，你要是覺得，你自個兒的那些案例比我的更有意思──」福爾摩斯的語氣有點兒尖刻。

「我想說的是，我的診所一兩天沒人管也不要緊，反正這也是生意最淡的時節。」

「好極了，」他又恢復了先前的高興勁兒。「咱們可以一起去調查這件案子。照我看，咱們首先應該去見見福布斯，因為他多半可以提供咱們需要的所有細節，讓咱們知道該從哪個方面下手。」

「剛才你不是說，你已經有線索了嗎？」

「呃，線索確實有幾條，可是，要想判斷這些線索的價值，唯一的方法就是進行深入的調查。沒有動機的罪案最難追查，幸運的是，這一件並不是沒有動機。誰能從這件事情當中得到好處呢？咱們的選擇有法國大使，有俄國大使，有那個打算把協定賣給他倆的人，還有霍德赫斯特勳爵。」

「霍德赫斯特勳爵！」

「沒錯，一名政客覺得自己有必要讓這樣的一份文件意外消失，這種情形並不是不可思議。」

「霍德赫斯特勳爵的履歷十分光彩，他這樣的政客應該不至於這麼幹吧？」

「再怎麼說，這也是一種可能的情形，咱們絕不能視而不見。咱們今天就去見見這位高貴的勳爵，看看他能不能提供甚麼情況。還有啊，此時此刻，我的調查工作已經開始啦。」

「已經？」

「是啊，我在沃金車站給倫敦所有的晚報發了電報，它們都會把這則啟事登出來。」

他把一張從記事本上撕下來的紙遞給了我，上面有幾行潦草的鉛筆字：

懸賞十鎊。五月二十三日晚間九點三刻，某出租馬車曾將某客載至查理街外交部門前或左近，若能提供該車號碼，即可獲得前述賞金。知情人士請洽貝克街221B。

「你斷定竊賊是坐出租馬車去的嗎？」

「不是的話，咱們也不會有甚麼損失。不過，據菲爾普斯先生所說，房間和走廊裏都沒有藏身之處，如果他說得沒錯，竊賊就只能是從外面進去的。當晚陰雨綿綿，竊賊從外面闖了進去，短短幾分鐘之後，他們就檢查了鋪在走廊裏的油布，但卻沒有發現雨水的痕跡，由此看來，竊賊極有可能是坐出租馬車去的。沒錯，依我看，出租馬車的事情可以說是十拿九穩。」

「聽起來確實有點兒道理。」

「之前我說有幾條線索，這就是其中之一，興許能帶給咱們一點兒收穫。然後呢，當然，鈴聲也是一條線索。實際上，它是整件案子當中最突出的一個特徵。鈴鐺為甚

麼會響？難道說，竊賊是打算通過這種舉動來示威嗎？會不會，情形是當時有人跟竊賊在一起，拉鈴是為了阻止罪行呢？難不成，鈴聲只是一次意外嗎？再不然，它會不會——？」說到這裏，他仰到車座上，再一次投入了先前那種不聲不響的緊張思索。不過，我對他所有的情緒都是瞭如指掌，此時也一望便知，他一定是突然想到了某種新的解釋。

下午三點二十，火車抵達終點。我倆在小吃店胡亂吃了頓午飯，然後就立刻趕往蘇格蘭場。福布斯在那裏恭候我倆，因為福爾摩斯提前給他發過電報。此人身材矮小，長相狡獪，神情固然機敏，但卻怎麼也算不上友善。他接待我倆的態度可謂毫無暖意，問明來意之後更是冰凍三尺。

「我早就聽說過您那些方法，福爾摩斯先生，」他尖酸刻薄地說道。「您總是毫不客氣地利用警方所能提供的一切情報，然後就自個兒設法破案，搞得警方灰頭土臉。」

「恰恰相反，」福爾摩斯說道，「在我經手的前面五十三件案子當中，只有四件提到了我的名字，其他四十九件的功勞全部都留給了警方。你還年輕，沒有甚麼經驗，不知道這些我也不怪你，不過，你要是想在自個兒的新崗位上有所建樹，那就最好是跟我合作，不要想着對付我。」

「您要能給我一點兒提示的話，那我可真是感激不盡，」探員換了一副臉孔。「到現在為止，這件案子確實沒給我帶來甚麼好評。」

「你採取了一些甚麼樣的措施呢？」

「我派人盯住了坦基，也就是那個門房。他離開近衛團的時候記錄良好，我們也找不到甚麼對他不利的證據。不過，他妻子可不是甚麼好東西。按我看，她表面上對案情一無所知，實際上卻知道得不少。」

「你盯她的梢了嗎？」

「我們派了一名女警去跟她套近乎。坦基太太喜歡喝酒，我們的女警趁她高興的時候陪她喝過兩次。可惜的是，女警並沒有套出甚麼情況。」

「據我所知，曾經有執達吏上她家去討債，對吧？」

「是的，可他們已經還清了債務。」

「還債的錢從哪兒來的呢？」

「這事情也沒有甚麼蹊蹺，因為門房剛剛領到了年金。還有，他們並沒有任何突然暴富的跡象。」

「菲爾普斯先生拉鈴要咖啡的時候，跑去應答的是她，這事情她是怎麼解釋的呢？」

「她說她看到丈夫非常疲憊，所以就想讓他歇口氣。」

「是嗎，沒過一會兒，菲爾普斯就發現她丈夫在椅子上睡着了，這顯然跟她的說法非常吻合。如此說來，除了這個女人的品性之外，他倆並沒有甚麼值得懷疑的地方。案發當晚她為甚麼走得那麼匆忙，你問過她嗎？要知道，她當時可是匆忙得引起了警察的注意哩。」

「她說她走得比平常晚，所以想盡快回家。」

「可是，你和菲爾普斯先生出發的時間至少比她晚

二十分鐘，到她家的時間卻比她早，這一點你向她指出來了嗎？」

「她的解釋是，公共馬車確實沒有出租馬車快。」

「她一到家就往後面的廚房跑，這一點她有沒有解釋清楚呢？」

「她是去拿錢打發執達吏。」

「看樣子，所有的問題她都是對答如流呢。那你有沒有問過她，離開辦公樓的時候，她有沒有碰見甚麼人，有沒有看到甚麼人在查理街上閒逛呢？」

「除了那個警察，她誰也沒有看見。」

「不錯，你對她的盤問似乎相當徹底嘛。你還做了些甚麼呢？」

「九個星期以來，我們一直都在跟蹤那個名叫戈羅的職員，結果是一無所獲。我們拿不出任何對他不利的證據。」

「還有別的嗎？」

「呃，我們手頭沒有別的線索啊，甚麼類型的線索都沒有。」

「那個鈴鐺為甚麼會響，你有甚麼高見嗎？」

「呃，老實説，這個問題真是把我給難住了。這傢伙是誰我不知道，可他既然敢這樣主動發出警報，那就必然是一名膽大包天的罪犯。」

「是啊，這樣的舉動確實非常古怪。非常感謝你提供的這些情況。如果我能把這傢伙交到你手裏的話，一定會通知你的。走吧，華生。」

「接下來去哪兒呢？」走出蘇格蘭場之後，我問道。

「接下來去見見霍德赫斯特勳爵，見見這位現任的內閣大臣、未來的英國首相。」

趕到唐寧街 * 的時候，我們發現自己運氣不錯，因為霍德赫斯特勳爵還在辦公室裏。福爾摩斯遞上名片之後，立刻就有人把我倆領了進去。這位政治家按他那種別具一格的老式禮節招呼了我倆，安排我倆坐進了壁爐兩邊的兩張奢華沙發，自己則站在我倆之間的地毯上。他瘦高的身材、有棱有角的五官、深謀遠慮的面容，還有他過早染上霜花的捲曲頭髮，都讓人覺得他代表着一類並不多見的人物，堪稱是一位名實相符的貴族。

「您的大名讓我如雷貫耳，福爾摩斯先生，」他笑着說道。「當然，我不能對您的來意假作不知，原因在於，我們這片地方只有一件事情能引起您的關注。容我冒昧動問，眼下您是在替誰辦事呢？」

「我的主顧是珀西·菲爾普斯先生，」福爾摩斯回答道。

「噢，我那個不幸的外甥！您應該明白，恰恰因為我和他是親戚，我更不能用任何方法去袒護他。按我看，這次事件恐怕會對他的前途造成相當不利的影響。」

「可是，如果文件找到了呢？」

「這個嘛，當然，情形就不一樣了。」

「我打算問您一兩個問題，霍德赫斯特勳爵。」

---

* 　唐寧街 (Downing Street) 與查理街平行，同樣與白廳路垂直相交。唐寧街 10 號自 1735 年開始一直是英國首相的官邸，11 號則自 1828 年開始成為財政大臣官邸。外交部所在的建築群於 1875 年全部落成，一面對着唐寧街，一面對着查理街。

「只要是我知道的事情，樂意奉告。」

「您吩咐他抄寫文件的時候，就是在這間辦公室裏面嗎？」

「是的。」

「這麼說，偷聽你們的談話應該不太可能嘍？」

「絕無可能。」

「您有沒有跟誰提過，您打算讓人謄抄這份協定呢？」

「從來沒有。」

「您肯定嗎？」

「絕對肯定。」

「好的，您沒有提過，菲爾普斯先生也沒有提過，其他人又對這件事情一無所知，如此說來，竊賊一定是在偶然的情況下走進了那個房間。他看到了一個機會，也沒讓機會白白溜走。」

政治家笑了起來。「推理演繹可不是我的行當，」他說道。

福爾摩斯沉吟片刻。「還有一個非常重要的地方，我想要跟您討論討論，」他說道。「據我所知，您擔心的事情是，協定的具體內容一旦洩露，就會產生十分嚴重的後果。」

一絲陰影掠過了政治家那張表情豐富的臉龐。「那樣的後果的確十分嚴重。」

「產生了嗎？」

「還沒有。」

「如果某些機構，打個比方說，法國或者俄國的外交部，拿到了這份協定，您應該會有所耳聞吧？」

「應該會，」霍德赫斯特勳爵苦着臉説道。

「事情已經過去了將近十個星期，而您並沒有聽到任何消息，這樣看來，要說這份協定不知何故還沒有落到他們手裏，應該不算是無憑無據吧。」

霍德赫斯特勳爵聳了聳肩膀。

「我們很難想像，福爾摩斯先生，竊賊之所以拿走協定，僅僅是為了把它裱起來掛到牆上。」

「他也許是在等一個更好的價錢呢。」

「再等上一小會兒的話，他就該一分錢也撈不着了。幾個月之後，這份協定就不再是一個秘密。」

「這一點非常重要，」福爾摩斯説道。「當然，咱們還可以假定，竊賊突然得了重病──」

「比如説急性腦炎，對嗎？」政治家問道，鋭利的目光在福爾摩斯身上一掠而過。

「這可不是我説的，」福爾摩斯泰然自若地説道。「好了，霍德赫斯特勳爵，我們已經過多地佔用了您的寶貴時間，這就跟您告辭。」

「祝您破案成功，不管罪犯是誰，」這位貴族回答道，跟着就躬身施禮，把我們送出了房門。

「他這個人還不錯，」我倆走到白廳路上的時候，福爾摩斯説道。「不過，要維持自個兒的身份，他也得費上不少力氣。他遠遠算不上富裕，花銷卻非常大。你肯定注意到了吧，他那雙靴子已經換過鞋底了。好了，華生，我不想再耽誤你的正事了。除非我那則關於出租馬車的啟事有了回音，今天我不會再有別的事情。不過，明天我要去

沃金，還是坐咱們今天坐的這班火車，如果你願意一起去的話，那我就感激不盡了。」

第二天早上，我倆如約會面，然後便一起趕往沃金。他告訴我，他的啟事沒有收到回音，案子也沒有新的進展。不想流露心緒的時候，他總是能把臉繃得像印第安人一樣紋風不動*，所以我沒法從他的外表判斷出來，他對眼下的形勢到底滿不滿意。我只是記得，當時他一直在談論貝蒂永†的測量體系，對這位法國專家大加讚揚。

我們的主顧依然在他那位忠誠看護的照料之下，氣色卻比先前好了許多。我倆進屋的時候，他從沙發上站起來表示歡迎，並沒有艱於行動的跡象。

「有甚麼消息嗎？」他迫不及待地問道。

「跟我之前預計的一樣，我的消息並不太好，」福爾摩斯說道。「我見到了福布斯，也見到了您的舅舅，還有一兩項調查正在進行之中，也許能帶來一點兒收穫。」

「這麼說，您並沒有失去信心，對嗎？」

「絕對沒有。」

「願上帝保佑您，您這個回答太好了！」哈里森小姐大聲說道。「只要我們不喪失勇氣和耐性，事情就總有水落石出的一天。」

---

* 　亞瑟·柯南·道爾似乎認為印第安人是一個感情淡漠的民族，《暗紅習作》和《駝背男子》當中也有類似的說法。

† 　貝蒂永 (Alphonse Bertillon, 1853–1914) 為法國警官及生物統計學專家，創造了亦稱「貝蒂永測量體系」的人體測量體系，通過系統測量身高、頭長、紋身、傷疤等身體特徵來識別罪犯，首次以科學的鑑定方法取代了證人的模糊口供。

「您雖然沒有帶來甚麼消息，我們倒有消息要告訴您，」菲爾普斯説道，坐回了沙發上。

「我就知道你們會有消息。」

「是的，昨天夜裏發生了一起險情，以後的事實沒準兒會證明，這起險情非常嚴重。」説話的時候，他的表情變得十分嚴峻，眼睛裏也閃出了一抹近於恐懼的神色。「我不得不認為，」他説道，「我已經不知不覺地變成了一樁駭人陰謀的目標，對方想要的不光是我的名譽，還包括我的性命，您能想像嗎？」

「啊！」福爾摩斯嚷了一聲。

「聽起來確實讓人難以置信，因為據我所知，我在這世上並沒有任何仇敵。可是，經歷了昨天夜裏的事情之後，我實在得不出其他結論。」

「麻煩您講給我聽聽吧。」

「您得知道，昨天夜裏，我第一次撇開看護的照管，單獨睡在了這個房間裏。我身體好了很多，覺得自己不再需要別人照看，只是在房裏留了一盞夜燈。然後呢，大概是凌晨兩點的時候，我正要迷迷糊糊地睡過去，突然卻聽見了一種輕微的聲音，一下子沒了睡意。那聲音聽着像是老鼠在啃木板，於是我躺在床上聽了一會兒，最終斷定這的確是老鼠幹的好事。接下來，那聲音越來越大，突然之間，窗子那邊傳來了一聲清脆的金屬刮擦聲，驚得我坐了起來。這時候，聲音的來由已經毫無疑問，第一種聲音是因為有人正在將某件工具插進窗框之間的窄縫，第二種聲音則是因為那件工具把窗子的插銷別了回去。

「接下來是一片沉寂，大概持續了十分鐘，似乎是那個人按兵不動，等着看我有沒有被剛才的聲音吵醒。再下來，我聽見一陣輕輕的吱呀，窗子開了，開得非常非常慢。我的神經已經不比從前，這時便再也無法忍受。於是我從床上一躍而起，使勁兒地拉開窗板，看到一個男的蹲伏在窗子外面。我沒怎麼看清他的模樣，因為他飛也似的逃了開去，身上又裹着一件類似斗篷的東西，遮住了下半邊臉。我能確定的只有一件事情，那就是他手裏握有武器，看起來像是一把長刀。他轉身逃走的時候，我清楚地看到了那東西閃出的寒光。」

「這件事情非常有趣，」福爾摩斯說道。「請問，接下來您是怎麼做的呢？」

「要是身子骨硬朗一點兒的話，我肯定會從打開的窗子追出去。事實呢，當時我只是拉響鈴鐺，吵醒了屋子裏所有的人。這中間耽擱了一點兒工夫，因為鈴鐺是在廚房裏，僕人們卻都睡在樓上。於是我開始大喊大叫，約瑟夫聞聲下樓，跟着又把其他的人叫了起來。約瑟夫和馬夫在窗子外面的花台上找到了一些腳印，只可惜近來的天氣太過乾燥，他們沒法追蹤草地上的足跡。不過，他們告訴我，大路邊的木頭籬笆上有個地方留有一些痕跡，似乎是有人從那裏翻了出去，還把籬笆頂上的木條給弄折了。這事情我還沒有通知本地的警察，因為我想先聽聽您的意見。」

主顧的敍述似乎對歇洛克·福爾摩斯造成了極大的震撼。他從椅子上站了起來，開始在房間裏來回踱步，激動得無法自控。

「這才叫禍不單行哪，」菲爾普斯說道，臉上雖然帶着笑容，但卻顯然是心有餘悸。

「您經歷的禍事確實不少，」福爾摩斯說道。「跟我一起去屋子周圍轉轉吧，您覺得怎麼樣？」

「噢，好的，出去曬曬太陽也不錯。把約瑟夫也叫上好了。」

「我也去，」哈里森小姐說道。

「恐怕不行，」福爾摩斯一邊說，一邊大搖其頭。「依我看，我必須要求您繼續坐在眼下這個位置，一步也不能挪動。」

年輕的女士坐回了原先的位置，看樣子是不太高興。她哥哥倒是欣然加入，我們四人便一起出了門。我們繞過草坪，走到了這位年輕外交官病房的窗子外面。正如他剛才所說，這裏的花台上確實有幾個腳印，只可惜十分模糊，完全無法辨認。福爾摩斯俯身看了看那些腳印，轉眼就站起身來，聳了聳肩。

「要我說，誰也沒法從這裏看出甚麼名堂來，」他說道。「咱們不妨繞着屋子轉一圈兒，看看竊賊為甚麼要從這個房間下手。我倒是覺得，客廳和餐廳的窗子比較大，應該會讓他更感興趣才對。」

「可是，從客廳和餐廳下手的話，更容易被大路上的人看見，」約瑟夫·哈里森先生提出了一種解釋。

「噢，沒錯，那是當然。這兒還有一道門，他沒準兒也嘗試過。這道門是幹嗎的呢？」

「這是供小販出入的側門，夜裏當然是鎖着的。」

「這樣的險情以前有過嗎？」

「從來沒有，」我們的主顧說道。

「你們這座房子裏有甚麼貴重器皿，或者是其他甚麼招賊的東西嗎？」

「沒有甚麼貴重東西。」

福爾摩斯優哉游哉地繞着屋子轉悠，雙手插在兜裏，整個兒的模樣漫不經心，跟平常勘查現場的時候大有不同。

「對了，」他對約瑟夫·哈里森說道，「據我所知，您發現了那個像伙翻越籬笆的地方。領我們去看看吧！」

這個胖乎乎的中年人把我們領到了一個地方，籬笆上有根木條的頂端已經折斷，一小片木頭吊在那裏。福爾摩斯把吊着的木片扯了下來，仔仔細細地檢查了一遍。

「您覺得這是昨天夜裏斷的嗎？痕跡看起來很陳舊啊，不是嗎？」

「呃，也許是吧。」

「籬笆外側也看不到有人跳下去的痕跡。行了，我覺得這裏不會有甚麼線索。咱們還是回臥室去，好好商量一下吧。」

珀西·菲爾普斯靠在未來內兄的胳膊上，走得非常緩慢。福爾摩斯迅速地穿過草坪，領着我來到了敞開的臥室窗子跟前，把另外兩個人遠遠地拋在了後面。

「哈里森小姐，」福爾摩斯說道，語氣極其鄭重，「接下來的一整天，您務必留在這個房間裏。不管發生了甚麼事情，您都要整天待在這裏。這件事情重要極了。」

「沒問題，如果您希望如此的話，福爾摩斯先生，」姑娘萬分驚訝地說道。

「回房就寢的時候，您務必從外面鎖上這個房間的門，把鑰匙保管好。您得向我保證，您會按我說的去做。」

「珀西怎麼辦呢？」

「他會跟我們一起去倫敦。」

「我呢，我要留在這兒嗎？」

「這麼做都是為了他。您可以幫到他的。快！快答應我！」

她迅速地點頭表示同意，緊接着，另外兩個人走了過來。

「你幹嗎悶在屋裏啊，安妮？」她哥哥大聲說道。「出來曬曬太陽吧！」

「不用，謝謝，約瑟夫。我有點兒頭疼，這間屋子又涼爽又舒服，特別安神。」

「眼下您有甚麼建議呢，福爾摩斯先生？」我們的主顧問道。

「呃，調查這件小事的時候，咱們可不能忘了真正的大事。如果您能跟我們去一趟倫敦的話，對我來說就是莫大的幫助。」

「馬上走嗎？」

「是的，您準備好了就走。這麼說吧，一個小時之後就出發。」

「我身體上倒是沒甚麼問題，怕就怕我派不上甚麼用場。」

「您的用場再大不過了。」

「您是打算讓我在倫敦過夜吧？」

「我剛準備這麼說呢。」

「那麼，昨夜的那位朋友再來的話，看到的就是鳥去巢空的景象。我們都聽您的差遣，福爾摩斯先生，不管您有甚麼要求，照直說就行了。興許您還打算叫上約瑟夫，好讓我有個照應，對吧？」

「哦，不用，您也知道，我朋友華生是個醫生，他可以照看您。您樂意招待的話，咱們就在這兒把午飯吃了，然後再一起進城。」

接下來的一切都跟他的安排完全一致，只是哈里森小姐託病留在了那間臥室裏，沒有出來吃飯。當然，她這麼做也是他的吩咐。我完全不明白他這番籌劃用意何在，只能推測他是不想讓那位小姐接近菲爾普斯。菲爾普斯感覺自己已經漸漸復原，又對接下來的行動充滿了期待，於是就高高興興地跟我們一起在餐廳吃了午餐。沒想到，福爾摩斯還給我和菲爾普斯準備了更加讓人驚詫的一齣，因為他陪着我倆去了車站，看着我倆上了火車，然後就若無其事地宣佈，他並不打算離開沃金。

「還有那麼一兩個小問題，我想在離開之前弄清楚，」他如是說道。「您這一走，菲爾普斯先生，反倒可以帶給我某種幫助。華生，麻煩你幫個忙，到倫敦之後，你馬上坐車帶咱們這位朋友去貝克街，跟他一起在那裏等我，不見不散。好在你們兩個是老同學，一定有很多事情可以聊。今天晚上，菲爾普斯先生可以住那間空着的臥

室，明天早晨，我會趕回去跟你們一起吃早飯。這兒有一班去倫敦的火車，八點鐘就能到滑鐵盧車站。」

「可是，倫敦的調查工作怎麼辦呢？」菲爾普斯懊惱不已地問道。

「倫敦的調查工作可以推到明天。要我說，照目前的情況來看，我留在這裏才能發揮更加直接的作用。」

「麻煩您轉告萊爾布雷厄的那些人，我預計會在明天晚上回去，」火車開動的時候，菲爾普斯大聲喊道。

「我並不打算返回萊爾布雷厄，」福爾摩斯應了一句。接下來，火車飛快地駛出了站台，福爾摩斯衝我倆揮手道別，一副興高采烈的模樣。

路途之上，我和菲爾普斯反復地推敲這個嶄新的情況，怎麼也找不出一個滿意的解釋。

「據我看，他是想尋找一些線索，以便破解昨天夜裏的竊案，當然嘍，前提得是那個人確實是一名竊賊。你要問我的話，我可不相信那是個普通的竊賊。」

「那麼，你的推測是甚麼呢？」

「不怕跟你說，也不怕你覺得我神經過敏，總之我認為，我陷入了一個十分複雜的政治陰謀，除此之外，出於某種我無從設想的理由，那些陰謀分子還想要我的命。如果你覺得我這種說法又誇張又荒唐，那就好好地想想這些事實吧！我那間臥室裏壓根兒就沒有值錢的東西，竊賊幹嗎要破窗而入呢？還有啊，他幹嗎要帶上一把長刀呢？」

「你肯定那不是竊匪慣用的撬棍嗎？」

「噢，不是，那確實是一把刀子。我清楚地看到了刀刃的寒光。」

「可是，有人用這麼刻毒的手段來對付你，究竟是為了甚麼呢？」

「呃，這正是我想要弄清的問題。」

「好吧，如果福爾摩斯也這麼看的話，他的舉動就非常容易解釋了，不是嗎？他如果贊成你的推測，自然會設法去抓昨天夜裏恐嚇你的那個人，然後就可以順藤摸瓜，把偷走海軍協定的人給找出來。要說你有兩撥敵人，一撥偷了你的協定，另一撥想要你的命，那可就真是太荒唐了。」

「可是，福爾摩斯剛才說了啊，他並不打算返回布萊爾布雷厄。」

「我認識他不是一天兩天了，」我說道，「可是，要說他做的哪件事情沒有十分充足的理由，那我還真是沒有見過呢。」說到這裏，我倆漸漸地聊起了別的話題。

不過，這一天可真是讓我筋疲力盡。菲爾普斯久病初愈，身體仍然非常虛弱，同時又被自己的不幸遭遇弄得牢騷滿腹、坐立不安。我千方百計地拉着他聊阿富汗、聊印度、聊各種社會問題、聊一切能讓他暫時忘記愁苦的事情，結果是徒勞無功。他總是會把話題繞回他那份丟失的協定，沒完沒了地懸想、猜測、揣摩，想知道福爾摩斯在做甚麼，霍德赫斯特勳爵採取了甚麼措施，明天又會有甚麼樣的消息。夜越來越深，他的煩躁漸漸變成了我的折磨。

「你絕不懷疑福爾摩斯的本領吧？」他問道。

「我親眼見證了他的一些非凡成就。」

「可他從來沒有偵破過這麼疑難的案子，對吧？」

「呃，你這麼說可不對，據我所知，他偵破過一些線索比你這件還少的案子。」

「可他沒辦過這麼重大的案子吧？」

「這我倒說不好。可我確切地知道，他曾經替歐洲的三個在位王族處理過至關重要的事務。*」

「你是非常了解他的，華生。他這個人實在是太過高深莫測，叫我怎麼也琢磨不透。按你看，他覺得這案子有希望嗎？按你看，他覺得這案子能破嗎？」

「他甚麼也沒說。」

「這個兆頭可不好。」

「恰恰相反。根據我的觀察，線索斷了的時候，他一般都會實話實說。如果他特別不愛說話，通常都意味着他掌握了一些線索，同時又沒有百分之百的把握。好了，親愛的伙計，急是急不出名堂的，我勸你還是趕緊去睡覺吧，這樣的話，先不說明天的消息是好是歹，咱們起碼能有一個不錯的精神狀態。」

百般勸誘之下，他總算接受了我的建議，不過，看他那副心煩意亂的神態，我知道他八成是無法入睡。事實上，我自己也受了他的感染，在床上翻來覆去地折騰了半宿，反復琢磨這件離奇的案子，想出了一種又一種解釋，

---

* 根據《波希米亞醜聞》和《單身貴族》當中的敍述，福爾摩斯曾經替「波希米亞國王」、荷蘭王室和「斯堪的納維亞國王」辦案。

一種比一種不符合情理。福爾摩斯為甚麼要留在沃金呢？為甚麼要叫哈里森小姐在那間病房裏待一整天呢？他為甚麼要做得那麼小心，生怕布萊爾布雷厄的那些人知道他打算留在附近呢？我絞盡腦汁地尋找着一個可以涵蓋所有這些事實的解釋，最後還是迷迷糊糊地睡了過去。

早上七點，我醒了過來，之後就立刻跑進菲爾普斯的房間，發現他憔悴委頓，顯然是一夜無眠。看到我之後，他第一個問題就是福爾摩斯到了沒有。

「他說甚麼時間到，甚麼時間就會到，」我說道，「早一刻晚一刻都不是他。」

我果然沒有說錯，八點剛過不久，一輛雙輪馬車就衝到了門口，從車裏出來的正是我倆那個共同的朋友。我倆站在窗邊，看到他左手纏着繃帶，蒼白的臉顯得十分凝重。他走進了寓所的大門，一時之間卻沒有上樓。

「看他的樣子，似乎是吃了敗仗啊，」菲爾普斯驚叫起來。

我不得不承認他說得沒錯。「說來說去，」我說道，「案子的線索多半還是在倫敦這邊。」

菲爾普斯呻喚了一聲。

「說不清甚麼道理，」他說道，「可我就是對他這次回來抱有特別大的希望。但是，他那隻手昨天可不是這麼包着的啊。出了甚麼事情呢？」

「你沒受傷吧，福爾摩斯？」我朋友進房的時候，我迫不及待地問道。

「嘖，擦破點兒皮而已，都怪我自個兒手腳太笨，」

他一邊回答，一邊衝我倆點了點頭，算是道了早安。「菲爾普斯先生，在我辦過的所有案件當中，您這件案子的疑難程度顯然是名列前茅。」

「我本來就擔心它超出了您的能力範圍。」

「這是一次非常值得紀念的經歷。」

「你手上的繃帶肯定是有來由的，」我說道。「能給我們講講嗎？」

「吃完早飯再講吧，親愛的華生。你可別忘了，我剛剛從薩里郡回來，足足趕了三十英里的路哩。據我估計，我登給車夫們看的那則啟事還是沒有回音吧，對嗎？唉，算啦，咱們可不能指望次次都贏。」

餐桌已經佈置妥當，我剛準備拉鈴，哈德森太太就端着茶和咖啡走了進來。幾分鐘之後，她送來了三個帶蓋子的餐盤。我們三個都上了桌，三個人三種模樣，福爾摩斯垂涎三尺，我心裏充滿好奇，菲爾普斯則是沮喪至極。

「哈德森太太特意起來備了早餐，」福爾摩斯一邊說，一邊揭開一個蓋子，露出了一盤咖喱雞。「她會做的菜式不算太多，可她確實擁有蘇格蘭女人的早餐造詣。你那邊的盤子裏是甚麼呢，華生？」

「火腿加雞蛋，」我回答道。

「好極了！您想選哪一樣，菲爾普斯先生，咖喱雞還是火腿蛋？要不然，吃您自己面前的那份怎麼樣？」

「謝謝您，我甚麼也吃不下，」菲爾普斯說道。

「噢，吃點兒吧！嘗嘗您面前的那盤菜。」

「謝謝您，我真的不想吃。」

「這樣啊，那麼，」福爾摩斯一邊説，一邊不懷好意地眨了眨眼睛，「要我説，您幫我揭開蓋子總可以吧？」

菲爾普斯揭開蓋子，立刻驚叫一聲，目瞪口呆地坐在那裏，臉白得跟他緊盯着的那個盤子一樣。盤子的中央橫着一小卷藍灰色的紙。他拿起那個紙卷，看眼神是恨不得把它吃下去。接下來，他把紙卷緊緊地貼在自己胸前，一邊在房間裏瘋狂地手舞足蹈，一邊喜不自勝地高聲尖叫。再下來，他一頭栽進一把扶手椅，激動得四肢癱軟、筋疲力盡，我們不得不給他灌了點兒白蘭地，好歹是沒讓他暈過去。

「好啦！好啦！」福爾摩斯一邊溫言勸慰，一邊拍他的肩膀。「我真不該用這種方法來驚嚇您，可是，華生可以作證，一旦有機會製造一點兒戲劇效果，我總是抵擋不住誘惑。」

菲爾普斯緊緊地抓住福爾摩斯的手，吻了一下。「願上帝保佑您！」他叫道。「您保全了我的名譽啊。」

「呃，您得明白，我自個兒的名譽也需要保全，」福爾摩斯説道。「不怕跟您説，如果我破不了案，痛苦的程度絕不亞於您交不了差。」

菲爾普斯把那份寶貴的文件塞進了最裏面的衣服口袋。

「我不想再耽擱您用早餐，可我真的很想知道，您通過甚麼方法找到了文件，又是在哪裏找到的。」

歇洛克·福爾摩斯喝完一杯咖啡，又把火腿蛋吃了下去，這才站起身來，點上煙斗，踏踏實實地坐進了他的椅子。

「我先來說說我做了些甚麼，等下再說我為甚麼這麼做，」他說道。「在車站跟你們分手之後，我怡然自得地散了會兒步，穿過薩里郡的迷人鄉野，走到一個名為里普利的小小村落*，找個客棧喝了點兒茶，然後灌滿水壺、揣上一塊薄如紙片的三明治，做好了所有的準備工作。黃昏時分，我出發前往沃金，剛剛天黑，我就走到了布萊爾布雷厄宅邸外面的大路上。

「這之後，我一直在等大路清靜下來，當然嘍，依我看，那條路從來也沒有特別熱鬧的時候。大路上沒有行人之後，我翻過籬笆進了院子。」

「院子的門肯定是開着的啊！」菲爾普斯脫口而出。

「確實開着，可我對翻籬笆之類的事情有一種特殊的愛好。我選的是那個長着三棵杉樹的地方，有了它們的掩護，屋子裏的任何人都別想看見我翻籬笆的舉動。我在籬笆裏面的灌木之間穿行，一叢一叢地往前爬，你們瞧，我褲子的膝蓋部位多不雅觀。到最後，我摸到了對着您臥室窗子的那叢杜鵑後面，然後就蹲了下來，靜觀其變。

「您那個房間的百葉簾沒有拉上，所以我能夠看見，哈里森小姐正在桌子旁邊看書。十點一刻的時候，她合上書本，關好窗板，回她自己的房間去了。

「我聽見了她關門的聲音，同時也非常肯定，她確實用鑰匙鎖上了房門。」

「鑰匙！」菲爾普斯失聲驚叫。

「沒錯，之前我叮囑過哈里森小姐，讓她回房之前從

---

* 里普利村 (Ripley) 在沃金鎮東南邊，離沃金大約 6 公里。

外面鎖上您那個房間的門，把鑰匙保管好。她一絲不苟地執行了我的各項指示，毫無疑問，沒有她的合作，您是不可能把那份文件揣進口袋的。好了，她已經離開房間，房間裏的燈也滅了，就剩我自個兒在杜鵑花叢裏蹲着了。

「夜晚雖説晴朗宜人，這一次的守夜經歷終歸還是非常枯燥。當然嘍，當時我非常興奮，好比是趴在河邊的一名獵手，正在等待那頭最大的獵物。話説回來，等待的時間可真是漫長，這麼説吧，華生，簡直趕上了調查『斑點帶子』那個小小問題的時候，咱倆在那個恐怖房間裏的那次苦苦等待*。沃金鎮的教堂有一個報時的鐘，每到整刻都會敲響，而我不止一次地覺得，那個鐘已經停了。到最後，大約凌晨兩點的時候，我突然聽見了有人輕輕拔去門閂的聲音，跟着又聽見了鑰匙開鎖的聲音。片刻之後，小販和僕人出入的那道門開了，約瑟夫·哈里森先生走到了月光之下。」

「約瑟夫！」菲爾普斯又一次驚叫出聲。

「當時他沒戴帽子，肩上倒是披了一件黑色的斗篷，這樣一來，情況緊急的時候，他就可以立刻把臉蒙住。他踮起腳尖走在屋牆的陰影裏，走到您臥室窗邊的時候，他把一把長刀插進窗框的縫隙，就這麼別開了插銷。接下來，他一把拉開窗子，又把刀子伸進窗板的縫隙，撬開窗閂，推開了窗板。

「從我的藏身之處可以清楚地看到房間裏的情形、看

---

* 詳情可參見《斑點帶子》。

到他的一舉一動。他點亮了壁爐台上的兩支蠟燭，走到房門跟前，把地毯的一角翻了起來，然後就俯下身去，揭起了一塊方形的活板。那種活板通常是為管道工人留的，好讓他們檢修煤氣管道的接頭。事實上，那塊活板下面的確是一個 T 形接頭，給廚房供氣的管道就是從那裏接出去的。他把您那個紙卷從藏匿之處拿了出來，接着就摁下活板，鋪好地毯，吹滅蠟燭，跳出窗子，跟站在外面等他的我撞了個滿懷。

「怎麼說呢，約瑟夫老爺的兇悍程度遠遠超出了我的估計。他舞着刀子朝我撲了過來，我放翻了他兩次，指關節上也挨了一刀，這才終於制服了他。我倆打完之後，他只有一隻眼睛還能看東西，看眼神卻還是恨不得把我殺了。不過，他最終還是聽從了理性的指引，乖乖地交出了文件。拿到文件之後，我就把他給放了。當然嘍，今天早上，我已經通過電報把詳細的案情發給了福布斯。如果他手腳夠快，逮得住他的鳥兒，那敢情好。反過來，如果情形跟我的強烈預感一樣，福布斯看到的只是鳥去巢空的景象，沒關係，政府只會覺得更加高興。依我看，有些先生巴不得這件案子永遠上不了警庭 *，霍德赫斯特勳爵算一個，珀西·菲爾普斯先生也算一個。」

「天哪！」我們的主顧倒吸了一口涼氣。「您難道是說，我痛苦萬狀地熬了漫長的十個星期，失竊的文件卻一直都在我自個兒的病房裏嗎？」

---

* 警庭 (police-court) 即地方法庭 (magistrates' court)，是英格蘭和威爾士最低一級的法庭。

「的確如此。」

「好一個約瑟夫！原來他是個無賴，還是個竊賊！」

「嗯！恐怕我不得不說，約瑟夫的性情要比大家從外表看到的更加複雜，同時也更加危險。根據他今天凌晨的交代，我了解到他是在股市上栽了大跟頭，為了改善自己的財政狀況，沒有甚麼事情他不敢幹。他這個人極度自私，一旦看到發財的機會，不管是他妹妹的幸福，還是您的名譽，都不在他的考慮範圍之內。」

珀西‧菲爾普斯癱倒在了椅子背上。「我的腦子亂成了一鍋粥，」他說道。「您這些話真讓我暈頭轉向。」

「您這件案子，」福爾摩斯又拿出了他那種教授一般的口吻，「首要的症結就是證據太多。關鍵性的證據和不相干的東西攪在了一起，讓人無從分辨。眼前的事實堆積如山，咱們必須懂得挑選，這樣才能把各個要點按順序拼接起來，重現這根非同一般的事件鏈條。我一早就對約瑟夫產生了懷疑，依據就是當晚您打算跟他結伴回家，而他又對外交部熟門熟路，很可能會順道去辦公室找您。接下來，我聽說有人如此急切地想要闖進您的病房，心裏的懷疑就得到了確證。原因在於，您告訴過我們，約瑟夫是在您和醫生一道回家之後才被迫搬出那個房間的，由此可知，有機會在那個房間裏藏東西的只有約瑟夫一個人，更何況，竊賊在看護剛走的頭一個晚上就闖了進去，只能說明他對你們家的情況十分熟悉。」

「我可真是個睜眼瞎！」

「根據我的推斷，這件案子的前後經過是這樣的：約

瑟夫·哈里森這個傢伙從查理街上的側門走進了外交部，因為他認得路，所以就直接走進了您的辦公室，那時您剛剛離開。發現屋裏沒人之後，他立刻拉響了鈴鐺，與此同時，他瞥見了桌子上的文件。他一眼看出機會難得，可以弄到一份價值連城的政府公文。頃刻之間，他已經把文件揣到兜裏，就這麼溜之大吉。您肯定還記得，幾分鐘之後，那個睡眼惺忪的門房才讓您注意到了鈴鐺的事情，有了這幾分鐘的時間，這個竊賊剛好可以逃離現場。

「他坐接下來的第一班火車回了沃金，把贓物檢查了一遍，發現它的確具有無可估量的價值，於是就把它藏到一個自以為非常安全的地方，準備等上一兩天，再把它取出來賣給法國使館，或者是其他某個他認為會出大價錢的機構。沒想到，您突然回到了家裏，而他馬上就被攆出了那個房間，沒有任何時間進行準備。從那以後，房間裏的人從來不曾少於兩個，所以他始終拿不回自己的寶貝，肯定是急得發狂。到最後，他覺得機會終於來了，於是就打算溜進房間，不巧的是您依然醒着。您應該還記得，當天晚上，您沒有按平常的習慣服用那種藥劑。」

「我確實記得。」

「依我看，他很可能是在您的藥劑裏做了甚麼手腳，所以才確信您當時應該沒有知覺。當然，我心裏有數，只要能得到安全下手的機會，他一定還會再次嘗試。您既然離開了那個房間，他自然就得到了盼望之中的機會，與此同時，我安排哈里森小姐整天待在那裏，所以他沒法提前下手。誘使他產生警戒撤除的幻覺之後，我採取了我剛才

説過的那個步驟，暗中監視着那個房間裏的動靜。我知道文件多半是在那個房間裏，只是懶得去把所有的地板和牆裙都撬一遍，所以呢，我讓他主動把文件取出來，自己就省掉了一大堆麻煩。還有甚麼需要我解釋的地方嗎？」

「第一次往房間裏闖的時候，」我問道，「他明明可以從門口進去，為甚麼要撬窗子呢？」

「要想走到門口，他必須經過七間臥室。另一方面，離開的時候也是走草坪比較方便。還有別的嗎？」

「按您看，」菲爾普斯問道，「他應該不會有殺死我的打算吧？他手裏雖然拿着刀，應該只是用來撬窗子的吧。」

「也許吧，」福爾摩斯一邊回答，一邊聳了聳肩膀。「我敢擔保的只有一件事情，也就是說，約瑟夫·哈里森先生絕對不是一位心慈手軟的善人。」

最後一案

懷着十分沉痛的心情，我最後一次提筆敍寫我朋友歇洛克·福爾摩斯，敍寫他秀出群倫的獨特本領。在此之前，我以一種雜亂無章、自己也深感十分蒼白的方式講述了我與他共同經歷的一些離奇事件，始於我倆借由「暗紅習作」一案初次相識，迄於他介入「海軍協定」一案。在後面這件案子當中，毫無疑問，多虧有他的介入，一場嚴重的國際糾紛才沒有成為事實。我本打算就此封筆，絕口不提下面這件事情，因為這件事情給我的生活造成了難以承受的缺憾，事隔兩年也沒有絲毫好轉。可是，詹姆斯·莫里亞蒂上校最近發表了一些信件，試圖為他已故的兄弟正名，所以我已經別無選擇，只能邅爾操觚，把相關的事實原原本本地呈現在公眾眼前。世上只有我一個人了解這件事情的全部真相，而我已經斷定，事到如今，秘而不宣不會再有任何好處。據我所知，關於此事的公開報道只有三種，一是《日內瓦日報》* 一八九一年五月六日的報道，二是英國各家報紙五月七日刊發的路透社電訊，再就是我前面提到的那些新近發表的公開信。前兩種都是語焉不詳，後一種則正如我即將揭示的那樣，完全是顛倒黑白。

---

* 這篇故事首次發表於 1893 年 12 月；《日內瓦日報》(*Journal de Genève*) 是瑞士的一份法語報紙，1826 年創刊，1998 年停刊。

有鑑於此，我自感義不容辭，不得不首次披露，莫里亞蒂教授和歇洛克‧福爾摩斯先生二人糾葛的真實始末。

讀者諸君也許記得，自從我有了家室，隨後又開業行醫，我和福爾摩斯之間的親密關係就在一定程度上有所疏遠。隔三岔五，趕上他的調查工作需要同伴的時候，他依然會來找我。然而，這樣的情形日見稀少，最後我竟然發現，我一八九零年的記錄當中只有區區三件案子。這一年的冬天和一八九一年的初春，我在報上看到他接受了法國政府的委託，正在辦一件極其重大的案子，其間又收到了他分別從納博訥和尼姆*寄來的兩封信，由此推測他的法國之行可能會曠日持久。這樣一來，四月二十四日晚上，看到他走進我的診療室，我不免覺得有些驚訝。與此同時，我發現他臉色比平常還要蒼白，身形也更見消瘦。

「是啊，我的確把自己消耗得太厲害了，」他回答的是我的表情，並沒有等我開口說話，「最近的壓力稍微有點兒沉重。我得把你的窗板關上，你沒意見吧？」

我本來是在看書，桌上的提燈是屋裏僅有的光源。福爾摩斯貼着牆蹭到窗邊，砰的一聲關上窗板，跟着就緊緊地插上了插銷。

「你是在害怕某種東西嗎？」我問道。

「呃，是的。」

「甚麼東西呢？」

「氣槍†。」

---

* 納博訥 (Narbonne) 和尼姆 (Nimes) 都是法國南部城市。
† 氣槍通過壓縮空氣發射子彈，槍聲比使用火藥的槍支小得多，高壓氣槍是威力相當大的武器。

「親愛的福爾摩斯，這話是甚麼意思？」

「你對我非常了解，華生，應該知道我絕不是一個神經過敏的人。話又説回來，如果危險臨頭還拒絕承認，那就不叫勇敢，只能叫做愚蠢了。你能給我根火柴嗎？」他貪婪地吸着香煙，似乎是非常享受它的鎮靜作用。

「這麼晚上門，我得跟你道個歉，」他説道，「不光如此，一會兒我還得從你們家後園的牆頭翻出去，請你不要見怪。」

「可是，這一切到底是怎麼回事呢？」我問道。於是他伸出一隻手來，而我借着提燈的光線看見，他有兩個指關節已經破皮見血。

「看見了吧，這可不是虛無縹緲的事情，」他笑着説道。「恰恰相反，這事情鐵板釘釘，打上去都會傷到手呢。你太太在嗎？」

「她出門作客去了。」

「真的啊！你一個人嗎？」

「沒錯。」

「這樣的話，事情就好辦了。我打算請你跟我一起上歐洲大陸去待一週，本來還有點兒不好開口呢。」

「去哪兒？」

「噢，哪兒都行，對我來説都一樣。」

眼前的一切實在是非常古怪。福爾摩斯可不是一個喜歡沒事閒逛的人，更何況，他蒼白憔悴的臉龐已經告訴了我，他的神經正處於最為緊張的狀態。他看到了我眼睛裏

的疑問，於是就把雙手叉在一起，雙肘支在膝頭，開始解釋其中的緣由。

「莫里亞蒂教授這個人，你多半是從來沒聽説過吧？」他説道。

「沒聽説過。」

「可不是嘛，高就高在這裏，妙就妙在這裏！」他大聲説道。「他的勢力遍及倫敦的每一個角落，他的名字卻從來不曾有人提起。他之所以能夠登上犯罪史的巔峰，原因就在這裏。實實在在地告訴你，華生，如果能夠擊敗這個傢伙，能夠為社會清除這個禍害，我就會覺得自己的職業生涯已經達到頂峰，往後就可以去過一種比較平靜的生活。咱倆私下説啊，最近這段時間，替斯堪的納維亞王室和法國公眾辦完那幾件案子之後，我已經打下了一點兒基礎，可以去過我最喜歡的那種隱居生活，集中精力搞我的化學研究。可是，華生，一想到莫里亞蒂教授這樣的人還在倫敦的大街上橫行無忌，我就沒辦法踏實下來，沒辦法安安穩穩地坐在自個兒的椅子上。」

「那麼，他都幹了些甚麼呢？」

「這個人的履歷可謂不同凡響。他出身名門，受過非常好的教育，還擁有驚人的數學天賦。剛剛二十一歲的時候，他就完成了一篇關於二項式定理的論文，一時間名噪全歐。靠着論文帶來的聲譽，他在本國一間不那麼顯赫的大學裏獲得了數學教席，從各個方面來看都是前程似錦。可是，這傢伙擁有邪惡至極的遺傳天性，血管裏流的也是罪犯的血液，而他非凡的智力不但沒有起到矯正的作用，

反而助長了他的犯罪傾向，使他的犯罪行為變本加厲。這麼着，他從教的那個校園小鎮漸漸有了一些關於他的恐怖傳言，而他也不得不辭去教授職位，來到倫敦，搖身變成了一名陸軍軍官。外界對他的了解到此為止，接下來的這些事情都是我自己的發現。

「你是知道的，華生，關於倫敦高層犯罪圈子的內幕，這世上再沒有誰比我更清楚。多年以來，我一直覺得倫敦罪犯的背後有一股組織完備、深藏不露的勢力，這股勢力一直在阻礙法律的實施，一直在為不法之徒提供庇護。一次又一次，我不斷地通過五花八門的罪案——偽造、劫盜、謀殺——察覺到這股勢力的存在，還從我未曾親身參與的許多懸案當中嗅到了它的氣息。多年以來，我一直在努力揭開它的神秘面幕，最後才終於找到線索，開始順藤摸瓜。千百次撲朔迷離的轉折之後，這條線索終於讓我追蹤到了曾經的數學名流，現已退職的莫里亞蒂教授。

「他就是罪犯之中的拿破侖，華生。他是咱們這座偉大城市裏半數罪案的主謀，那些未能破獲的懸案幾乎都是出自他的籌劃。他是個天才，又是個哲人，還是個超凡脫俗的思想者。他擁有第一流的頭腦，總是像蜘蛛一樣端坐在網子的中央，可怕的是，他那張網包括千萬條絲線，每一條絲線的每一絲顫抖他都是瞭如指掌。他很少親自動手，只負責制訂計劃，可他的爪牙不光是不計其數，而且擁有十分完備的組織。如果有人想實施甚麼罪行，打個比方說吧，想盜竊某份文件，想搶劫某座房屋，或者是想清

除某個人，只需要給教授捎個話，事情就會安排妥當、水到渠成。爪牙可能會落入法網，但卻總會有人出錢來保他們，或者是替他們打官司。與此同時，操縱這些爪牙的中樞從來都不曾被人逮到，甚至是從來不曾惹上嫌疑。這就是我追查出來的那個組織，華生，也是我用盡全力去揭露並摧毀的目標。

「可是，教授在自己周圍設下了一道道精心構築的屏障，即便我使盡渾身解數，一時之間也不免灰心喪氣，覺得我根本拿不到足以將他按律定罪的證據。我的本領你是知道的，親愛的華生，可是，整整三個月的追查之後，我不得不承認，我終於遇上了一個智力和我不相上下的對手。那時候，我對他的本事無比欽佩，甚至超過了我對他那些罪行的憎恨之情。不過，他最終還是犯了個錯誤。當然，那只是一個非常非常小的錯誤，可是，既然有我在他身後窮追不捨，錯誤的代價就不是他所能承受。就從他犯錯的那一刻開始，我見機而作，一步步地在他周圍佈下了天羅地網，眼下已經是萬事俱備，只待收網見魚。三天之後，換句話說就是下週一，時機就會成熟，教授和他那個幫派裏所有的得力幹將都會落入警方的掌握。隨之而來的就會是本世紀最大的一次刑事審判，四十多宗疑案將會同時破解，所有案犯也都會攤上一根絞索。不過，你明白吧，我們絕不能過早地採取任何行動，那樣的話，即便已經到了最後的關頭，他們仍然有可能溜出我們的掌心。

「好了，如果我這些安排能夠瞞過莫里亞蒂教授的話，所有事情當然會順利完成。只可惜他老謀深算，不可

能對此無知無覺。他看到了我那張網的每一條經緯，一次又一次地想要破網而逃，而我也一次又一次地截住了他。這麼跟你說吧，我的朋友，我和他之間那場沉默的較量如果能有一份詳盡的記述，一定會成為偵探史上最精彩的一篇智鬥經典。以前我從來不曾到達如此超絕的高度，也從來不曾被對手逼得如此窘迫。他確實是深謀遠慮，可我剛好比他稍微高了那麼一籌。今天早上，我做好了最後的部署，只需要三天的時間，整件事情就可以大功告成。接下來，我坐在自己的房間裏掂量這件事情，房門突然開了，莫里亞蒂教授站在了我的眼前。

「我的神經算得上相當堅強，華生，可我必須承認，看到我日夜琢磨的那個人突然站在了我的家門口，我還是嚇了一跳。他的長相我早已瞭如指掌，個子高得出奇，身材瘦得出奇，突出的額頭形成了一個白色的弧面，眼睛深深地陷進了頭顱。他蒼白的臉龐刮得乾乾淨淨，樣子有點兒像苦行的僧侶，眉目之間還依稀保留着教授的風範。他的肩膀因為長年的研究工作而變得有些佝僂，伸在身前的臉則不停地左搖右擺，擺動的速度十分緩慢，方式也十分古怪，活像是一隻爬行動物。進門之後，他眯縫起眼睛，饒有興致地打量着我。

「『您的額頭也沒有我想像的那麼高嘛，』良久之後，他終於開了口。『把手伸在睡袍口袋裏撥弄上了膛的火器，這可是一種危險的習慣哪。』

「的確，他剛剛跨進門檻，我立刻意識到自己的生命面臨着極大的危險。他要想逃脫法律的制裁，唯一的辦法

就是讓我閉上嘴巴。所以呢，我趕緊從抽屜裏摸出左輪手槍，悄悄地塞進睡袍的口袋，隔着衣服對準了他。眼下他既然挑明了這一點，我便把扳好擊鐵的手槍從口袋裏掏了出來，擺到了桌子上。他仍然笑眯眯地眨巴着眼睛，可他的眼神卻讓我覺得，手裏有槍是一件值得慶幸的事情。

「『您顯然是對我缺乏了解，』他說。

「『恰恰相反，』我這麼回答他，『要我説，真正顯然的事情是我對您非常了解。請坐。如果您有話要說的話，我可以給您五分鐘的時間。』

「『我要說的話，都在您的意料之中，』他說。

「『如此說來，我的回答多半也在您的意料之中，』我說。

「『您不肯讓步嗎？』

「『絕對不肯。』

「他飛快地把手伸進自己的口袋，我趕緊抄起了桌上的手槍。不過，他掏出來的只是一個記事本，上面潦草地記着幾個日期。

「『一月四日，您擋了我的道，』他說。『二十三日，您礙了我的事。二月中旬，您給我造成了極大的不便。三月底，我的計劃碰上了無法逾越的障礙。眼下呢，四月即將過去，而我已經發現，由於您沒完沒了的迫害，我竟然實實在在地面臨着喪失自由的危險。按我看，局面已經有點兒不堪忍受啦。』

「『您有甚麼提議嗎？』我問他。

「『您必須住手，福爾摩斯先生，』他的臉依然在左

搖右擺。『您也知道，您真的別無選擇。』

「『過了週一再說吧，』我說。

「『嘖，嘖！』他說。『您這麼聰明，我敢肯定您非常清楚，這事情只能有一個結果。您必須見好就收，不收是不行的。您把事情搞到了今天這種地步，留給我們的只有一條出路。看到您糾纏這件事情的巧妙方法，實在是一種智力上的享受，說心裏話，如果我被迫採取某種極端的措施，那可就太讓人痛心了。您別笑，先生，我可以跟您保證，我真的會覺得非常痛心。』

「『幹了我這個行當，危險自然是家常便飯，』我說。

「『這可不是危險，』他說。『是無法逃脫的毀滅。讓您擋了道的可不是甚麼單槍匹馬的個體，而是一個神通廣大的組織，您雖然聰明絕頂，卻也沒能認識到它全部的力量。您必須靠邊兒站，福爾摩斯先生，要不然會被踩扁的。』

「『不好意思，』我一邊說，一邊站了起來，『我光顧着享受跟您談話的樂趣，恐怕已經耽擱了別處的一些待辦要務。』

「他也站了起來，默不作聲地看着我，悲哀地搖了搖腦袋。

「『好吧，好吧，』他終於開了口。『這事情似乎有點兒遺憾，可我已經盡我所能。您的每一步棋我都知道，週一之前您甚麼也幹不了。這是你我二人的一場決鬥，福爾摩斯先生。您想把我送上被告席，可我只能告訴您，我是絕對不會站上被告席的。您還想擊敗我，那我也只能告

訴您，這事情您永遠也做不到。您要是聰明到了可以毀滅我的地步，那就請您儘管放心，我也能對您做到同樣的事情。』

「『剛才您跟我客氣了好幾次，莫里亞蒂先生，』我說。『容我也跟您客套一句。我要說的是，如果確信前一件事情能夠實現的話，那麼，為公眾的利益起見，我會欣然接受後一件事情。』

「『我只能跟您擔保其中一件，另一件我可擔保不了，』他吼了一聲，然後就轉過身去，用他那佝僂的背脊對着我，一邊東張西望，一邊走出了房間。

「這就是我和莫里亞蒂教授的奇異會晤。坦白說，這次會晤讓我心裏很不愉快。教授那些輕描淡寫、嚴謹縝密的言語可說是擲地有聲，絕不是咋咋唬唬的恐嚇所能比擬。你當然會問，『幹嗎不讓警方對他採取措施呢？』答案就是我非常清楚，他自己不會動手，動手的只會是他的爪牙。情形必然會是這樣，我已經有了再確鑿不過的證據。」

「他們已經對你下手了嗎？」

「親愛的華生，莫里亞蒂教授可不是一個乾等着腳下長草的人。今天中午，我去牛津街辦點事情，剛走到本廷克街轉往維爾貝克街的那個拐角，一輛雙駕貨車就呼嘯着轉進本廷克街，閃電般地朝我碾了過來。我趕緊跳上人行道，間不容髮地躲過了劫難。那輛貨車一直衝進瑪麗勒本路，轉眼之間就不見了。從那時起，華生，我再也沒敢

離開人行道。可是，我走在維爾街上的時候*，一塊磚頭突然從旁邊一座房子的屋頂上掉了下來，在我腳邊砸得粉碎。我叫來警察，讓他們搜查了那座房子。他們發現屋頂堆着一些用於修繕的板瓦和磚塊，於是就竭力讓我相信，磚頭是讓風給颳下來的。我當然知道情形並非如此，但卻拿不出任何證據。接下來，我坐上出租馬車去了樸爾莫爾大街，整個下午都待在我哥哥家裏。來你這兒的路上，一名手持大頭棒的暴徒對我發起了襲擊。我放倒了他，還把他交給了警察，不過，你可以放一百萬個心，警方絕對找不出這位先生和那位退職數學教授之間的任何聯繫。我的指關節在這位先生的門牙上破皮見血的時候，那位教授，我敢說，肯定是在十英里之外的一塊黑板跟前研究數學問題呢。華生啊，我一進門就關上了你家的窗板，剛才還不得不向你申請，要通過一條比前門隱蔽一點兒的路線離開你家，聽了我這番解釋，你應該不會再覺得奇怪了吧。」

我經常都對我朋友的勇氣讚佩不已，眼下就更是五體投地，因為他泰然自若地坐在那裏，一件一件地數出了一長串事故。一天裏就有這麼多事故，這一天不知道該有多麼恐怖。

「你打算在這裏過夜嗎？」我説道。

「不行啊，我的朋友，因為你興許會發現，我這樣的客人相當危險。我已經做好了計劃，應該不會再有甚麼問

*　從貝克街步行到牛津街，依次會經過本廷克街 (Bentinck Street)、維爾貝克街 (Welbeck Street) 和維爾街 (Vere Street)，維爾街與牛津街相接。

題。事情進行到這個程度，他們不需要我的幫助也可以抓到犯人，當然嘍，如果要給這些犯人定罪，沒有我在場是不行的。顯而易見，在警方可以全面出擊之前的這幾天，我最明智的選擇就是暫時離開這裏。所以呢，如果你能陪我去一趟歐洲大陸的話，那我就再高興不過了。」

「診所的生意十分清淡，」我說道，「隔壁的醫生又非常願意幫忙。樂意奉陪。」

「明天早上就動身，沒問題吧？」

「如果有這個必要的話。」

「噢，有必要，絕對有必要。好了，親愛的華生，下面這些就是我的指示，請你務必嚴格執行，因為從現在開始，你就是我的搭檔，得跟我一起對付整個歐洲最狡猾的匪徒，還有整個歐洲最強大的匪幫。聽好！今天晚上，你得找一個靠得住的信差，讓他把你打算攜帶的所有行李送到維多利亞車站，行李上不要寫發往何處。明天早晨，你得打發僕人去叫一輛出租馬車，還得叮囑他，送上門來的第一輛和第二輛都不能要。然後呢，你跳上馬車，讓車夫載你到婁瑟拱廊*靠斯特蘭街的那個入口。你得把地址寫在紙片上交給車夫，吩咐他別把紙片扔掉。你得預先付清車錢，馬車一停就往拱廊裏面衝，還得自己算好時間，總之要在九點一刻的時候衝到拱廊的另一頭。屆時會有一輛小型的四輪馬車在路邊等你，趕車的人身穿一件厚重的黑色斗篷，領口上鑲着紅邊。坐上那輛馬車之後，你就可以

---

*　婁瑟拱廊 (Lowther Arcade) 是一段帶拱頂的小街，街道兩邊都是店鋪。

及時到達維多利亞車站，趕上開往歐洲大陸的快車。」

「咱們在哪兒碰頭呢？」

「在車站碰頭。我已經把從車頭數的第二節頭等車廂包了下來。」

「這麼說，那節車廂就是咱們的集合地點嘍？」

「是的。」

不管我怎麼勸說，福爾摩斯還是不肯留下來過夜。我心裏明白，他之所以執意離去，怕的是給我家裏招來麻煩。他匆匆交代了幾句明天的事情，然後就站起身來，跟我一起走進花園，從牆頭翻進了莫蒂默街。緊接着，我聽見他打了個唿哨，叫住一輛出租馬車，坐上馬車離去了。

第二天早上，我不折不扣地執行了福爾摩斯的指示。我叫人僱來一輛馬車，僱車的時候也採取了相應的預防措施，杜絕了別人預先佈下圈套的可能。吃過早飯之後，我立刻坐車趕到婁瑟拱廊，跟着就以最快的速度衝到了拱廊的另一頭。一輛四輪馬車已經等在那裏，車夫塊頭很大，身上裹着黑色的斗篷。我剛剛踏進馬車，車夫就揚鞭打馬，馬車立刻轔轔駛向維多利亞車站。我下車之後，他馬上掉轉車頭絕塵而去，連看都沒有看我一眼。

到這會兒為止，一切都進行得十分順利。我的行李已經上了車，找福爾摩斯所說的那節車廂也沒費甚麼力氣。整列火車上只有那節車廂標着「已有預訂」，找起來當然更加容易。讓我擔心的事情只有一件，那就是車站的時鐘顯示火車七分鐘之後就要出發，福爾摩斯卻始終沒有露

面。我在成群結隊的旅客和送行親友當中搜尋着我朋友的矯健身影，但卻沒有任何發現。這之後，我花了幾分鐘的時間來幫助一位年邁的意大利神父，因為他的英語非常蹩腳，怎麼也沒法讓搬運工明白，應該把他的行李托運到巴黎。接下來，我又在周圍找了一圈，然後才回到了車上。沒想到，那個搬運工竟然擅作主張，把那位衰朽的意大利朋友變成了我的旅伴，也不管車票對不對得上。我想跟他解釋他上錯了車廂，可惜的是怎麼也説不清楚，因為我的意大利語比他的英語還要蹩腳。於是我只好無可奈何地聳聳肩膀，繼續焦灼不安地往窗子外面張望，尋覓着我朋友的身影。我心裏漸漸湧起了一股冰涼的恐懼，因為我暗自揣測，今天他沒有來，會不會是昨天夜裏出了甚麼事情。眼看着車門已經悉數關閉，耳邊也傳來了汽笛的聲音，就在這時——

「親愛的華生，」一個聲音説道，「你的架子可真不小，連道聲早安都不樂意。」

我大吃一驚，不由自主地轉過頭去，剛好跟那位年邁的神父四目相對。刹那之間，他臉上的皺紋紛紛消失，鼻子高高聳起，下唇不再突出，嘴裏不再念念有詞，暗淡的眼睛重放光華，佝僂的身子也挺了起來。緊接着，他整個兒的身形再一次塌了下去。福爾摩斯再一次從我眼前消失，來得快去得也快。

「天哪！」我忍不住叫了起來，「你可真把我嚇了一大跳！」

「眼下依然不能有絲毫大意，」他悄聲説道。「我完

全有理由相信，他們跟咱們如影隨形。哈，那就是莫里亞蒂本人。」

福爾摩斯説話的時候，火車已經動了起來。我回頭瞥了一眼，看見一個高個子男人正在發瘋似的擠過人群，一隻手還在不停揮舞，似乎是想讓火車停下來。不過，他已經來遲一步，因為火車飛快地提高了速度，轉眼就把車站遠遠地甩在了後面。

「看見了吧，咱們千小心萬小心，這次還是走得非常僥倖，」福爾摩斯笑着説道。這之後，他站了起來，脱下身上的黑袍黑帽，把這套神父行頭裝進了一個手提包。

「今天的晨報你看了嗎，華生？」

「沒有。」

「這麼説，貝克街的新聞你也沒看見嘍？」

「貝克街？」

「昨天夜裏，他們點着了咱們的房子，還好是損失不大。」

「天哪，福爾摩斯，這可真叫人忍無可忍！」

「那個拿大頭棒的傢伙被捕之後，他們一定是徹底失去了我的蹤跡。要不然，他們就不會以為我回家去了。不過，他們顯然沒忘了派人盯你的梢。就是因為盯上了你，莫里亞蒂才追到了維多利亞車站。來車站的時候，你沒出甚麼岔子吧？」

「我完全是按你説的做的。」

「你趕上那輛四輪馬車了嗎？」

「是的，當時它就在那裏等着。」

「車夫是誰，你認出來了嗎？」

「沒有。」

「是我哥哥邁克羅夫特。這樣的事情可不能託付給僱來的人，有了他，事情就方便多了。不過，咱們必須好好地盤算盤算，接下來該怎麼應付莫里亞蒂。」

「咱們坐的是趟快車，接下來又有聯程的輪渡＊，依我看，咱們應該可以把他遠遠地甩在身後吧。」

「親愛的華生啊，之前我說過，這個人的智力水平多半是跟我本人不相上下，現在看來，你顯然是沒有認識到這句話的含義。換成是我來追蹤的話，你總不至於認為，這麼點兒微不足道的問題就能把我給難住吧。既然如此，你把他看得這麼無能，道理又在哪裏呢？」

「他會怎麼做呢？」

「做我會做的事情。」

「那麼，你會怎麼做呢？」

「安排一趟專列。」

「那也會比咱們晚。」

「絕對不會。這趟車會在坎特伯雷†停一陣，一般來說，輪渡至少也得等一刻鐘。他會在渡口追上咱們的。」

「聽你說這些，人家還以為咱倆是逃犯呢。咱們不妨通知警方，等他一到就逮捕他。」

＊ 英吉利海峽隧道於 1994 年 5 月開通，在此之前，從英國經陸路前往歐洲大陸必須使用輪渡。

† 坎特伯雷 (Canterbury) 是英格蘭東南部肯特郡一個歷史悠久的城
· 鎮，從維多利亞車站開往多佛 (Dover) 的列車會從此處經過。橫渡英吉利海峽的主要路線在英國東南端的多佛和法國北部的加來 (Calais) 之間。

「那樣的話，整整三個月的辛勞就會付之流水。大魚固然可以捉到，小魚卻會飛快地鑽出網子。等到週一的話，咱們就可以一網打盡。不行，現在可不能逮捕他。」

「那麼，怎麼辦才好呢？」

「咱們應該在坎特伯雷下車。」

「然後呢？」

「呃，然後咱們就從陸路前往紐黑文，再從紐黑文去第厄普＊。撲空之後，莫里亞蒂又會做我會做的事情，那就是前往巴黎，找出咱們的行李所在的貨棧，在貨棧那裏等上兩天。與此同時，咱們不妨買上兩個氈包，支持一下沿途各國的製造業†，然後優哉游哉地前往盧森堡，再從巴塞爾進入瑞士。」

作為一名經驗豐富的旅行者，我並不覺得失去行李是一件十分不便的事情，不過我必須承認，被迫在這麼個劣跡昭彰的傢伙面前躲躲藏藏，我心裏確實有點兒窩火。然而，顯而易見，福爾摩斯比我更清楚眼下的形勢‡。計議已定，我倆就在坎特伯雷下了車，結果卻發現，還得等上一個小時才有去紐黑文的火車。

目送着載有我全部行裝的行李車廂飛速遠去，我不由得滿心懊惱，就在這時，福爾摩斯拽了拽我的衣袖，指了指遠方的鐵道。

＊　紐黑文 (Newhaven) 是英格蘭東南部瀕臨英吉利海峽的港口，今屬東薩塞克斯郡。紐黑文在多佛的西邊，也有前往法國的輪渡，終點即法國北部的第厄普 (Dieppe)。

†　這句話的意思就是暫時放棄運到巴黎的行李，改變路線，在途中另購旅行用品。

‡　有一些版本當中沒有「作為……形勢」這幾句話。

「你瞧，他已經來了，」他説道。

遠遠的地方，肯特郡的叢林之中升起了一縷輕煙。片刻之後，一部機車拖着一節車廂出現在了附近那段沒有遮掩的彎道上，向着車站飛快地衝了過來。我倆剛剛藏到一堆行李後面，那列火車就一聲長鳴，轟隆隆地駛過站台，熱烘烘的空氣撲到了我倆的臉上。

「他走啦，」我倆看着那列火車搖搖晃晃地駛過一個個道岔，福爾摩斯説道。「你瞧，咱們這位朋友的智力也是有極限的。要是他能夠把我的演繹結果演繹出來、並且據此採取行動的話，那可就真是高明到家了。」

「要是追上了咱們的話，他會怎麼做呢？」

「毫無疑問，他會向我發起致命一擊。不過，誰死誰活還是未知之數。眼下的問題是，咱們是在這兒吃頓為時過早的午飯呢，還是冒一冒飢餓至死的風險，到了紐黑文再找飯館。」

我倆連夜趕到布魯塞爾，在那裏待了兩天，第三天就到了斯特拉斯堡*。週一早晨，福爾摩斯給倫敦警方發了封電報，當晚我倆回到酒店的時候，倫敦警方的回覆已經到了。福爾摩斯一把扯開電報，跟着就痛罵一聲，把電報扔進了壁爐。

「我早該想到會是這樣！」他氣沖沖地説道。「他跑掉了！」

---

* 布魯塞爾 (Brussels) 為比利時城市，西南距第厄普約 350 公里；斯特拉斯堡 (Strasbourg) 為法國城市（當時屬於德國），西北距布魯塞爾約 450 公里，南距瑞士城市日內瓦約 400 公里。

「莫里亞蒂嗎？」

「他們把整個匪幫一網打盡，單單漏掉了他。他從他們手底下溜掉了。唉，既然我離開了英國，他當然是沒有對手啦。可是，當時我真的以為，我交給他們的是一盤穩贏不輸的棋。依我看，華生，你最好還是回英國去吧。」

「為甚麼？」

「因為我已經變成了一個危險的旅伴。這傢伙的行當已經完了，再回倫敦也不會有任何出路。如果我沒有看走眼的話，他一定會拋開一切，不遺餘力地找我報仇。之前那次短暫的會晤當中，他就是這麼跟我說的，依我看，他可絕不是說說而已。聽我的，你一定得回你的診所去。」

我可是一員沙場老將，又是他的老朋友，自然不會接受這樣的提議。為了這個問題，我倆坐在斯特拉斯堡的餐廳裏爭論了半個小時。不過，當晚我倆還是繼續趕路，並且平安地抵達了日內瓦。

我倆在羅訥河河谷四處漫游，度過了十分愜意的一週，之後就從洛伊克轉入岔路，翻越依然覆蓋着厚厚積雪的傑米隘口，取道因特拉肯進入邁林根*。一路之上風光旖旎，山下是青葱秀美的春色，山上是純白無瑕的冬景。

---

* 　上下文當中地名繁多，一併略述如下：羅訥河 (Rhone) 是發源於瑞士中南部阿爾卑斯山區的一條河流，西向經法國東部流入地中海；洛伊克 (Leuk) 為瑞士中南部城市，位於羅訥河河谷；傑米隘口 (Gemmi Pass) 是瑞士阿爾卑斯山區的一個高山隘口，在洛伊克以北，因特拉肯 (Interlaken) 以南；因特拉肯和邁林根 (Meiringen) 都是瑞士小鎮，邁林根在因特拉肯東面；下文中的道本湖 (Daubensee) 是傑米隘口附近的一個高山湖泊，羅森洛伊 (Rosenlaui) 是邁林根南面偏西約 5 公里處的一個小村，萊辛巴赫瀑布 (Reichenbach) 在邁林根和羅森洛伊之間，是阿爾卑斯山區最高的瀑布之一。

不過，一望而知，福爾摩斯一刻也不曾忘卻籠罩在他身上的那片陰影。不管是在風俗淳厚的阿爾卑斯山村，還是在荒僻無人的山間隘口，我都可以看到他四處掃視的迅疾眼神，看到他仔細打量從我們身邊經過的每一張面孔，由此知道他確信無疑，不管我倆走到哪裏，都不能逃脫那種如影隨形的危險。

記得有一次，我倆剛剛翻過傑米隘口，正走在景色淒迷的道本湖邊，一塊巨大的岩石突然從右邊的山梁上掉了下來，轟隆隆地翻滾了一路，咚的一聲砸進了我倆身後的湖水。福爾摩斯立刻衝上山梁，站到高聳的峰頂，伸長了脖子四下張望。帶路的嚮導一再向他保證，在這個地方，春天裏掉石頭實屬等閒之事，可他始終不肯相信。他沒有出言反駁，只是衝我笑了笑，用他的神態告訴我，這不過是他意料之中的事情。

他雖然萬分警惕，但卻從來不曾垂頭喪氣。恰恰相反，在我的記憶之中，他還從來不曾有過如此意氣昂揚的時刻。一次又一次，他不厭其煩地提醒我這樣一個事實，一旦斷定莫里亞蒂教授已經無法危害社會，他就可以高高興興地結束自己的偵探生涯。

「依我看，華生，我完全可以不揣冒昧地說一句，我的人生並非一無是處，」他如是說道。「即便我的人生篇章在今夜戛然而止，回首前塵，我依然可以問心無愧。因為我的存在，倫敦的空氣多少清新了一些。我經手過上千件案子，捫心自問，我從來不曾將自己的本領用到有違道義的方向。最近這段時間，我漸漸對大自然提出的種種

問題產生了探究的興趣，與之相較，我們這個矯揉造作的社會所引發的種種問題不免有點兒淺薄無稽。華生，一旦我擒獲或者鏟除這個危害與本領都堪稱全歐之最的罪犯，由此登上我職業生涯的巔峰，你的回憶錄就可以畫上句號了。」

我要講的故事已經接近終篇，我會簡明扼要地把它講完，同時也會力求準確無誤。這個話題我並不願意多談，可我已經意識到，我有責任還原事情的真相，絕不能遺漏任何細節。

我倆是五月三號抵達邁林根的。到了那個小村之後，我倆住進了「英吉利旅館」。旅館的東家名為老彼得‧斯泰勒，腦子非常好使，曾在倫敦的格羅斯夫納酒店當過三年侍應，說得一口流利的英語。按照他推薦的路線，我倆在四日下午出門遊玩，打算翻過幾座小山，到羅森洛伊村去過夜。除此之外，他鄭而重之地叮囑我倆，絕不能錯過半山的萊辛巴赫瀑布，無論如何也要繞點兒路去欣賞一下。

千真萬確，那是個驚心動魄的地方。挾著消融的積雪，水勢大盛的滾滾激流猛然跌進可怕的深淵，水霧層層上湧，宛如失火房屋的濃煙。河水跌落的終點本來就是一道巨大的裂縫，周圍那些漆黑發亮的岩石更把它箍成了一個白沫翻騰、深不可測的洞穴，滿溢的水流從犬牙交錯的洞口射向上空。又寬又長的碧色水流無休無止地轟然墜落，搖曳的水汽則形成了一道厚重的簾幕，無休無止地嘶嘶上湧，混亂與喧囂持續不斷，令人頭暈目眩。我倆站在

崖邊，凝望瀑水墜入遠遠的下方，在黑色的岩石上濺起亮閃閃的水花，傾聽瀑水那宛如怒吼的轟鳴，挾着深淵之中的水霧騰騰升起。

觀瀑的小徑鑿在瀑布崖壁的半高處，為的是讓游人看到瀑布的全貌，小徑的盡頭則是一道斷崖，游人只能原路折返。我倆剛剛轉過身來，準備往回走，卻見一名瑞士青年沿着小徑跑了過來，手裏還拿着一封信。信上有我倆剛剛離開的那家旅館的標記，是旅館的東家寫給我的。信上說，我倆剛走沒幾分鐘，旅館裏就來了一位英國女士。這位女士患有肺結核，已經到了晚期，之前是在達沃斯普拉茨過冬，眼下則準備去盧塞恩訪友*，不料卻突然咯血，據估計是只剩下幾個小時的生命。即便如此，如果能得到一名英國醫生的照料，對她來說也是極大的安慰。既有此等情形，請問我是否願意返回旅館，如此等等。好心的斯泰勒還在附言裏懇切表示，這位女士斷然拒絕瑞士醫生的診治，因此他自感責任重大，如果我遵囑返回，他本人也將感激不盡。

面對這樣的要求，我自然不能置之不理。一位女性同胞即將客死異鄉，拒絕她的請求實在是件無法想像的事情。可是，要讓我撇下福爾摩斯，我終歸覺得顧慮重重。不過，我們最終還是商量出了一個辦法，那就是我暫時返回邁林根，那名年輕的瑞士信差則留在這裏，充當他的嚮

---

* 達沃斯普拉茨 (Davos Platz) 為瑞士東南部小鎮達沃斯（即達沃斯論壇舉辦地）的一部分，曾經是肺病患者的療養勝地；盧塞恩 (Lucerne) 為瑞士中部城市。

導和旅伴。我朋友說，他打算在瀑布旁邊稍事停留，然後就慢慢地翻山前往羅森洛伊。傍晚時分，我可以到那裏去跟他會合。轉身離去的時候，我看見福爾摩斯背靠一塊岩石，雙臂抱在胸前，正在凝神俯瞰飛瀉的瀑水。誰曾想天意茫茫，這一眼，便是我今生最後一次看到他的身影。

快到山腳的時候，我回頭望了一眼。瀑布已經不在視線範圍之內，能看見的只是山腰那條通往瀑布的蜿蜒小徑。我記得，當時我看到了一個男人，正在小徑上急速前行。

青葱山崖映襯之下，那人的黑色身影顯得格外清晰。我注意到了他，也注意到了他健步如飛的匆匆行色，可我很快就把這件事情置之腦後，因為我要務在身，自己也是腳下生風。

大概用了一個鐘頭多一點點的時間，我趕回了邁林根。老斯泰勒站在旅館的門廊裏。

「呃，」我一邊急步上前，一邊說道，「要我說，她的病情沒有惡化吧？」

詫異的表情掠過了他的臉龐，隨着他眉毛一挑，我的心猛然一墜，彷彿是灌滿了鉛。

「這封信不是你寫的嗎？」我把兜裏的信掏了出來。「旅館裏沒有患病的英國女士嗎？」

「當然沒有！」他叫道。「怪了，信上的確有旅館的標記哩！啊，這一定是那位高個子的英國先生寫的，你們走了之後他才來的。他說——」

恐懼的感覺傳遍了我的全身，不等他接着解釋，我

已經順着村裏的街道跑了出去，跑向我片刻之前剛剛離開的那條山徑。下來的時候我用了一個鐘頭，此時我使盡了渾身力氣，但卻還是用了兩個鐘頭才趕回萊辛巴赫瀑布跟前。福爾摩斯的登山杖依然斜倚在岩石上，跟我離開的時候一樣。可是，手杖的主人已經不見蹤影，不管我怎麼呼喚，回應我的都只有我自己的聲音，在四圍的峭壁之間反覆盤旋。

看到他的登山杖，我不由得滿心寒意、天旋地轉。這麼説，他並沒有去羅森洛伊。他的敵人追上他的時候，他仍然在這條三英尺寬的小徑上，一邊是高不可攀的絕壁，一邊是深不可測的懸崖。那個瑞士青年也不見了，由此看來，他多半是得了莫里亞蒂的好處，所以才抽身離去，任由這兩個宿敵去拼個你死我活。那麼，接下來又發生了甚麼事情呢？誰能告訴我們，接下來發生了甚麼事情呢？

可怕的局面讓我頭暈目眩，於是我在原地站了一兩分鐘，竭力平復自己的情緒。接下來，我開始回想福爾摩斯的種種方法，試着用它來解讀眼前的悲劇。老天啊，眼前的悲劇實在是太過一目瞭然，哪裏還需要甚麼解讀。之前我和他商量的時候，我倆並不是站在小徑的盡頭，他的登山杖可以説明我倆當時的位置。水霧無休無止，小徑上那些黑黝黝的土壤始終處於潮濕鬆軟的狀態，如果從小徑上走過，即便是鳥兒也會留下爪子的印跡。此時此刻，小徑的外側有兩行清晰的足跡，兩行都是有去無回。離小徑盡頭只有幾碼的地方，土壤已經被踐踏成一片泥濘，斷崖邊緣的樹莓和蕨類也是狼藉凌亂，紛紛倒伏在泥濘之中。

我趴到地面，盡力透過籠罩四周的升騰水霧窺視下方的情形。可是，天色已經比我離開的時候昏暗了一些，眼下我只能看見濕漉漉的黝黑崖壁，看見崖壁上東一處西一處的反光，看見水流在遠遠的深坑底部濺起白亮亮的水花。我大聲呼叫，傳回耳邊的卻只有那種宛如怒吼的瀑水轟鳴，跟先前一模一樣。

借着上蒼的憐憫，我終歸還是找到了我的朋友兼戰友留給我的臨別贈言。前面我已經說過，他的登山杖仍然斜倚在一塊伸入小徑的突出岩石上。這時候我看見，一件明晃晃的東西在岩石的頂上閃了一閃。抬手去拿的時候，我發現閃光來自一個銀質的煙盒，正是他平常隨身攜帶的物品。我拿起煙盒，壓在煙盒下面的那個紙折的小方塊應手而落、翩然墜地。展開之後，方塊變成了他從筆記本上撕下來的三頁紙，紙上是一封寫給我的信。這封信與他素日的信件毫無二致，措辭依然精準無誤，筆跡依然剛勁清晰，宛如出自他的書房。

親愛的華生：

我能夠寫下你眼前的這幾行文字，多虧了莫里亞蒂先生的美意，此刻他正在靜待我寫完此信，以便與他展開最後的討論，解決我和他之間的種種問題。他已經向我大致講述了他擺脫英國警方的方法，以及他偵知你我行蹤的手段。毫無疑問，他那些手段足以確證，我對他本領的高度評價並非過譽，而我非常欣慰地發現，我應該可以讓這個社會從此免受因他而來的種種荼毒，儘管我不無憂慮，我為此付出的代價恐怕會傷

害到我的各位友人，尤其是你，親愛的華生。不過，正如我曾經向你解釋的那樣，無論如何，我的職業生涯終歸是面臨轉折，對我來說，再沒有比這更讓人滿意的謝幕方式。事實上，如果你允許我徹底坦白的話，我完全知道那封來自邁林根的信件是個騙局，而我之所以同意你回去應付那件差使，正是因為我確信無疑，這類的事情將會接踵而至。麻煩你轉告帕特森督察，指證匪幫所需的文件都在編號為「M」的文件格子裏，格子裏有一個藍色的信封，信封上寫着「莫里亞蒂」。離開英格蘭之前，我已經對我的財產進行了妥善的處理，將它們交給了我哥哥邁克羅夫特。代我向尊夫人問好，親愛的伙計，請相信我始終是

你無比真摯的朋友

歇洛克‧福爾摩斯

剩下的少許枝節，幾句話就可以講完。經過專家的勘驗，毫無疑問，兩個人進行了一場生死格鬥，最終則以一種勢所必然的方式收場，也就是兩人扭作一團，雙雙滾落懸崖。找回屍體實屬絕無指望，這樣看來，當代最兇惡的罪犯將會和當代最偉大的法律衛士結伴長眠，永遠安息在那個可怕絕壑的深處、安息在奔騰的激流和鼎沸的水沫之中。那個瑞士青年從此杳如黃鶴，無疑是莫里亞蒂帳下無數爪牙之一。至於那個匪幫，公眾應該依然記得，福爾摩斯搜集的證據把他們的組織揭露得多麼徹底，這位逝者的鐵拳又對他們造成了多麼沉重的打擊。不過，當時的審判幾乎沒有涉及他們那個可怕頭領的詳細情況，而我之所以

要在這裏毫不含糊地揭露他的罪惡生涯，實在也是事出無奈，因為一些不明真相的擁躉正在竭力恢復他的名譽，為此還不惜詆毀另外一個人，與此同時，在我的心目之中，他們詆毀的對象永遠都是我生平所知最為優秀、最為睿智的人 *。

---

* 在希臘哲人柏拉圖 (Plato, 約前 427– 約前 347) 的《斐多篇》(*Phaedo*) 的末尾，蘇格拉底的學生斐多講完蘇格拉底受刑死亡的過程之後，對同伴伊契克拉底說道：「伊契克拉底，這就是我們那位朋友的結局，而我發自肺腑地認為，在我所知的同時代人當中，他是最為睿智、最為正直、最為優秀的人。」前述引文系根據英國翻譯家本傑明·喬伊特 (Benjamin Jowett, 1817–1893) 的《斐多篇》英文譯本譯出。

ISBN 978-0-19-399545-1

9 780193 995451

福爾摩斯全集 III